어느 긴
여름의
너구리

어느 긴 여름의 너구리

한은형 소설

문학동네

꼽추 미카엘의
일광욕

미카엘의 집을 뒤로하고 다시 숲 밖으로 걸어나가는 동안
나는 무언가가 일어나기를 기대하고 있었다.
이를테면, 총소리 같은 게 나기를.

이 이야기는 내가 미카엘을 만난 그 짧았던 여름 저녁에 있었던 일이다.

K는 숲에 두 갈래 길이 있다고 말하지 않았다. 연결이 되지 않는다는 안내음을 듣고서야 전화가 되지 않을 거라던 K의 말이 떠올랐다. 양쪽 다 흙길이었고 너비도 비슷했으므로 나는 어떤 길을 택해야 할지 알 수 없었다. 길과 길 사이는 깊이 파여 하천이 흐르고 있었는데 무성하게 자라난 잡풀들 때문에 물이 보이지는 않았다. 잡풀들은 싹을 틔운 이래 한 번도 사람의 손길을 타지 않았는지 의젓한 초목이었다. 숨을 한껏 들이마신 후 나는 왼쪽 길로 걷기 시작했다. 내가 아는건 J의 별장이 숲이 시작되는 곳에서부터 이 킬로미터는 넘고 삼 킬로미터는 못 되는 지점에 있다는 것이었다. 어느 길로 오라는 말은 없었다. "바비큐나 하지 뭐"라는 말과 함께, 오렌지색 지붕이 덮인 집이

보이면 절반쯤 왔다는 표지라고 K는 덧붙였다. 차를 두고 가겠다고 말했을 때 K는 "그것도 좋은 생각이군요"라며 고개를 끄덕였다.

그 지대는 숲이라기보다는 구릉에 가까웠다. 뾰족하기보다는 부드러웠다. 나무들이 마을을 감싸안은 지형이었고 숲은 나타났다 사라졌다 다시 나타났다. 길을 걸을수록 왜 이 부근이 별장의 택지로 거의 알려지지 않았는지 의아했다. 건축가로서 집에 대한 나의 소신 중 하나는 무엇보다도 명당이 좋은 집을 만든다는 것이었다. 누군가는 땅이 어떻든 건축가에 의해 얼마든지 좋은 집이 될 수 있다고 주장하기도 했지만 나는 다른 것에서도 그렇듯이 바뀔 수 없는 게 있다고 생각하는 편이었다. K가 이 동네에 집을 짓겠다고 한 이유를 알 것 같았다.

네시가 넘었다고는 하지만 선선하게 불어오는 바람은 한여름의 것이 아니었다. 수종을 분별할 정도의 식견이 있는 것은 아니었지만 종이 다른 나무의 가지와 잎 들이 섞이는 풍경은 늘 감동적인 데가 있었다. 두 갈래 길은 하천의 왼쪽과 오른쪽에서 거의 평행으로 이어지고 있었다.

걷기 시작한 지 한 시간이 못 되었을 때 오렌지색 지붕이 나타났다. 다시 숲이 끝나는 지점이었고, 내가 택하지 않은 오른편 길 위였다. 잘못 들어선 건 아닌지 염려되었지만 다시 돌아갈 수는 없었으므로 일단 계속 걷기로 했다. 단층집의 지붕은 평평했는데, 함석에 오렌지색 페인트를 칠한 것이었다. 햇볕에 고스란히 드러나 있는 집이었다. 담장을 대신해 나무 몇 그루가 있기는 했어도 그늘을 만들어줄 수는 없을 것 같았다. 함석의 골에 비친 빛이 다시 반사되어 오렌지색은 화려하다못해 외설적으로 느껴졌다. 그때, 그것이 보였다. 사람의 살처럼 보이는 것이 불쑥 솟아올라 있었다. 그것은 벌겋게 그을려 있었다.

꼽추의 등이었다. 그때까지 꼽추를 본 적이 없었으므로 확신할 수 없었지만, 흉측한 게 꼽추 같았다. 작지도 크지도 않은 하얀 푯말에는 '미카엘 인테리어'라는 글자가 있었다. 그 옆으로는 스프링클러가 맨 흙 위로 맥락 없이 물줄기를 뿜어내고 있었다.

별장은 산꼭대기에 있었다. 대문으로 들어설 때 해가 저물기 시작했다고 말해야 할 것 같지만, 밝지는 않아도 어두워질 기미는 보이지 않았다. 자동차 세 대와 작은 승합차 한 대가 서 있었다. 오기로 한 세 남자가 모두 도착해 있었고, 내가 방금 전에 알게 된 남자 하나가 그곳에 있었다. 숯에 부채질을 하며 불을 일으키고 있는 사람은 살갗이 불그스름하게 익은 그 꼽추였다. 부채질을 하느라 팔을 움직일 때마다 그의 등도 함께 솟아올랐기 때문에 꼽추의 등이 부채질을 하는 것처럼 보였다.

"오렌지 지붕 봤죠? 인사해요. 여기는 그 집 주인 미카엘이고, 이쪽은 우리 손님인 건축하시는 레이 장."

K는 내게 미카엘을 소개해주었다. 일광욕하는 미카엘의 솟구친 등을 보았을 때 J의 별장에서 그를 다시 보게 될 줄 몰랐던 것처럼, 내가 미카엘과 함께 새벽의 숲을 걸어나오게 될지 그때는 알 수 없었다.

*

"괜한 수고를 하셨습니다."

짊어지고 온 가방에서 샤블리 한 병을 꺼내자 J와 K는 반색했지만,

그들 중 한쪽의 친구인 Y는 자신이 가져온 열 병이 넘는 샴페인들 쪽으로 고개를 돌리며 이렇게 말했다. 그는 와인 수입업자였는데, 예전만큼 재미를 못 본다며 투덜거리던 중이었다. 불쾌함을 감추며 나는 처음 보는 J에게 초대해줘서 고맙다는 인사를 했다.

"집이 정말 좋습니다."

진심이었다. 수평을 강조해 옆으로 계속 뻗어나갈 것만 같은 느낌의 집이었고, 한쪽 편으로는 수영장이 있었다. 수영장은 정사각형 모양이었다. 거의 반듯한 직사각형 형태의 주택과 옆에 붙어 있는 작은 정사각형의 대비가 이색적으로 느껴졌다. 수영장은 개인 주택에 있는 것치고는 꽤 크고 깊었다. 몸을 담그면 산 아래 펼쳐진 호수가 보이도록 설계된 것처럼 보였기 때문에 호사로운 느낌을 주었다.

"집보다 숲이 좋다는 거, 나도 알고 있습니다. 그렇지만 그냥 하시는 말씀이 아니라는 거 역시 알고 있습니다. 그런데 오늘은 벌레가 참 많군요."

J는 자신에게 달려드는 날파리를 손으로 쫓은 후, 나에게 샴페인잔을 건넸다. 목소리가 꽤 저음이라 꾸민 듯한 말투가 이상하게 들리지 않았다. K와 Y는 이 집에 여러 번 와봤는지 J가 말하지 않아도 가위라든가 피클통 같은 것들을 가지러 주방에 수시로 드나들었다.

"숯이 다 되었습니다."

미카엘이 말했다. J는 높이를 달리하며 숯불 위에 자신의 손바닥을 가져다대었다.

"이쯤이 좋겠어."

J가 말하자 미카엘은 랙의 높이를 그 위치에 고정시켰다. J에게 나

는 뭘 어떻게 한 건지 물었다.

"손바닥을 펴요. 천천히 하나, 둘, 셋을 셉니다. 셋을 못 세면 불이 센 거고 셋을 세도 손바닥이 견딜 만하면 불이 약하다는 거죠. 오늘은 넷을 셌습니다. 좋은 사람들과 천천히 오래 먹으려고요. 여기 이 미카엘이 다 알려준 겁니다."

"숯도 직접 만드나요?"

우리와 같이 고개를 끄덕이던 K가 미카엘에게 물었다. 사소한 일임에도 진지하게 느껴지게 하는 그다운 말투였다. 미카엘은 입을 다문 채로 고개를 끄덕였는데, 말려올라간 속눈썹이 얼굴에 그림자를 드리웠다. 얼굴만 본다면 고운 얼굴이었다.

"그렇습니다, 사장님."

미카엘의 대답에 갑자기 웃음이 터졌다. 가장 크게 웃은 것은 Y였다.

"제가 실수라도 했습니까, 사장님?"

웃음은 더 커졌다. 미카엘은 알 듯 모를 듯한 표정이었다. 나도 피식 웃음이 났지만 Y의 웃음은 거의 힐난에 가까웠다.

"택시를 타면 말이에요, 제일 불편한 게 그거예요. 난데없이 사장님이라고 부르는 거지, 기사가. 사장님이라고 하면 다들 좋아하는 줄 안단 말야. 사장님이 아니라고 정정하면 사장님이라고 불리는 게 어디냐는 표정을 짓지."

"기사 표정이 안 보이지 않나?"

J가 물었다.

"얼굴을 안 봐도 그쯤은 알 수가 있다고."

우리가 택시기사이기라도 한 것처럼 불만스러운 말투였다. 얼마간

정적이 흘렀다.

"일단은 숯이 좋아야 하는데, 여기 미카엘의 숯이 그래요. 저 손을 봐봐. 저 섬세한 손으로 만드니 안 좋을 수 있겠냐고. 미카엘, 어떻게 만드는 건지 알려줄 수 있어요?"

집주인 J는 온화하게 웃으며 다시 화제를 원래대로 돌려놓았다. J의 말이 과장이 아닌 것이, 미카엘의 손가락은 유난히 가늘고 길어서 이런 일을 하는 데 적합하지 않아 보였다. 미카엘이 Y의 눈치를 보며 멈칫거리자 K가 끼어들었다.

"나무만 좋으면 된다는 말은 하덜 말라고요."

나는 K의 입에서 '하덜'이라는 단어가 튀어나왔기 때문에 웃음이 났는데, 다른 이들도 그런 것 같았다. 자신의 세련된 이미지에 대해 잘 알고 있는 K가 자신에 반反하는 행동을 함으로써 유머를 의도했다는 것이 우스웠는데, 의도대로 됐다고 생각했는지 K는 한쪽 입꼬리를 올리며 웃었다.

"불에 올리기 전에 숯을 물에 얼마쯤 담가놓습니다. 연기가 많이 나면서 그을음이 생기거든요. 그러면 뭐든지 맛있어지죠."

우리는 고개를 끄덕였다.

지금의 나는 그들보다 더 아는 게 있다. 미카엘과 함께 숲을 걸어나올 때 그는 내게 두어 가지 비결을 더 알려주었다. 숯을 담가놓는 물의 종류가 중요하다는 것과 숯과 함께 향이 나는 어떤 나뭇조각을 넣는다는 것이다. 그러나 어떤 물이어야 하는지 어떤 나무를 넣어야 하는지는 알려주지 않았다.

J가 두툼하게 썬 돼지 목살을 그릴 위에 올려놓았다. 치직 하는 소

리와 함께 연기가 피어올랐다. K는 가지와 토마토에 묻은 소금을 적당히 털어 목살 옆에 올렸고, Y는 날로 먹을 가리비의 껍데기를 까고 있었다.

"수영장이 정말 좋습니다. 잠겨서 호수를 보고 있으면 기분이 어떨까요?"

나는 할 수 있는 것이 아무것도 없었으므로 내가 할 수 있는 것을 하려고 했다. 그러나 말이 끝나기도 전에 사람들의 얼굴이 굳는 것을 느낄 수 있었다. 미카엘의 표정도 다르지 않았다.

"수영장에 몸을 담그면 호수가 보일 줄 알았어."

J는 혼잣말을 하는 것처럼 말했다.

"안 보입니까?"

"보여요. 너무도 잘 보이지. 호수가 수영장보다 위에 있는 듯한 기분이 들었어. 바다 앞에 있는 호텔의 스파나 수영장이 그런 것처럼. 문제는 그 호수에서 자꾸 사람이 죽는다는 겁니다. 미카엘이 여러 번 건졌다고 하더라고요. 내가 선생을 초대한 것도 그것 때문이에요. K가 집을 짓는 문제도 있지만."

J는 수영장을 없애고 싶다고 했다. 수영장 대신 무엇을 지어야 할지 모르겠지만 뭐라도 만들고 싶다고 했다. 호수를 보고 싶지 않다고 했다. 이 집이 산꼭대기에 지어진 것은 명백히 그 호수에 대한 전망을 확보하기 위해서였다는 말은 하지 않았다. 건축에 대해 아무것도 모르는 사람도 알 수 있을 만큼 호수는 J의 집만을 위해 거기 있는 것처럼 보였다. 나는 불가능하다고 말하고 싶었지만 그렇게 말하면 안 된다는 것을 모르지 않았다.

주제를 모르고 까부는 여자들이라든가 정부가 칠레산 와인에 대해 악의적 사실을 터뜨린 절묘한 시점이라든가 시내 호텔의 지하 아케이드에 있는 양복점에 대한 이야기들이 지루하게 이어졌다. 주로 K와 Y가 이야기를 했고, J와 나는 듣는 편이었다. 미카엘에게 우리의 대화가 다소 역겨울지도 모른다는 데 신경이 쓰였지만 그의 표정을 살피기 위해 몸을 돌리는 것은 적절해 보이지 않았다.

"미카엘, 이런 얘기 지루하지 않아요?"

J가 내 마음을 알아차렸는지 집주인답게 의례적인 한마디를 건넸다. 고개를 크게 가로저으며 손을 내젓는 미카엘의 얼굴엔 졸음이 가득했다. 하품을 참는 기색이 역력했다. 자신이 특별히 만든 연기가 많이 나는 숯 때문인지 몰라도 눈가에 눈물이 번져 있었다.

나는 K의 태도에 다소 감명을 받았는데, 그의 이야기들이 자신의 위치나 영향력을 과시하기 위해서 쓰이지 않는다는 점에서 그랬다. 아무도 말하지 않았지만, 우리는 K가 여배우 누구누구와 잠을 잤는지, 그가 전화를 했을 때 누가 우리의 술자리에 달려올 수 있는지, 그래서 궁극적으로 우리가 잘 수 있을지도 모르는 그 여배우가 누군지가 궁금했다. K는 Y가 와인에 대해 이야기할 때와 비슷한 태도로 배우들에 대해 이야기했다. 가치보다 저평가된 신대륙 와인 같은 여배우도 있고, 과거에 명망 높았던 샤토 출신이라는 이유만으로 무리하게 가격이 책정된 나머지 팔리지 않는 여배우도 있다는 식이었다. 가장 견디기 힘든 부류는, 자신의 몸값을 오해하고 있는 것들이라고 했다.

"싸서 섭외했는데 이런 말을 하는 거지. 그 남자배우랑 같이한다면 하겠어요. 지보다 하이 레벨을 부르는 거야. 더한 건, 지가 감독을 바꾸면 안 되겠냐고 하는 거야. 한창 때의 소피아 로렌도 그따위로는 안 했다고. 하여튼 여자들이 문제야. 호수에 처넣고 싶을 때가 한두 번이 아니라니까."

"같이한다면 하겠오요"라고 J가 입을 삐죽거리며 여배우의 말투를 과장되게 흉내냈으므로 우리는 킬킬거렸다. Y가 가장 크게 웃었다. J가 고기와 야채 들을 간간이 뒤집었고, 미카엘은 다 익은 것들을 먹기 좋게 잘라 개인접시로 옮겨주고 있었다.

"죽이고 싶지 않아요, 미카엘?"

말이 끝나기도 전에 미카엘이 어깨를 움찔거리며 깨어났으므로 K의 기습은 효과적이었다. 정신이 덜 들었는지 미카엘은 조심스레 하품을 한번 더 했다.

"여름밤에는 뭐든지 할 수 있을 것 같다는 생각이 든단 말이지. 치명적으로 아름답거든. 짧은 게 더 자극적이잖아, 치마처럼."

J가 밤하늘을 보며 말했다. 우리 모두 얼마간은 숲의 분위기에 취해 있었지만 J는 우리 중에서도 가장 기분이 좋고 평화로워 보였다. 그가 바라보는 곳에는 반달에서 보름달로 바뀌어가고 있는 상태의 달 하나가 떠 있었다.

"그런데 말이야, 미하엘, 당신은 정체가 뭐야? 여기저기 안 끼는 데가 없어."

Y였다. 가리비가 탁 하고 입을 벌렸다.

"처음에는 화부火夫인 줄로만 알았어. 그런데 시체도 건지신다고요? 못 하는 게 뭐예요? 지금 그 손으로 주는 고기를 우리더러 먹으라는 거예요?"

Y의 이상한 존대법은 아이를 어르는 어른의 것 같기도 했고, 누군가를 조롱하는 그것 같기도 했다. K가 고기를 집었다가 젓가락을 슬며시 내려놓았다.

"미하엘이 아니라 미카엘이야. 호수서 사람이 죽는 게 미카엘의 잘못이기라도 하단 말이야? 왜 그렇게 경솔해."

J가 차분한 목소리로 말했다. 미카엘에게도, Y에게도 감정이 없는 듯한 목소리였다.

"여기 스프링클러도 미카엘이 한 거야. 수도공사도 미카엘이 했지, 아마? 미카엘이 내게 얼마나 많은 것들을 해주고 있는지 아나?"

미카엘이 J쪽을 향해 고개를 끄덕였다.

"나만 또 나쁜 사람이네. 너네들도 그렇게 생각하지 않았어? 알았다고. 맥가이버 미카엘에겐 왜 술을 안 줬어?"

"저는 술을 못 합니다."

미카엘이 이마의 땀을 닦으며 말했다.

"그러면 뭘로 화해를 하라는 거야?"

Y가 투정부리듯 말했기 때문에 경직되었던 분위기가 누그러지는 것 같았다. 내 맞은편에 앉아 있던 K가 잔을 들고 내 옆으로 다가왔다.

"오다가 봤겠지만, 여기 정말 좋지 않나?"

K가 내 어깨에 슬쩍 팔을 올리고 말했다. 이럴 때의 K는 프로 영화제작자다웠다. 그는 감정적이고 즉흥적인 인간인 것처럼 행동하곤 했지만, 나는 그것이 어느 정도 계산된 것임을 느끼곤 했다.

"그러네요."

얼굴로 달려드는 하루살이들을 쫓으면서 나는 고개를 끄덕였다.

"오늘따라 벌레가 난리네. 온갖 구멍에서 다 기어나왔나봐. 바람이 참 좋지 않습니까?"

K는 자기가 짓고 싶은 집에 대하여 이야기했다. K는 J의 집 반대편 산자락을 택지로 생각하고 있다고 했다. 호수가 보이지 않는다는 점 때문에 망설였지만, 이제는 별로 중요한 문제가 아니라고 말했다. 나는 특별한 영사실을 원하느냐고 물었고, K는 주말에는 일을 하고 싶지 않다고 했다. 숲을 온전히 감상할 수 있는 거대한 창만이 그에게는 중요했다. 유리벽만으로 둘러싸인 글래스하우스를 짓고 싶을 정도라고 했다.

"아니, 그러니까, 그러니까!"

Y의 큰 소리로 K와의 대화가 중단되었다. K는 별일이라는 듯 어깨를 가볍게 으쓱했다.

"그러니까, 그러니까, 못 하는 게 없는데 술은 못 한다는 거네?"

술을 마시는 문제로 Y는 계속 이죽거리고 있었다. J는 눈을 감은 채 손끝으로 자신의 관자놀이를 짚고 있었다.

"미카엘, 부탁인데 말이야. 나를 봐서 술 한잔 받겠어요?"

J는 한숨을 쉬더니 작은 목소리로 말했다. 부탁이라고는 처음 해본 사람의 말투였다. 그의 말은 고압적이지 않았지만 사람의 마음을 어딘가 불편하게 하는 데가 있었다.

미카엘은 고개를 숙인 채로 가만히 앉아 있었는데, 그의 등이 솟구쳤다 가라앉았다를 반복했으므로, 꼽추의 등에 대해 생각하지 않을 수 없었다. 튀어나온 부분의 크기가 변하는 것처럼 보였기 때문에, 뼈가 튀어나왔다기보다는 거대한 혹 같은 게 붙어 있는 건 아닌가 싶었다. 장마철의 두꺼비처럼 혹을 부풀리고 있는 게 아닐까 하는 생각이 들었다.

"이거 보통 분이 아니신데?"

그새를 못 참고 Y가 다시 이죽거렸다. 나도 미카엘의 태도가 마음에 들지 않았다. 술자리에서 종교나 건강, 자신의 소신 같은 것을 내세워 술을 거부하는 사람들에 대해 나는 뼛속 깊은 증오심이 있었다. 현장의 인부들과 어울리지 못하고 도면에 얼굴을 박은 이기적인 동료들에게 쌓인 그간의 원한으로, 나는 Y의 도발을 응원하고 있었다.

"아, 정말, 씨발."

낮게 가라앉은 목소리로 J가 말했다. J가 비난하는 게 Y가 아닌 미카엘이거나, 둘 다일지도 모른다는 생각이 들었다. 어느 순간부터 아무도 신경쓰지 못했기 때문에 고기와 야채 등이 탄내를 풍기고 있었다.

"저는……"

미카엘이 입을 뗐다.

"그래, 저는 뭐요? 말을 해봐요."

K가 재촉했다.

"저는……"

미카엘은 입술을 앙다물었다.

"저는 돈 받는 일만 합니다."

이 사태를 어떻게 이해해야 할지 알 수 없었다.

"시체를 건지거나 스프링클러를 설치하거나 숯을 피우거나 모두 똑같습니다."

흔들림이 없는 목소리였다. J에게 시위하기 위해 하는 말은 아닌 듯했지만, 그가 무엇을 원하는지 알 수 없었다. 돈을 받으면 술을 마시겠다는 건지, 아니면 자신은 돈이 되지 않는 일은 하지 않겠다는 건지, 술을 마시는 문제로는 자신에게 명령할 수 없다는 건지.

"얼마면 되겠나?"

그 말을 한 것은 K였다. K는 한쪽 손 위에 자신의 얼굴을 올려놓은 채 미카엘을 쳐다봤다. 그는 출연료 문제로 배우와 협상하는 제작자로 돌아와 있었다. 미카엘은 대답하지 않았고, K는 지폐 한 장을 꺼내놓았다. 미카엘은 그것을 쓱 한번 보더니 천천히 집었다. 마치 숨을 쉬거나 밥을 먹는 것처럼 마땅히 해야 할 일을 하고 있는 것처럼 보였다. 그러고 나서 미카엘은 한참 전부터 자신 앞에 놓인, 잔 안의 기포 수만큼이나 많은 물방울들이 맺혀 표면이 흥건해진 샴페인잔을 들더니 단숨에 마셨다. K는 계속 지폐를 꺼냈고, 그것이 없어지기 무섭게 미카엘의 잔에 샴페인이 채워졌다. 그것은 돌림노래처럼 시작과 끝이 연결되어 있었고, 끝나지 않을 것 같았기 때문에 얼마 안 가 지루해졌다. J가 중단시키지 않았더라면 K와 미카엘 중 누구도 먼저 그만하겠다고 말하지 않았을 것이다. 내가 속으로 다섯 번인가 여섯 번인가를 세다 관두고 난 후의 일이었다.

고기와 야채는 검은 덩어리로 변했지만 숯은 여전히 살아 있었다. 아직 굽지 않은 재료들이 남아 있었지만, 누구도 그릴 위에 올리지 않았다. 그제야 이 사태가 자신의 잘못이라고 여겼던지 Y는 안절부절못하며 J와 K, 그리고 미카엘의 기색을 살폈다. 마당에 설치한 간이 조명이 있기는 했지만 상대의 표정은 잘 보이지 않았다.

"예전부터 궁금했는데 말예요. 곱추입니까 꼽추입니까?"

J는 나에게 물었다. 꼭 대답을 듣고 싶은 것 같지는 않았다.

"곱추보다는 꼽추가 자연스러운데 말이야. 어원을 생각해보면 또 곱추가 맞는 것 같고…… 곱사등이라는 거 아냐?"

J는 정말 궁금하다는 듯 고개를 갸우뚱거렸다. 그때까지 나는 꼽추인지 곱추인지 생각해본 적이 없었고, 뜻에 대해서도 궁금해한 적이 없었다. 말했듯이, 미카엘은 내가 만난 최초의 꼽추였다.

"그럼 '추'는 뭔데?"

K가 이 대화가 흥미롭다는 신호를 보냈다. J와 K의 우정이 오랜 시간에 걸쳐 기묘한 방식으로 만들어졌다는 것을, 그들과 보내는 시간이 길어질수록 느끼고 있었다. Y는 좀 다르게 얽혀 있는 것 같았는데, 그러고 보니 두 사람은 말리는 척만 할 뿐 Y의 행동에 대해 사소한 비난도 하지 않고 있었다. 그렇다고 그들이 Y를 애정으로 대하는 것 같지는 않았다.

"남녀추니 할 때 그 춘가? 그런데 남녀추니가 뭐지? 난 모르겠는데."

J가 답했다.

한쪽에 기대서 눈을 감고 있던 미카엘이 부스스 일어나 말했다.

"저는 꼽추가 아닙니다."

"자기가 싫어하는 건 알겠는데, 그렇다고 그게 아닌 건 아니지 않나?"

눈치를 보던 Y가 조심스러운 목소리로 말했다.

"등이 부풀었을 뿐입니다. 커다란 혹이 없어지지 않는 것뿐이라는 말입니다."

우리는 그가 얼마나 취했는지 알지 못했다. 미카엘의 얼굴은 술을 마시기 전과 변한 것이 없어 보였다. 얼굴이 빨개지는 것으로 술에 얼마나 취했는지를 알 수 있는 것은 아니지만, 술을 거부하는 이들은 대개 얼굴이 벌게지지 않는가.

취한 미카엘이 달려들지도 모른다는 위기감이 들었는지 Y는 기지개를 펴는 척하면서 슬쩍 자리를 옮겼다. Y가 유일하게 신경쓰지 않는 것은 나였다. 그에게 나라는 사람은 숲의 일부나 다를 바 없는 것 같았는데, 그의 관심을 받는 것이 달가운 일이 아니었기 때문에 서운하거나 불쾌하지 않았다. 정적을 깬 것은 다시 Y였다.

"노래라도 듣는 게 어떨까?"

말을 마친 Y는 J의 집안으로 들어가버렸다. 탁자에 엎어져 있던 미카엘이 일어난 것은 Y가 사라지고 나서였다.

"제가 한 곡 부르는 건 어떻겠습니까?"

미카엘이 말했다. J인지 K인지 마지못해 "것도 좋지"라고 말하자 미카엘은 자리에서 일어났다. 미카엘은 깍지 낀 양손을 가슴의 아랫부분에 모으고 노래를 시작했다. 네순 도르마, 네순 도르마, 뚜 뿌레 오 쁘린치페싸아아아. 노래의 끝을 미카엘은 부르듯 말듯 처리해버렸다.

꽤 감정이 살아 있는 노래였다. 그러나 노래만 들릴 정도로 탁월한 것은 아니어서 그 노래를 연주하고 있는 악기를 보지 않을 수 없었다. 라디오에서 클래식 방송을 듣기 시작했을 때 가장 의아했던 것은, 진

행자가 성악곡을 들려준 뒤에도 '연주는 제시 노먼이었다'는 식으로
말한다는 것이었다. 시간이 흐르고 나서야 성악가가 노래를 부르는
것도 연주라고 표현한다는 것을 알았는데, 그때는 인간의 몸이야말로
대단한 악기라고 생각했던 터라 그 표현이 더이상 거북하지 않았다.
자신의 몸을 최대한 활용했다는 면에서 '미카엘은 연주했다'고 말하
고 싶다.

　꼽추는, 아니 등에 두꺼비처럼 커다란 혹이 있는 작은 남자는 안간
힘을 쓰면서 성대인지 배인지에서 소리를 짜내서 노래하고 있었다.
배 위에 놓인 손은 가냘프고도 길어서 삼등석의 귀부인 같았다. K의
얼굴은 못 볼 것을 보고 있다는 듯한 표정이었다. 언젠가 더운 나라에
갔을 때 억지로 봤던 기예극이 떠올랐다. 난쟁이가 비치볼 위에 올라
타 발을 구르면서 입으로는 불을 뱉어내는 것을 보았을 때 나는 저런
표정을 지었을까?

　예상대로 Y는 돌아오지 않았다. 생각보다 겁쟁이이거나 술이 약하
거나 둘 중 하나일 터였다. 미카엘의 노래가 끝나자 우리는 형식적이
지만 형식적으로 느껴지지 않길 바라면서 박수를 쳤다.

　"이건 돈 받는 거 아니죠?"

　K가 박수를 치며 물었다. 돈을 내야 한다면 나라도 억울함을 호소
하고 싶었다. 미카엘은 이것은 자신의 호의라는 양 한 손을 우리에게
뒤집어 보이며 고개 숙여 인사했다.

　"제게는 돈이 필요합니다. 많이 필요합니다."

　아마도 J가 물었을 것이다. 어떤 식의 질문이었는지는 기억나지 않

는다. 돈이 많이 드는 데가 있기라도 하냐고 물은 것도 같고 그 돈을 다 어디에 쓸 거냐고 한 것 같기도 했다.

"왜, 그런데요?"

나는 처음으로 미카엘에게 질문을 했다. Y가 없는 자리를 누가 채워야 할 것 같다는 의무감이 없지는 않았다.

"돈이 없으면 살 수 없습니다."

"나도 그래요. 안 벌고는 살 수 없어. 누구나 그럴 거야. 돈이 남아돈다고 생각하는 사람은 불행한 사람일 거야. 나도 얼마나 빠듯한지 알아요?"

팔짱을 낀 채로 우리를 관찰하던 K가 말했다. 베젤에 다이아몬드가 박힌 시계가 그의 팔목에서 반짝이고 있었기 때문에 질 나쁜 농담처럼 느껴졌다.

"그런 거랑 다릅니다. 진짜로 필요합니다. 돈을 준다면 뭐든 할 수 있습니다."

"뭐든?"

조용한 목소리는 J였다.

"뭐든요."

J가 낮게 웃었다. K는 일이 점점 재미있어진다는 눈빛을 내게 보내왔다.

"그게 정말로 혹이라면 말이야, 말랑말랑할 거란 말이지. 그렇다면 윗몸일으키기를 할 때 남들보다 편하지 않을까 하는 생각이 드는데. 푹신푹신할 것 같아. 그렇지 않나? 스폰지처럼."

K였다. 기발한 제안이지 않느냐는 말투였다.

"그래, 그거라면 돈을 지불할 만하지. 자네는 돈이 필요하고, 우리는 특별한 경험을 할 수 있고 말이에요."

J는 이것이 매우 합당한 거래의 일종인 것처럼 말하고 있었다. 그리고 K가 미카엘에게 주었던 지폐보다 더 많은 액수의 지폐를 탁자 위에 꺼내놓았다. 꼽추이거나 등에 커다란 혹이 있는 남자는 그 돈을 집었다. 미카엘은 J가 앉아 있는 의자 뒤편의 바닥으로 위치를 정했다. 그리고 목을 양옆으로 늘리며 몸을 풀었다.

"열 번이면 되겠습니까?"

미카엘이 물었다.

"괜찮겠지?"

J가 K와 나에게 의견을 구했다.

예상했던 것보다 더 참혹했다. 미카엘이 등을 대고 땅에 눕는다는 것부터가 가능하지 않았다. 튀어나온 등뼈이거나 거대한 혹 때문에 등 아랫부분과 허리는 바닥에 닿지 않았고 엉덩이 윗부분이 겨우 닿았다. 양손을 머리 뒤로 가져가는 것도 힘들어하다 한참 만에야 겨우 해냈다.

웃음이 터진 것은 그다음이었다. 머리 뒤를 받치고 있는 양팔의 도움으로 간신히 위로 올라온 미카엘의 상체가 제자리로 돌아오지 못하고 옆으로 튕겨나갔기 때문이다. 빗맞은 팽이처럼 맥없이 뒤뚱거리던 몸은 한참 만에야 다시 제자리로 돌아왔다. 미카엘은 윗몸일으키기를 계속했다. 한 번에서 두 번으로, 두 번에서 세 번으로. 되풀이된다고 해서 미카엘의 윗몸일으키기가 나아지는 것은 아니었다. 웃음은 멈추지 않았다. K는 눈물까지 닦았다. 머리와 가슴과 배가 아닌 머리와 등과 배로 이루어진, 새롭게 출현한 곤충이 버둥거리는 것을 보는 듯했다.

열번째 윗몸일으키기가 첫번째의 그것보다는 낫기를 바라면서 나는 미카엘을 바라보고 있었다. 내가 할 수 있는 일은 그뿐이었다. J와 K가 나의 건축주라서가 아니라, 그 일은 어디까지나 그들 사이에서 합의된 일이기 때문이었다.

J와 K는 집안으로 사라져버린 Y의 빈자리를 대체하기라도 하겠다는 듯이 노골적으로 변해 있었다. 윗몸일으키기를 마친 미카엘은 맨바닥에 늘어져 있었다. 우리에게 등을 보이고 옆으로 누워서 숨을 몰아쉬었다. 나는 이 일이 어디까지 계속될 것인가를 조마조마하게 지켜보고 있었다.

"지금까지 발가벗은 인간의 몸을 본 것이 몇 번인지 모르겠는데 말입니다. 남자, 여자, 아이, 노인, 산 사람, 죽은 사람. 참 많이도 봤는데 미카엘 같은 사람은 한 번도 못 봤습니다. 사우나에서도 그렇고."

J의 발음은 뭉개져 있었지만, 말을 전달하는 데에는 무리가 없었다.

"이 친구가 이래 봬도 실력이 꽤 괜찮아. 내 모친도 J가 수술했어."

K가 말했다. 나는 그때까지 J가 무슨 일을 하는지 몰랐지만, 일찍 일어나고 일찍 자는 데 단련이 되어 있는 사람이라는 것은 짐작할 수 있었다. 잠을 쫓기 위해 종종 눈을 부릅뜨고 있었기 때문이다.

"여전히 잘 모르겠는 건, 인간의 몸이라는 게 구조와 기능이 일치하지 않는다는 겁니다. 구조적으로는 죽어야 하는 사람이 살고 있기도 하고, 문제가 없는 사람이 갑자기 죽기도 하니 말입니다. 점점 더 모르겠습니다. 점점요."

J는 미카엘에게 할말이 있는 것으로 보였다.

"제가 무엇을 보여드리면 되겠습니까?"

미카엘이 어느 사이 일어나 의자에 앉아 있었다. 미카엘은 영리하기만 한 것이 아니라 용기 있는 사람이었다. J가 아무래도 미카엘의 등을 보여달라고 하는 게 아닌가라는 짐작을, K와 미카엘도 하고 있을 것이라는 생각이 들었다. 나처럼 말이다.

"그곳이 궁금합니다."

드디어 J가 입을 열었다.

"여기만은 안 됩니다. 다른 데는 어디라도 상관없지만요."

미카엘은 이렇게 말하고 나서 끙, 하는 소리를 냈다. 그의 입술은 굳게 다물어져 있었다.

"등을 말한 게 아닙니다. 거기 말입니다."

J의 시선은 미카엘의 아랫부분을 향했다. 별장에 도착해서의 일들이 호기심을 어느 정도 충족시켜준 것은 사실이지만, 아무리 그래도 이건 아니었다. 어느 남자가 다른 남자의 그것을 보면서 즐거움이나 기쁨을 느끼고 싶다는 생각을 할 수 있단 말인가. 돈을 주면서 보라고 해도 가장 보고 싶지 않은 것이 있다면, 그중 하나가 바로 그거였다.

"그게 왜 궁금한데? 검사하면서 지겹도록 보지 않아?"

K가 J에게 물었다. K 역시 괴팍한 면이 없지 않았지만 그 부분에 대해서는 나와 같은 생각을 하고 있는 것 같았다.

"성인 남자의 구조라고 할 수 있는지, 성인 남자와 같은 기능을 할 수 있는지 보고 싶어요."

J는 K가 아니라 미카엘 쪽을 보면서 말했다. 뭔가 희귀한 식재료로 만든 요리가 나오기를 기대하면서, 그것이 지친 오감을 흔들어줄 거

라고 믿는 권태로운 미식가 같은 표정이었다. J는 혀를 내밀어 마른 입술을 핥았다.

"하겠습니다."

미카엘은 윗몸일으키기를 하는 것과 다르지 않다는 태도로 그것을 받아들였다. 나는 꿈을 꾸고 있는 건지도 모르겠다는 생각이 들었다. J는 그때까지 미카엘이 가져간 돈을 모두 합친 것보다 훨씬 더 많아 보이는 지폐를 내어놓았다. K는 못마땅한 얼굴을 했지만 일정량의 돈을 그 위에 보탰다. 돈을 내지 않는 게 미카엘에게 모욕일 수도 있겠다는 생각이 들었다. 나는 J와 K가 낸 것보다는 적은 돈을 탁자 위에 놓았다.

그것은 신속히 밖으로 꺼내졌고, 생각보다 작지 않았다. 그의 작은 몸에 비해 크다는 생각이 들 정도였다. 어두웠기 때문에 색깔은 분별할 수 없었다. 미카엘이 그것의 기능을 제대로 보이지 못한다면, J는 '척추와 성기능의 상관관계'에 대한 한 가지 예화로서 이 일을 채택할 것이다. 그것이 발기된다고 해도 우리가 얻을 수 있는 것은 아무것도 없었다. 한 남자가 다른 남자들 앞에서 배출하는 것을, 그것도 돈을 받고 하는 것을, 실제로 지켜보는 다른 남자들의 고통에 대해서, 그 한 남자는 얼마나 이해할 수 있을까. 순간, 어떤 생각이 머리를 스쳤다. J와 K가 고통받기 위해 미카엘의 도움을 받고 있을지도 모르겠다는. 사라져버린 Y는 이들 중에 가장 연약한 사람일지도 모르겠다는. 스스로를 찌를 수 없어 뱀의 이빨을 빌리는 것일까. 그렇다면 미카엘은 천사였다. 인간이 원하는 것을 주는 게 천사라고 할 수 있다면.

유난히 섬세한 손에 의해 그것이 흔들릴 때마다 내 가슴은 둔중한 무언가에 찔리는 듯한 기분이었다. 날이 무딘 칼로 찔리는 게 더 고통스럽다는 말을 이해할 수 있을 것 같았다. 아프다가 먹먹해지다가 다시 아팠다. 처음에 그것이 꺼내어졌을 때 킬킬대던 J는 어느새 눈을 감고 있었고, K는 턱을 괸 채 미카엘을 보고 있었다. 어두워서 표정이 잘 보이지 않았지만, 미카엘은 편안해 보였다. 미카엘은, 잘 되지 않았다.

미카엘의 그것은 작아졌다 커지기를 반복했고, 그것이 덜렁거리는 것보다 그림자는 크게 움직였다. 그림자는 조난당한 배를 찾기 위해 여기저기를 비추는 서치라이트 같기도 했다. 나는 그것이 빨리 끝나기만을 바랐다. 미카엘도 그랬을 것이다. 미카엘은 고통을 호소하고 있었다. 사정이 늦어질수록 미카엘은 점점 더 모욕을 느끼는 것 같았다. 이것을 끝내지 않고 중단하는 것은 절대 일어나서는 안 되는 일이었다. 나는 어느새 미카엘을 응원하고 있었다.

그것은, 미카엘의 그것은, 허공에 발사되었다. 나는 온몸에 힘이 풀려 눕고만 싶었다. 졸음이 몰려왔다. 발치에 튀었는지 K는 휴지로 신발을 닦았다. K는 J 쪽을 바라보며 불만스러운 표정을 지었다. J와 K는 많이 취해 있었는데, 탁자 위에 엎드려 제 팔들 위로 얼굴을 포갰다. 아침에 이들을 다시 마주할 수 있을 정도로 나는 뻔뻔하지 못했다.

숲 바깥까지 데려다주겠다고 미카엘은 말했다. 거절하고 싶지 않은 제안이었다. 미카엘의 차가 얼마 가지 못해 서버렸으므로 우리는 차를 버려두고 걷기 시작했다. 나는 미카엘과 나란히 걷기 위해 그의 속도에 맞추는 데 온 신경을 기울였다. 미카엘은 내가 왜 그러는지 아는

30

것 같았고, 그런 내가 안쓰러웠는지 재미있는 이야기를 해주겠다고 했다. 숲은 충분히 어둡고, 미카엘의 발걸음은 느렸으므로, 이야기는 숲에서 흘러나오는 것처럼 느껴졌다.

숨을 들이켜보세요. 밤이 숲을 더 두텁게 만드는 것 같지 않습니까? 잠을 잘 못 자면 감각이 살아납니다. 어제도 못 잤습니다. 불을 피우면 사물들이 움직이는 듯 느껴지는 거랑 비슷합니다. 잠을 못 자는 꼽추라니, 웃기지 않습니까? 햇볕을 쬐면 좀 나은 것도 같습니다. 혹시 걸어오다가 제가 일광욕하는 걸 못 보셨나요? 그걸 보면 사람들은 침을 뱉을 겁니다. 꼽추가 등을 내놓다니요. 못 보셨다고요? 일진이 사납다고 생각했을 겁니다. 햇볕을 받으면 등이 펴지기도 한다는 소리가 있긴 하던데…… 그건 잘 모르겠고. 빛을 쬐면 피곤해져서 좀 낫습니다. 한동안 괜찮아졌나 싶었는데 못 잔 지 사흘째입니다. 도시에 다녀온다고 나간 여자가 안 들어오고 있거든요.

여자를 안고 있지 않으면 잠을 못 잡니다. 네, 내가 뒤에서 안아야 합니다. 등을 굽혀야 하니까 나한테는 아주 편한 자세죠. 이상한 것은, 혼자는 그렇게 해도 편하지가 않다는 겁니다. 맨살을 시트에 부비는 것으로는 안 됩니다. 나보다 작은 사람이 내 앞에 있다는 그 감촉을 느끼지 않으면 안 되는 것 같습니다. 목부터 시작해요, 그렇게 매끄러운 등의 뼈를 만지다보면 잠이 옵니다. 여자가 없으면 생각이 많아지고, 잠이 달아나고, 못 자게 되는 겁니다. 그러면 총도 쏘게 되고요. 네, 총이라고 했습니다. 오랜만에 잠들었는데 한밤중에 토끼 같은 게 뛰쳐나오면 뭐라도 하지 않고서는 견딜 수가 없어요. 결국엔 동물들이 언제 나올까 기다리면서 산탄총을 메고 있는 겁니다. 기다려도 안 나오면 허공에다 몇 발을 쏘기도 하고요. 아예 총을 쏘는 연습을 합니다. 시끄럽지 않으냐고요? 총알을 뺀 채로 방아쇠만 계속 당기는 겁니다.

사람이 밤에 잠을 못 잔다는 게 얼마나 힘든 일인지 잘 모르실 수도 있습니다. 저처럼 몸을 쓰는 일을 하는 사람들한테는 보통 힘든 게 아닙니다. 일을 망치게 된단 말입니다. 오늘밤처럼요. 저들은 사는 걸 지겨워하는 사람들입니다. 저런 놀이를 가끔씩 합니다. J랑 K는 서로를 힘들게 하는 것을 즐길 때도 있습니다. 매번 달라요. 저 집에 자주 가는 것은 아니지만요. 이제 선생님도 멤버가 되신 겁니다. 아무나 그 집에 부르지는 않거든요. J가 호수에 빠진 것을 제가 꺼낸 적이 있습니다. 결심이 섰던 건지 사람들을 따라 해본 건지 모르겠습니다. 워낙 사람이 잘 빠지니까요. 숲의 초입에 하천 있는 거 보셨습니까? 네, 풀숲에 가려져 안 보이는 그곳 말입니다. 풀들이 그렇게 무성한 게 사람의 정기를 받아서라는 말이 있어요.

J와 그후로 그 일에 대해 말한 적은 없습니다. 우연이었습니다. 다른 시체를 건지러 갔다가 보게 된 거죠. 내가 알던 사람을 건질 때는 기분이 참 그렇습니다. 내가 알던 사람 같긴 한데 더이상 내가 알던 그 사람이 아닌 것 같거든요. 내가 아는 여자도 하나 건진 적이 있습니다. 나랑 같이 살던 여자였죠. 여자가 돌아왔던 밤에 그녀를 호수에 밀어넣고 말았습니다. 집을 나간 지 이십팔 일째 되던 날이었을 거예요. 이십팔 일을 못 자고 있었으니까요. 다 핑계일지 모르겠습니

다. 여자가 다시 떠난다면 정말 견딜 수 없을 것 같았거든요. 그 상태를 멈출 필요가 있었어요. 그 여자가 너무 그리웠으니까요. 여자가 벗어놓고 간 스타킹을 몸에 감고 잤어요. 돌아오던 그 밤까지요. 호수에 다녀와서 스타킹에 한 발 쐈어요. 엉엉 울면서요.

여자를 곁에 두려면 돈이 필요하지 않습니까? 저한테는 더 많은 돈이 필요한 겁니다. 정말 돈이면 다 할 수 있습니까? 누군가에게 묻고 싶습니다. 천사 같은 게 있다면요. 그렇다면 그 여자를 살려내라고 하고 싶습니다. 산다는 건 중요하지 않겠습니까? 살려내면 뭐할까 싶은 게, 또 같은 일이 일어날 것 같아서 그렇습니다. 사라져도 아무도 모르는 사람들이 있어요. 슬픈 일이지 않습니까?

*

대부분의 길들이 그런 것처럼 그 두 갈래 길 또한 서로 통하게 되어 있다는 것을 알게 되었다. 미카엘과 걸어나왔던 길은 내가 걸어들어갔던 길이 아닌 다른 길이었다. 우리는 J의 집에서 가져온 샴페인을 각각 한 병씩 손에 쥐고 마시며 숲길을 걸어나왔다. 그의 오렌지색 함석지붕 집에 가까워질수록 나는 불이 켜져 있지 않기를 바랐다. 미카엘의 풀죽은 모습을 보고 싶다는 내 안의 잔인성과 떠날 것이 분명한 여자에게 다시 기대를 걸게 될 그에 대한 연민이 뒤섞인 마음이었을 것이다. 나는 떠난 여자가 영원히 미카엘의 삶에 돌아오지 않기를 바랐다.

집에는 불이 켜져 있었다. 미카엘은 당연한 일이라는 듯 반응했다.

여자를 기다리느라 초조해했던 밤들과 내게 했던 이야기들을 잊은 것 같았다. 그가 집으로 걸어들어갈 때, 나는 그의 뒷모습을 오랫동안 볼 수 있었다. 불 켜진 집으로 들어가는 그의 등은 몇 시간 전보다 펴진 것 같기도 했다. 미카엘의 집을 뒤로하고 다시 숲 밖으로 걸어나가는 동안 나는 무언가가 일어나기를 기대하고 있었다. 이를테면, 총소리 같은 게 나기를. 한 번도 들은 적이 없었기 때문에 이 기회에 듣는 것도 나쁘지 않을 것 같았다. 그날은 내가 기대한 어느 것도 이루어지지 않은 하루였다.

미카엘에 따르면, J와 K가 경쟁적으로 유서를 쓰던 때가 있었다고 한다. 미카엘은 그것의 심사위원이었다. 그들 중 한 명이 미카엘에게 유서를 써봤느냐고 물은 적이 있었다. "그런 걸 왜 씁니까? 매일 새롭게 써야 할 텐데요"라는 게 미카엘의 대답이었다. 지금도 그러냐고 묻자 미카엘은 "죽을 정도로 지루해지면 그럴지도요"라고 말했다. 그가 내게 했던 이야기들 중에서 가장 인상적인 부분이었다.

그는 왜 이런 말들을 했던 것일까. 다시 이 숲으로 와서는 안 된다는 경고였을까. 아니면 자신을 좀 어떻게 해달라는 요청이었을까. 아니면 그저 미카엘이 꾸며낸 이야기들인 걸까.

이 이야기는 내가 꼽추 미카엘을 만난 그 긴 여름 저녁에 있었던 일이다.

어느 긴
여름의 너구리

너구리상이라고요?
그는 너구리상 앞에서 만나자고 했다. 둔중한 무언가가
그녀의 머리를 건드리고 지나간 듯한 기분이 들었다.

십 년 전 여름, 그녀는 자위는 알았지만 마스터베이션은 알지 못했다. 서울의 어느 산자락에 있는 대학에 다니고 있었고, 신입생 환영회에서 알게 된 선배와 삼 년째 사귀고 있었다. 학기중에는 수업을 듣느라 바빴고, 여름과 겨울에는 직종을 바꿔가며 아르바이트를 했다. 튜나 샌드위치나 클럽 샌드위치 같은 그럴듯해 보이는 간식을 만들거나 성질이 고약한 아이도 색색거리며 잠들게 할 수 있었고, 인명구조요원 자격증이 있어 바다에서도 일할 수 있었다. 돈이 필요하기도 했지만 그게 다는 아니었다. 작가가 되려면 다양하고 기묘한 일들을 경험해야 할 것 같았다.

 자신이 평범하다는 걸 그녀는 알고 있었다. 그래서 정말 작가가 된다면 누구보다도 그녀 자신이 가장 놀랄 것이라고 생각했다. 스스로 생각하는 것만큼 그녀는 평범하지 않았지만, 흔히 사람들이 글을 쓰기에는 적합하지 않다고 생각하는 그런 자질들을 갖고 있는 것은 사실이었다. 호기심이 많은 만큼 겁도 많아 대담하지 못했고, 성격이 좋은 사람답게 어떤 심각하거나 진지한 일들을 오래 담아두지 못했으며, 결정적으로 편견이나 히스테리가 없어 예술적이지 못하다고 생각했다.

그녀의 부모는 딸이 이런 결점을 극복할 수 있도록 창작과외를 받게 했다. 엄마는 과외를 받는 딸의 옆자리에 앉아 있다가 과외가 끝나면 선생에게 양손으로 하얀 봉투를 건넸다. 호텔 일층 로비의 커피숍에서 받았던 그 과외수업은 그녀의 낭만적인 기질과 잘 맞았다. 특급은 아니었지만 숙박업소만도 아닌, 딱 그 정도의 호텔이었다. 접수원들의 절제를 잃지 않는 미소, 은밀하게 울리는 전화벨 소리, 간혹 들리는 외국어 발음들, 도어맨들의 네모난 어깨 같은 것들이 좋았다. 특별하고 대단한 것들을 배운 것은 아니다. 과외선생은 시집을 두 권인가 낸 시인이었는데, 그는 진정성 있는 글을 쓰려면 무엇보다 우울을 알아야 한다고 말했다. 그런 글이 심사위원의 감성에 호소할 수 있다는 거였다. 그녀는 우울이라는 감정을 이해하고 싶었지만 그게 뭔지 알 수 없었다. 그녀에게는 친구와 웃음이 쓸데없이 많았다.

그 여름, 아침의 빛은 악랄할 지경이었다. 이사한 연립주택에는 에어컨이 없었다. 더위를 피하기 위해 그녀는 아이스크림 가게에서 일했다. 이 아이스크림 가게가 놀이공원 안에 있다는 게 마음에 들었다. 놀이공원은 지하에 있었지만 천장이 높아서 답답한 느낌은 들지 않고, 온도와 습도가 쾌적하게 조절됐다. 일찍 도착한 날에는 놀이공원의 아르바이트생들이 시범운행중인 바이킹이나 후룸 라이드 같은 기구를 태워주기도 했다. 하도 타서 무섭지는 않았지만 그래도 양손을 높이 올리고 있는 힘을 다해 소리를 질렀다.

어떤 것도 이룰 수 있어요. 라랄랄라라라랄라. 여러분, 꿈을 꾸세요. 꿈은 이루어져요. 이 노래가 들리면 기지개를 켰다. 놀이공원에서는 열두시에 첫 퍼레이드가 있었다. 라랄랄라라라랄라. 후렴구를 따라 하며 점심을 먹으러 갔다. 산호세나 히비스커스로. 이 이국적인 이름의 카페테리아들은 아이스크림 가게 근처에 있었고, 주인아저씨가 주는 식권은 이 두 곳에서만 쓸 수 있었다.

그 여름은 끝날 것 같으면서 끝나지 않고 있었다. 심장의 열기는 머리를 뚫고 나갈 것 같았지만, 놀이공원은 시간이 흐르지 않는 곳 같았다.

처음에는 잘못 걸려온 전화인 줄 알았다. 그렇게 점잖은 목소리의 많이 배운 듯한 남자가 전화를 할 일이라고는 없었으니까. 하지만 남자는 그녀의 이름을 알고 있었다.

남자는 말했다. 어떤 아르바이트를 제안하고 싶다고. 그녀는 아르바이트를 구한다는 이야기를 누구에게도 한 적이 없었고, 그러므로 자신의 연락처를 남자가 알고 있는 게 미심쩍었지만 전화를 끊을 수 없었다. 남자는 집중을 하지 않으면 알아듣기 힘들 정도로 작게 말했다.

좀 이상하다고 생각될 수도 있겠지만, 이라고 말한 뒤 그는 말을 이었다. 그녀는 항의하고 싶었다. 자신의 이름이나 신원을 밝히지 않고 다짜고짜 말하는 건 반칙이니까. 한 시간이면 충분하고, 시간당 이십만 원을 지불할 것이며, 경우에 따라서는 두 시간이 될 수도 있다고 남자가 말했다. 넘치게 후한 제안이었다.

그녀는 자신이 그 정도 돈을 받을 어떤 전문성도 갖지 못했음을 누구보다 잘 알고 있었다. 자본주의사회는 일한 만큼 돈을 준다는 것을.

시급 천 원씩을 더 받게 된 대가로 그녀는 이제 아이스크림을 좋아하지 않게 되었다. 얼어 있는 아이스크림을 스쿠프로 퍼내다보면 어깨와 목까지 얼어버렸다. 그 일은 CF에서처럼 우아하거나 상큼하지 않았다. 세 달을 해도 손에 익지 않는 일은 처음이었다. 아이스크림을 더 달라거나 꾹꾹 눌러달라는 손님들에게 보이지 않게 눈을 흘겼다.

샛노란 별이나 형광빛이 나는 핑크색 토끼 귀 따위가 달린 머리띠를 하고 일을 한다는 게 위안이 되었다. 기분이 좋지 않을 때면 고개를 움직여 스프링이 흔들리게 하곤 했다. 주인아저씨는 그녀가 예쁘지는 않지만 귀엽게 생겨서 아기들과 여자애들이 좋아한다며 그녀를 귀여워했다. 그녀가 아이스크림을 먹는 모습을 보면 누구라도 아이스크림이 먹고 싶을 거라며, 수시로 그것을 물고 있으라고 했다. 다른 아르바이트생들 몰래 시급을 천 원씩 더 얹어준다는 조건이었다. 그는 그녀가 대학생임에도 중학생쯤으로 대했고, 그녀의 타고난 미숙함을 순수와 동일시했다.

그녀는 남자에게 무슨 일을 하면 되는지 물었다. 최대한 담담하게 말하려 애쓰고 있었지만 알 수 없는 기대감에 얼굴이 달아올랐다. 내가 특별하다고 생각하는 게 틀림없어. 대학 입학일이 다가오던 그때처럼 가슴이 뛰었다. 글을 쓰는 과에 들어가면, 멋진 글만 읽고 쓰고 말하게 될 줄 알았던 그때처럼. 대학교에, 아니 적어도 그녀가 다니는 과에 그런 것은 없었다. 선배들은 글을 잘 쓰면 무시하는 척했고, 글을 못 쓰면 정말로 무시했다. 새삼 자신이 아직까지 얼마나 불행했었는지 느꼈다.

　제가 마스터베이션을 할 겁니다. 그걸 보고 글로 써주시면 됩니다. 남자가 말했다. 사무적이고 명료한 말투였다. 마스터……베이션이라고요? 그녀는 그때만 해도 그 단어가 무슨 뜻인지 몰랐다. 그의 기대를 배반할 수는 없었다. 기타를 치는 테크닉이거나 아니면 내가 모르는 회화 기법 같은 건가. 싱커페이션이나 액션페인팅 같은 그런. 대기 중에 파동하는 음률이나 캔버스에 뿌려진 물감 같은 것을 글자로 바꾼다고? 그 일은 감당할 수 있는 범위 안에서 창조적일 것 같았다. 어쩌면 우리는 잘 맞는 작업 파트너가 될 수 있을지도 몰라. 그녀는 어떤 승부욕 같은 게 솟아나는 걸 느꼈다.

　몇 해 동안 그는 한강 근처의 재건축을 앞두고 있는 방 세 개짜리 아파트에서 혼자 살았다. 방 하나는 옷과 신발로 가득했고, 또하나의 방에는 아이의 장난감이 있었고, 가장 큰 방은 아내와 함께 쓰던 침실이었다. 집은 낡은데다가 비좁았지만 이사를 할 엄두를 내지 못했다. 어떤 물건을 버리고 남겨야 할지 알 수 없었다. 삼 년을 기약하고 영국으로 간 아내와 아이는 '일 년 후에는 꼭' 돌아오겠다는 말을 되풀이하며 돌아오지 않고 있었고, 이제는 아이가 아니게 돼버린 아이는 아빠도 걸프렌드를 사귀는 게 어떻겠냐는 말을 안부처럼 하곤 했다. 빨래와 다림질은 세탁소에 맡겼고, 집안일은 사흘에 한 번 오는 아주머니가 해주었지만, 설거지는 쌓이지 않게 직접 했다. 백화점 식품관의 스시 코너나 일식당에서 우럭이나 도미 회 같은 것을 포장해와 먹곤 했는데, 회를 옮겨담았던 접시를 방치했다가 참을 수 없을 만큼 고약해진 생선 비린내로 고역을 치른 적이 있었기 때문이다. 그는 킹사이즈 침대의 왼쪽 끝에서 몸을 모로 세우고 잠을 잤다. 침대의 오른쪽으로는 창문이 있었다.

그는 치과 의사였다. 치과가 자리한 건물이 그의 소유였으므로, 원했다면 건물의 다른 층에서 살 수도 있었다. 하지만 병원에서 일곱 블록쯤 떨어진 아파트에 사는 편을 택했고, 늘 같은 길로 출퇴근했다. 모험심이 없어서는 아니었고, 그 길이 병원까지 가장 멀리 돌아가는 길이기 때문이었다. 그는 환자의 입안을 들여다본다는 것 말고는 자신의 일을 꽤 좋아하는 편이었다. 사람의 입안은 세상에서 가장 더럽고 이상한 냄새가 나는 구덩이였다. 그는 종종 구취가 심해서 같이 키스신을 찍는 여배우를 곤혹스럽게 했다는 클라크 게이블에 대해 생각했다. 영화 채널에서 우연히 보게 된 클라크 게이블은 앞니가 하나밖에 없었고, 그를 치료해주고 싶다는 생각을 한 적이 있었기 때문이다.

접수원이 삼십 분 단위로 예약을 받았기 때문에 때로는 소변을 참아야 할 만큼 바빴다. 예약이 취소되거나 연기되어 시간이 비면, 여자 생각이 났다. 그렇다고 여자를 산 적은 없었다. 그건 비인간적인 일로 느껴졌고, 무엇보다 여자를 사지 않고서는 여자와 자지 못할 만큼 자신이 늙거나 매력이 없다고 생각하지 않았다. 미남은 아니었지만 여자들이 여전히 자신을 바라보는 걸 느꼈고, 그럴 마음만 먹는다면 어느 남자나 사귀고 싶어하는 여자들과 자는 건 별일 아니라는 걸 알았다. 그러나 그런 식으로 아내와 대등해지고 싶지는 않았다. 영국에 다니러 갔을 때, 아내가 아이의 가디언인 중국계 남자와 데이트를 시작한 지 얼마 안 되었다는 걸 눈치챌 수 있었고, 앞으로 데이트를 하면서 섹스의 위협이 닥친다 해도 그녀가 민첩하게 피할 수 있을 것 같지도 않았다.

뭔가 무절제하고 터무니없으면서 마음이 끌리는 일을 하고 싶었다. 그는 돈을 쓰는 흥미도 습관도 없었다. 가끔 옷을 사거나 정기적으로 식비와 관리비를 지출하는 것 말고는. 그는 육십대 환자의 입안에 브리지를 해넣다 자기가 하고 싶은 일을 발견했다. 환자의 손상된 치아와 자신이 가공해넣은 보형물이 원래부터 한덩어리였던 것처럼 밀착되는 것을 보고 '작품'이라고 생각했던 것이다. 왜 내 작품을 나밖에는 보지 못하는가. 어쩐지 마스터베이션 같았다. 아니다. 마스터베이션은 내가 만든 완벽한 치아처럼 견고하지 못하다. 자신만의, 자신만에 의한, 자신만을 위한 순간적이고 덧없는 위안에 불과하다.

그걸 누군가 봐줬으면 좋겠다고 생각했다. 그렇지만 매춘도 싫고 연애도 싫었다. 정확히 말해, 연애는 싫다기보다 터무니없이 귀찮은 일로 느껴졌다. 그는 외로워서 이성을 만나는 사람들을 잘 이해하지 못했다. 하지만 이제 혼자서 마스터베이션을 하는 것에도 질려버렸다. 그건 마치 우습지도 않은 텔레비전 프로그램을 보면서 홀로 헛웃음을 짓는 것과 비슷하다는 생각이 들었다. 그 시간이 사라지지 않을 수 있게 누군가가 보고 글로 써준다면, 작품으로 만들어준다면. 그렇다면 나는 내면의 초상화 같은 것을 갖게 된다. 그는 글을 쓰는 재주는 없었지만 엉터리 글과 그렇지 않은 글을 분별할 수는 있었다.

처음에는 글을 잘 쓰는 여자여야 한다고 생각했다. 그러다 생각을 바꿨다. 글을 잘 쓴다는 건 복잡하고 까다로운 일이라는 걸 알았으니까. 그렇다면 견디기 힘든 글을 쓰는 여자만 아니면 된다고 스스로와

타협했다. 그리고 어려야 했다. 여자는 이십대 중반만 넘어도 따지는 게 많았고, 실속을 차리려 했다. 그는 돈을 지불하면서까지 그런 신경전을 벌이고 싶지 않았다. 예쁜 여자여도 곤란했다. 그런 여자들은 상대를 바라보는 일에 소질이 없다는 걸 경험으로 알고 있었다.

그런데 그 마스터베이션이라는 게요, 라고 그녀가 물었을 때 그는 여자아이의 사진을 보고 있었다. 달처럼 둥근 얼굴이었지만 그렇게 큰 것 같지는 않았고, 살짝 아래로 내려간 일자 눈썹은 당차 보였다. 구직 사이트에서 1982년부터 1984년 사이에 태어난 문예창작과나 극작과, 서사창작과를 다니고 있는 여자아이들을 검색해서 얻은 결괏값 중의 하나가 그녀였다. 그는 말했다. 별거 아니라고, 배 위에서 바다 위의 낙조를 그리는 인상파의 스케치 같은 걸로 생각하라고. 그렇게 즉흥적으로 말해놓고 스스로도 자신의 말이 우습게 느껴졌다. 그역시 '인상파의 스케치 같은 것'이 어떤 글일지 짐작하기 어려웠다. 자신을 허영에 찬 변태라고 여길지도 모르겠다고 생각했다. 이미 거절당하는 일에 익숙해져가고 있었으므로 어쩔 수 없는 일이라고 생각했다.

인상파요? 그녀는 '인'에 힘을 주어 말했다. 마스터베이션이라는 것과 인상파 사이의 관계를 짐작하기 어려웠다. 점점 더 무슨 말인지 알 수 없게 되어가고 있었다. 그러니까…… 이를테면요. 남자는 경직된 목소리로 말했다. 인상파를 좋아하기란 쉽지 않고, 자기도 별로 안 좋아한다면서.

그녀가 머뭇거리자 그는 일단 생각해보라며, 다시 전화해도 되겠느냐고 묻고는 전화를 끊었다. 그가 말을 끝내고도 한참 동안 전화를 끊지 않아서 그녀는 꽤 오래 전화기를 들고 있어야 했다. 그의 목소리는 지나치게 편안해서 조금만 더 듣고 있으면 잠에 빠져버릴지도 모르겠다는 생각이 들었다. 혼란스러운 와중에 그런 생각이 지나갔다.

전화를 끊자마자 주인아저씨가 이야기 좀 하자는 눈빛을 보내왔다. 그의 손에는 하얀 행주가 들려 있었다. 사장님, 그런데 마스터베이션이 뭐예요? 그녀가 물었다. 주인아저씨에게는 부끄러운 것이 아무것도 없었다. 그가 편의점에 가서 생리대를 사다준 적도 있었다. 똑똑하거나 유식해서 자신을 귀여워하는 것이 아니었으므로 이런 질문을 하는 게 아무렇지 않았다.

그는 심호흡을 크게 하고 난 뒤 이렇게 말했다. 그건 나쁜 거라고, 너처럼 어린애는 몰라도 된다고. 그녀는 주인아저씨를 놀리고 싶었다. 왜 그래야 하냐고 물으면서 이빨로 손톱을 깨물었다. 그가 그녀의 양어깨를 힘주어 잡았다. 포획한 곤충이라도 되는 양 날갯죽지를 잡아당기며 눌렀다. 그러고는 '그건 지저분한 일'이라고 거듭 주의를 주었다. 그녀는 기세에 밀려 고개를 끄덕이면서 이제 주인아저씨에게 이런 문제에 대해서는 말하지 말아야겠다고 생각했다.

어둡고 시끄러운 술집에서 소리를 지르며 술을 마시는 게 그녀는 데이트인 줄로 알았다. 케첩을 넣고 볶은 비엔나소시지 같은 것이 돌판 위에서 지글거렸고, 깨를 피해서 소시지를 집어먹었다. 그러다 배가 부르면 그의 방으로 갔다. 남자친구와 자는 것은 첫번째보다는 두번째가, 두번째보다는 세번째가 좋았다. 그녀의 몸안에서 나온 것이 그의 몸으로 들어가고, 그의 몸에서 나온 것은 다시 그녀의 몸안으로 들어왔다. 이렇게 좋아도 되는 건지 당혹스러웠다. 그 일은 매번 미묘하게 달랐고, 다르게 좋았다. 점점 더 부끄럽지 않았다. 언제부턴가 키스가 가장 좋다는 말은 더이상 할 수 없게 되었다.

그녀는 주도면밀하고 섬세하게 타락의 흔적을 지우곤 했다. 물수건으로 몸을 닦았고, 머리는 일부러 물로만 감았다. 간이 싱크대에 머리를 옆으로 누인 채로 감을 수밖에 없었다. 남자친구의 자취방에는 욕실이 없었다. 욕실은 여러 개의 방들이 모여 있는 복도 끝에 있었고, 그 문은 불투명한 유리로 되어 있어 안에 있는 사람의 실루엣이 들여다보였다.

집의 현관문을 열기 전에는 멈춰 서서 피로한 표정을 연습하곤 했다. 엄마는 종종 그녀를 빤히 쳐다봤다. 왜? 라고 물으면 그냥, 이라는 답이 돌아왔다. 그것 말고는 엄마에게 숨기는 게 없었다. 이 아르바이트를 엄마가 알게 된다면 어떤 일이 벌어질까. 마음이 좋지 않았지만, 한편으로는 짜릿하기도 했다. 나쁜 짓 같기는 했지만, 나쁜 짓을 한다고 나쁜 사람이 될 만큼 자신이 나약하거나 순진하다고 생각하지 않았다.

남자친구에게 묻자 '우리가 서로에게 종종 해주는 그것'이라는 답이 돌아왔다. 주인아저씨의 달아오른 얼굴이 떠올라 웃음이 났다. 상당히 이상한 제안이기는 했다. 다른 꿍꿍이가 있을지도 모른다고 생각했다. 그 일을 하려면 어딘가의 밀폐된 공간에 단둘이 있을 수밖에 없을 텐데 나의 안전을 어떻게 보장받는단 말인가. 남자친구에게 말하고 같이 가는 것은 어떨까 생각했다. 남자친구는 어떤 요구도 거절하는 법이 없었다. 그렇지만 그 남자가 좋아하지 않을 것 같았고, 없었던 일로 하자고 할지도 몰랐다.

그녀와 남자친구는 마스터베이션을 다른 이름으로 불렀다. 마스터베이션, 이름과 발음은 얼마나 그럴듯한지. 그것은 어쩌면 프렌치 레볼루션 같은 것일지도 모르겠다고 생각했다. 입술을 살짝 벌리며 시작하는, 귀여울 정도로만 도발적인 이 청량한 발음에 익숙해지다보면 그것은 프랑스혁명과는 아무런 관계가 없는, 차라리 프렌치 키스와 더 가까운 어떤 것으로 느껴졌다. 그녀는 롤러코스터를 타기 위해 기다리는 줄의 일부는 이 귀엽고 낭만적인 발성이 끌어들인 사람들일 거라고 생각했다. 그것이 얼마나 무시무시한 기계인지 알고 있었으니까.

일주일이 지나도록 전화를 하지 못했다. 기다리게 하고 싶었던 마음도 없지는 않았지만, 밀려 있는 예약들을 처리하기 어려웠다. 열시에 일을 시작해서 잠시 점심을 먹고 저녁 일곱시에 일을 마치면 어떤 약속도 잡고 싶지 않았다. 그는 일과 일 사이에서 잠시 한가해질 때만 성욕이 이는 걸 느꼈다. 머뭇거리던 여자아이의 말투가 생각났지만 기대가 희미해질 때까지 시간을 흘려보냈다. 기대라는 건 시소 같아서, 이쪽이 가벼워지면 저쪽이 무거워진다는 걸 그는 알고 있었다.

어차피 경우의 수는 두 가지밖에 없었다. 그녀를 만나게 되거나, 그러지 못하게 되거나. 그녀가 안전하다고 느끼게 하려면 어떤 일을 해야 할지 생각했다. 그러고는 전화를 걸었다. 너무 기다리게 한 건 아니냐고, 의례적으로 물었을 것이다. 그녀는 그렇다고 했다. 너무 기다리게 하셨다고 했다. 진심인 것 같았고, 원래의 성격을 숨길 필요를 느끼지 않는 것 같았다. 그는 여자아이의 눈썹을 다시 한번 떠올리고는 자신의 짐작이 맞았다고 생각했다.

그녀는 그 일을 한다면 단조롭고 피곤한 생활을 잠시 잊을 수 있을지도 모른다고 생각하고 있었다. 만약에 있을지도 모를, 위험하거나 불쾌한 상황을 생각한다면 하지 않는 게 맞았지만 자신이 그리 녹록한 사람이 아니라고 생각했다. 과외선생은 말했었다. 남들처럼 살고 남들처럼 생각하면서 소설을 쓰기는 어렵다고. 그녀는 무작정 버스를 타고 낯선 동네에 내리기도 했고, 모르는 사람의 결혼식이나 장례식에 가보기도 했다. 그러나 걸어다니는 건 쉽게 지쳤고, 결혼식장은 산만하기만 했고, 장례식장에서는 노름하는 것밖에 본 게 없었다. 그를 보게 된다면 나는 어떤 글을 쓸 수 있을까.

그랬다. 그녀는 그 전화를 기다리고 있었다. 그 일을 하기로 확실히 결정한 건 아니었다. 그저 목소리를 듣고만 있어도 좋을 것 같았다. 누군가에게 이 일에 대해 상의하고 싶었다. 그렇다면 이 답답함이 조금은 풀릴 것도 같았다. 비밀을 갖는다는 게 이런 걸까. 남자친구 역시 말하지 않은 것이 있을지도 모른다는 생각을 하다, 아마 그렇지 않을 것이라는 생각이 들었고, 어쩐지 실망스러웠다. 그가 비밀을 가져주길, 그리고 그것을 들키지 말길 바랐다.

그녀가 할 수 있는 일은 기다리는 것뿐이었다. 그래서 재차 그 일을 할지 묻자 '그럼요'나 '물론이요' 같은 말을 했던 것이다. 자신을 실제로 보고 나서 이 일을 할 엄두가 나지 않는다면 포기해도 좋다고 했다. 그 역시 그녀를 보고 나서 결정을 바꿀 수도 있다는 말로 들렸다. 그녀는 자신이 예쁜 것과는 거리가 있는 얼굴이라는 말을 해야 할지 말아야 할지 잠시 망설였고, 그런 생각을 했다는 것만으로 수치심이 들었다. 그가 먼저 그녀가 불안해하는 것들에 대한 해결책을 말했다. 만나러 오기 전에 친구에게 행선지를 밝히고 와도 좋다고. 그게 불편하면 돌아가야 할 시간에 룸서비스를 예약해놓겠다고. 어느 것도 내키지 않았고, 안전해 보이지 않았지만 그녀는 마음을 정했다.

너구리상이라고요? 그는 너구리상 앞에서 만나자고 했다. 둔중한 무언가가 그녀의 머리를 건드리고 지나간 듯한 기분이 들었다. 얼마나 많은 약속들을 이 너구리상 앞에서 했었는지 모른다. 동네에 사는 누군가를 만날 일이 있으면 '너구리 앞에서'라고 말했고, 말하지 않아도 당연히 거기서 보는 것이었다. 담배를 피우러 옥상에 올라가면 너구리가 조그맣게 보였다.

집안이 망해 이사 오기 전에는 늘 그랬다. 이사를 오고 난 후에도 아르바이트 때문에 너구리상을 매일 지나다니고 있었다. 그녀의 방에서부터—지하도를 건너서 버스를 타고, 길을 건넌 후 한번 더 갈아타고, 너구리상을 지나쳐—놀이공원으로 가는 데까지는 오십 분이 조금 안 걸렸다.

얼굴을 모르는 사람과 너구리상 앞에서 만나기로 한 것은 처음이었다. 그는 너구리의 꼬리가 왼쪽에 있는 곳과 오른쪽에 있는 곳 중에 어느 편이 좋은지 물었다. 음, 오른쪽이요. 너구리상은 앞에서 보는 것과 뒤에서 보는 것이 같으면서도 달랐다. 어느 쪽을 앞이라고 하고 어느 쪽을 뒤라고 해야 할지 몰랐지만, 그것은 기념주화처럼 납작한 동상이었고 밤이 되면 조명이 들어왔다. 너구리의 꼬리는 낮보다 부풀어 보였다. 그 앞을 수없이 지나다니면서도 그녀는 그때까지 너구리 꼬리의 방향에 대해 생각해본 적이 없었다.

그 방의 문은 다섯시에 열렸고 여섯시에 닫혔다. 일곱시에 닫힐 때도 있었다.

그녀는 대개 십 분 전쯤 호텔에 도착해서 로비를 서성였다. 초콜릿 향이 나는 시가와 각인 서비스를 해주는 만년필 같은 것들을 구경했다. 어떤 때는 식료품점의 잼이나 과일절임 같은 것에 붙어 있는 성분표나 원산지 등을 괜히 집중하며 읽었다. 늘씬한 종업원들은 허리를 곧게 편 채로 눈을 맞추며 도와줄 게 없느냐고 물었다. 그녀는 허리를 꼿꼿하게 세우고는 고개를 저었다.

다섯시가 가까워지면 엘리베이터를 탔다. 엘리베이터맨처럼 엘리베이터의 오른쪽 앞에, 그러니까 문의 바로 앞에 섰다. 그러고는 그것에 뜨거운 이마를 대고 서 있고는 했다. '1003'이라는 숫자가 쓰인 객실 키를 손에 쥔 채. 그가 정한 규칙에는 '시간을 지킬 것'이 포함되어 있었다.

그 방을 생각하면 어디선가 선풍기가 탈탈거리는 소리가 들리는 것만 같다. 방에는 당연히 선풍기가 아닌 에어컨이 있었지만 어딘가 시대에 뒤떨어지는 것처럼 보였고, 그게 편안한 느낌을 주었다. 한쪽 벽에는 개화한 양란의 꽃대를 극사실적으로 찍은 사진이 있었다. 꽃의 바탕은 분홍색이었고, 그 위에 찍힌 점들은 주홍색이었다. 바탕이 주홍색이고, 점이 분홍색이었을 수도 있다. 그녀는 자신의 배에 여전히 남아 있는 몽고반점을 떠올리며, 그게 주근깨였더라면 더 좋았을 거라고 생각했다.

부탁이 있느냐고 남자는 물었다. 그녀는 어물어물하다 말았다. 그는 먼저 침대 끝에 걸터앉더니 그녀에게는 창가의 의자에 앉으라는 뜻으로 손짓을 했다. 그리고 말했다. 이건 섬세한 작업이고, 그 의미가 소중하게 지켜지기를 바란다고. 그러고 나서 그녀를 보았다. 대답을 원하는 건지, 아니면 일부러 얼마간의 침묵을 유지하려는 건지 알 수 없었다. 그러고는 부탁을 해왔다. 시간을 지킬 것, 질문하지 말 것, 다가오지 말 것, 그리고 웃지 말 것.

그는 그녀보다 서른 살 가까이 많아 보였지만 여전히 여자에게 인기가 있을 것 같았고 앞으로 얼마간은 더 그럴 것 같아 보였다. 그래서 너구리상 앞에서 처음으로 그의 얼굴을 보았을 때 뭔가가 잘못된 건 아닌지 어리둥절했다. 남자는 적금통장, 고무장갑, 분리수거, 헬스, 금전출납부, 유행가 같은 것의 반대편에 있는 사람으로 여겨졌다. 그러나 규칙적인 생활을 하는 사람처럼 보였고, 그것도 매우 바쁘게 사는 것 같았다. 남자가 어떤 일을 하는 사람일지 궁금했다. 하지만 부탁은 지켜져야 했다.

글은 어떻게 써야 할까요, 라고 그녀가 물었다. 쓰고 싶은 대로 쓰면 됩니다. 나도 한때는 글을 썼어요. 대단한 건 아닙니다만, 그게 어떤 종류의 기쁨을 주는 일인지는 알아요. 쓰면서 기뻤으면 좋겠어요. 그게 다예요. 남자가 말했다. 기쁨이요? 그게 어떤 걸까요? 여자는 속으로 말했다. 남자의 말은 거짓말이었다. 그는 오래전에 누드모델을 한 적이 있었다. 스무 명 가까이 되는 여학생들이 자신의 몸을 바라보면서 도화지에 선을 긋는 소리는, 뭐랄까. 가랑비나 이슬비를 온몸으로 맞는다면 그런 기분일 거라고 생각했다. 그것이 들어올려지면 어떤 일이 벌어질지 궁금했지만, 스무 명 가까이 되는 여학생들 사이에

섞여 있던 남학생들 덕분에 그런 일은 일어나지 못했다. 그건 생각할수록 눈이 마주치면 수줍게 웃던 여학생들에게 웃어주지 못한 것만큼이나 애석한 일로 여겨졌다.

그는 욕실로 들어갔다. 물소리가 들렸다 멎었다. 그는 양치질과 손을 씻는 일에 강박을 가지고 있었다. 치실, 칫솔, 워터피크, 초록색 가글액, 이것들 중 하나라도 빼먹으면 속옷을 뒤집어 입은 것처럼 불편했다. 그가 다시 나타났다. 그녀는 남자의 복장이 웃겼지만 웃음을 참았다. 바지를 벗지 않은 채로 그 위에 목욕 가운을 입고 나왔던 것이다. 목욕 가운 사이에 들어 있던 습자지가 카펫 위로 소리없이 떨어졌다. 미용사가 손님에게 그러는 것처럼 그 가운을 입혀줘야 하는 건 아니었는지 하는 생각이 뒤늦게 들었다. 하얀색 목욕 가운은 그의 인상에 청결과 신뢰감을 더했다. 약사나 치과 의사가 그런 것처럼.

아주 간단해요. 눈을 떼지 말아요. 하나도 남김없이 보고 있어줘요. 남자가 말했다. 그는 침대 위에 가로로 걸쳐져 있던 베이지색 베드러너를 바닥에 내려놓고는 침대의 머리 부분으로 다가갔다. 겹쳐놓은 쿠션들 위에 등을 기댄 채로 여자의 눈을 똑바로 쳐다보았다. 그녀는 그에게서 눈을 떼지 않으면서 노트북의 플러그를 콘센트에 꽂았다. 전원 버튼을 누르자 노트북의 모니터가 환해졌다. 그는 목욕 가운의 허리끈을 다시 한번 여몄다. 그러고 나서 무릎을 세우고 앉았고, 바지의 지퍼를 내렸다. 담배에 불을 붙인 게 먼저인지도 모르겠다. 그녀는 순간적으로 눈을 감았다. 그 방에 열 번에 가깝게 가게 되리라는 것을 그때는 알지 못했다.

하아.

긴 한숨을 내쉬고 나서 그는 미지근해진 물을 마셨다. 그녀도 괜히 물을 마셨다. 그래야 그날의 의식이 제대로 마무리되는 듯한 느낌이 들었기 때문이다. 손을 잡지 않고 하는 악수 같은 거라고 그녀는 생각했다. 그는 그 일을 하기 전에 냉장고에서 꺼낸 생수를 침대 옆의 협탁에 가져다놓는 걸 잊지 않았다. 그녀는 물을 마실 때도 그에게서 시선을 떼지 않았다. 물은 그의 목젖에 머물렀다 떠났다. 그는 그녀를 볼 때도 있고 보지 않을 때도 있었지만, 자신을 보고 있을 그녀를 의식한 표정을 지었다.

그는 만족스러운 목소리로 여자에게 아주 성실한 사람이라고 했다. 그녀가 써온 글을 내밀면 양손으로 받았다. 불을 붙이지 않은 담배를 문 채로 그녀가 쓴 글을 읽었다. 음. 다 읽었다는 신호였다. 반응은 늘 그게 다였다. 글이 어땠는지 묻고 싶었지만 불리한 말을 듣게 될까봐 그럴 수 없었다. 그가 글을 읽을 때면 그녀는 부끄러웠다. 얼굴이 붉어졌고, 뭐라고 말을 해야 할지 알 수 없었다. 마스터베이션을 한 게 그가 아니라 자신인 것 같다는 생각이 들었다.

처음에는 눈을 계속 뜨고 있기가 어려웠고 숨도 제대로 쉴 수가 없었다. 목이 타들어갔다. 치과 치료를 받는 것처럼 침을 삼키지 못해 괴로웠다. 집에 돌아와서는 며칠 내내 몸살을 앓았다. 두번째에는 생각나는 단어들을 메모하느라 경황이 없었다. 한 시간에 원고지 10매, 가 그가 요구한 분량이었다. 세번째가 되어서야 그것을 보면서 동시에 타이핑할 수 있었다. 그가 원하는 방식이었다.

그녀는 그의 것을 제대로 본 적이 없었다. 목욕 가운 사이에서 그것은 그의 손 밖으로 나타났다 사라졌다 다시 나타났다를 반복했다. 액체를 밖으로 내보낸 후 그는 자신의 기관을 깔끔하게 수습했다. 그것을 보이려고 한다면 그럴 수 있었다. 그는 생각했다. 완전히 드러나지 않는 것이 더 매혹적일 거라고. 완전한 노출은 저급하다고. 사정 그 자체보다는 순간순간의 감각에, 그녀의 타이핑 소리에 집중하는 것이 그에게는 더 가치가 있었다.

그를 만나고 돌아온 날이면 그가 했던 그 일을 했다. 자기가 왜 그러는지는 알 수 없었지만, 그럴 수밖에 없었다. 그전에는 혼자서 이런 일을 해본 적이 없었다. 왼손으로는 목덜미를, 오른손으로는 아랫배를 만지는 것으로 시작했다. 잘 되지 않았다. 그는 그녀를 보는 것만으로도, 그녀가 자신을 보고 있는 것만으로도 흥분할 수 있었지만 그녀는 그렇지 못했다. 그를 생각하고 싶지 않았지만 그럴수록 그가 생각났다. 그녀는 궁금했다. 왜 남자는 담배를 한 대만 피우고 마는지. 방은 더웠고, 기분 나쁜 습기로 가득했다. 모기마저 그녀를 방해했다. 프렌치 레볼루션을 탄다 해도 이렇게 기분이 더럽지는 않을 것 같았다.

침대 위에서는 선배들이 그녀를 내려다보며 비웃었다. 그들에게는 당연한 것만이 당연했다. 그들과 함께 막걸리나 소주를 마시지 않고 자기네끼리 맥주를 마시는 후배들은 부르주아라고 비난받았고, 토익을 공부하거나 취업 준비를 하면 기회주의자가 되었다. 그들은 누군가를 법정에 회부하고 판결을 내리는 것을 가장 즐겼다. 연인으로 지내던 과 커플이 헤어지게 되면 그중의 한 명은 엄혹한 심판을 받았다. 이별의 원인을 제공한 쪽이 그랬을 것 같지만 꼭 그런 것도 아니었고, 주로 남자보다는 여자가 비난의 대상이 되었다. 그 여자아이는 사람들을 피해다녀야 했다. 새로운 피고가 생길 때까지.

우리는 반골이라 어쩔 수 없어. 그녀는 그들의 이 말을 떠올렸고, 명확하지 않은 대상에게 분노가 일었다. 그녀는 그들과 친했고, 그저 좀 유치하다고 생각하는 정도였다. 더이상 그들과 잘 지낼 수 없으리란 걸 깨달았다. 그들은 불륜은 경멸하고 변태는 척결해야 한다고 생각하는 사람들이었다. 남들에게 관심이 지나치게 많은 사람들. 그녀는 자신에게만 집중하고 싶었다. 남자친구와 자고 있으면 1003호의 그 남자가 떠올랐다. 그렇다고 그 남자와 자고 싶은 것은 아니었다. 그 사람은 왜 그런 일을 하고 있는 건지, 그러면 어떤 기분이 되는지 알고 싶었다. 그녀는 서로의 액체를 교환하고 있는 자신들이 열등하게 느껴졌다.

그와 그녀는 자주 만났지만 가까워지지는 않았다. 고용주와 고용인의 사이였으니까. 그들 사이에는 대화보다는 침묵이 많았다. 기껏해야 날씨 이야기가 다였다. 오늘도 참 덥네요, 그러네요, 아스팔트에 발이 델 것 같아요, 같은. 일주일에 세 번을 본 적도 있고 이 주 동안 한 번도 보지 못한 적도 있다. 전화번호를 알았지만 그녀가 먼저 전화할 수는 없었다. 그들 사이의 불문율이었다. 그녀는 이 관계가 언제 끝날지 모른다는 게 불안했고, 그럴 수 있다면 먼저 그만두겠다고 말하고 싶었다. 그가 가장 아쉬움을 느낄 만한 그런 타이밍에.

그는 그녀보다 그 방에 먼저 들어와서 그녀보다 나중에 그 방을 나갔다. 그녀는 자신이 도착하기 얼마 전에 그가 그 방에 들어온다고 짐작했다. 늦는 것도 사양하겠지만, 빨리 오는 것도 곤란해요, 라는 말 때문만은 아니었다. 호텔 로비에 있는 식료품점을 구경하고 있을 때 그가 호텔의 회전문으로 들어오는 것을 본 적이 있었다. 숨이 차 보였다. 넥타이를 풀어 바지 주머니에 넣고는, 고개를 양어깨 쪽으로 번갈아 기울이면서 목을 풀었다. 택시를 잡거나 차를 가져오는 게 오 히려 번거로운 일일 정도로 가까운 곳에서 온다는 것을, 그리고 넥타 이를 풀고 올 여유도 없을 만큼 시간에 쫓기는 사람이라는 것을 알 수 있었다.

방은 두시부터 네시까지는, 아니 네시 반까지는 비어 있다. 그녀의 짐작이었다. 그 방이 비어 있는 게 어쩐지 손해를 보는 것 같았다. 방 값을 지불하는 게 자신이 아닌데도 그랬다. 그곳에 혼자 있고 싶었다. 들키지 않는다면, 그러니까 흔적을 남기지 않는다면 아무런 문제가 되지 않을 것 같았다.

처음에는 십 분 정도였다. 그가 늘 앉곤 하는 침대의 머리맡에 앉아 서 그녀가 앉는 곳을 바라보았다. 그 다음번에는 침대에서 책을 읽었 다. 발목을 침대의 머리 부분에 걸쳐놓은 채로 배를 깔고 엎드려서 책 을 읽는 게 그녀의 오랜 습관이었다. 빨랫줄에 걸린 빨래처럼 몸의 물 기가 증발되는 것 같은 기분이 들었다. 그리고 그 일이 일어났다.

그녀는 옷을 다 벗은 채로 그 방에 있었다. 그냥 그러고 싶었다. 그 녀는 남자가 옷을 벗지 않는다는 게 이상했다. 어느 때가 되면 옷을 벗을 거라고 생각했지만, 그런 때는 오지 않았다. 그녀는 알 수 없는 답답함을 느꼈다. 그는 늘 발목까지 덮는 목욕 가운을 걸친 채로 그 일을 했다. 그 행동은 그녀를 모욕하는 것으로도 여겨졌다. 내 글이 마음에 들지 않는 건가. 이런 생각을 하면서 그 앞에 앉아 있을 때면 벌거벗은 채로 벌을 서는 기분이 들었다. 나한테서 무엇을 보고 무엇을 느끼는 거지? 아무것도 벗지 않은 채로 그녀를 보는 남자에게 점점 수치심이 커졌다. 왜 그랬는지는 모르겠다. 그들은 연인이 아니었고, 계약을 맺고 있었고, 돈을 주고받는 사이였으니까.

옷을 벗을 때부터 욕조에 들어가려고 했던 것은 아니었다. 맨발로 객실을 거닐다가 옷장을 열어보았다가 객실 비품들을 만져보았다가 창가에 서 있기도 했다. 창밖으로는 너구리가 보였다. 꼬리는 왼쪽에 있었다. 그가 이 자리에서 너구리를 본 적이 있을지 궁금해졌다. 그러다가 욕실에 들어갔다. 그녀가 이사한 집에는 욕조가 없었다. 그리고 욕실이 하나뿐이었다. 샤워를 하려면 갈아입을 속옷을 미리 챙겨야 했고, 그 속옷은 샤워를 할 동안 욕실에서 눅눅해졌고, 샤워를 마치고 나서 물기를 다 말리지 못한 채로 그 옷을 입고 있으면 신경질적인 노크 소리가 들렸다. 욕실이 하나뿐인 가족은 화목할 수 없다는 걸 그녀는 그 욕조를 보는 순간 깨달았다. 아주 잠깐만 거기에 있고 싶었다. 그가 오려면 아직 한 시간이나 남아 있었다.

눈을 감은 채로 숫자를 셌다. 백까지를 천천히 세면서 그녀는 숫자 하나에 너구리 한 마리를 풀어놓았다. 욕실은 금세 너구리들로 가득 찼다. 욕조에서 일어서자 너구리들이 거품처럼 터졌다. 그녀는 황급히 일어섰다. 미처 생각지 못한 문제가 있었다. 욕조의 물기를 제거하고 욕실의 습기를 지우려면 애초의 계산보다 더 많은 시간이 필요했다. 그녀는 다급해졌다. 엉덩이를 치켜든 채로 수건들을 겹쳐서 욕조와 바닥의 물기를 닦고 또 닦았다. 이마에는 땀이 흘렀고 몸은 다시 뜨거워졌다. 물기를 거의 다 닦았을 때 목소리가 들렸다.

벗으라고 한 적 없는 것 같은데요? 그가 그녀 뒤에 있었다. 양 입술을 힘주어 누르면서. 그녀는 입을 벌렸다. 그는 뭔가 더럽거나 흉측한 것을 마주한 듯한 눈빛으로 그녀를 보고 있었다. 심지어 무서워하는 것 같기도 했다. 그녀는 몸을 어디서부터 가려야 할지 알 수 없었다. 욕조를 닦던 수건을 끌어안고 엉거주춤하게 서 있을 수밖에 없었다. 그는 눈을 맞추지 않은 채로 그녀에게 목욕 가운을 내밀었다. 그리고 욕실 밖으로 나갔다.

그녀가 욕실 밖으로 나오자 그가 욕실로 들어갔다. 잠시 후 그는 목욕 가운을 입고 나왔다. 신혼부부도 아니면서 같은 목욕 가운을 입고 있다는 게 수치스러웠고, 그도 어쩌면 자신과 같은 느낌을 받았을지도 모르겠다는 생각이 들었다. 그렇다고 용서를 빌 수도 없었다. 그녀는 알 수 있었다. 먼저 이 일을 그만두겠다고 할 기회가 사라져버렸음을.

머리는 하나도 안 젖었네요? 대답을 요구하는 말 같지는 않았다. 어떤 말을 한다고 해도 염치가 없었다. 그는 담배에 불을 붙이고는 손에 그것을 그대로 들고 있었다. 그녀는 타들어가는 빨간 눈을 영원히 보고 있고 싶었다. 아니면 옷장을 열고 그 안에 들어가버리거나. 이 상황을 벗어날 수 있다면 그에게 이십만 원을 줄 수도 있을 것 같았다. 그녀의 통장에는 그가 송금한 돈이 그대로 남아 있었다.

빨리 끝나면 좋겠다고 생각했지만 그는 잘 되지 않았다. 그는 종종 짧고 가벼운 한숨을 내쉬었다. 그녀는 자신의 잘못 때문인 것 같아서 점점 불편해졌고, 숨이 막혔으며, 어지러웠다.

나를 봐주었으면 좋겠어요. 그가 말했다. 그녀는 울음이 나오려는 것을 참고 있었다. 그 말을 들으니 더더욱 자신이 그러고 있었다는 것을 그가 알면 안 된다고 생각했다. 하지만 생각과는 반대로 그 목소리를 듣자 울음이 밖으로 터졌다. 너무 부드러웠던 것이다. 그는 하던 일을 멈추고 곤란한 표정을 지었다. 무슨 말인가를 하려고 하다가 결국 아무 말도 하지 않았다. 그녀의 울음은 점점 더 격해졌고, 그 방을 나올 때까지 진정되지 않았다.

그만 가는 게 좋겠다고, 다시 연락하겠다고 남자가 말했다. 그녀는 입을 다문 채로 고개를 끄덕였다. 악수를 나누고 싶다고 생각했다. 손을 잡지 않고 하는 우리만의 특별한 악수를. 그녀는 비상계단의 층계참에 앉아 한참을 더 울었다. 자신이 왜 그렇게 오래 울고 있는지 알 수 없었다. 분하지도 억울하지도 않았다. 조금 부끄럽고, 그보다 더 미안했다. 계단에서 일어났을 때 그녀는 옷을 방에 두고 나왔다는 것을 알았다. 객실 키도, 가방도, 핸드폰도 모두 그곳에 있었다. 목이 말랐다. 어두워질 때까지 그녀는 그곳에 앉아 있었다.

그녀가 사라진 후에도 그는 방에서 떠나지 못했다. 그녀는 자신이 왜 우는지도 모르고 울었을 것임을 그는 알고 있었다. 그는 울고 싶었지만, 언제부턴가 자신에게 눈물이 말라버렸다는 것을 알았다. 하지만 다른 사람이 우는 것을 볼 때면 고통을 느꼈다. 그 감정을 고통이라고 할 수 있을지 모르겠지만.

그는 진료나 시술을 할 때 환자들보다 훨씬 그들의 고통에 민감했다. 환자들이 소리를 지르거나 경련하는 것이 두려웠기 때문에 신경 조직을 건드리지 않기 위해 애썼다. 그래도 환자들은 소리를 질렀고, 그럴 때마다 움츠러들었다. 그는 알고 있었다. 고통은 아주 잠시 동안

만 정점에 머무른다는 것을. 물은 백 도에서 끓지만 곧 식는다는 것을.

여자아이가 자신을 대신해서 울어주었다는 생각을 하게 됐을 때, 그는 다시 그녀를 볼 수 없겠다고 생각했다. 그들 사이에 어떤 관계가 생기려 한다는 것을 그도 알고 있었지만, 무시하려고 애썼다. 다시 만난다면, 새로운 관계를 시작해야 했다. 명랑하고 생기 있는 여자아이를 보면 기분이 좋았고, 자신도 어느 정도는 정화되는 것 같았다. 하지만 거기까지였다. 외로워서 기대는 관계의 끝은 뻔했다. 그리고 여자아이가 자신에게 느끼는 호감이란 호기심의 일종이라는 걸 모르지 않았다.

그는 닭의 뼈들에 대해 생각했다. 예과 시절 닭의 뼈를 맞춰 모형을 만들어가는 과제를 제때 제출하지 못한 적이 있었다. 뼈를 맞추기도 전에 문제가 생겼었다. 소독약을 넣은 물에 삶아 한참이나 드라이어로 말린 뼈들에서 곰팡이가 피었던 것이다. 뼈와 뼈 사이의 연골을 제대로 제거하지 못한 게 화근이었다.

그녀는 며칠 만에 침대에서 일어나 샤워를 했다. 바닥에 주저앉아 오래 물줄기를 맞았다. 통장 정리를 하다가 그가 그날의 아르바이트비를 보냈다는 것을 알게 되었다. 반칙이라는 생각이 들었다. 그는 하려던 것을 하지 못했고, 그녀도 써야 할 것을 쓰지 못했다. 그리고 악수도.

거래가 모두 끝났음을 알았다. 억울했다. 웃지 않고 울었을 뿐인데.

결국 그녀는 작가가 되지 못했다. 회사를 다니고 남자를 사귀기에도 벅찼다. 글을 쓰기 위해 대학에 왔다고 말하던 그녀의 많은 선배들과 동기들이 그러했듯이.

밝고, 밝고, 또 밝은 사람, 그게 바로 사람들이 보는 그녀였다. 아주 틀린 것은 아니었다. 이 특유의 천성 덕에 그녀는 회사에서 높은 평가를 받았고, 자신이 누리는 과분한 운에 감사했다. 적이 없었지만 친구도 없었다. 하지만 그녀가 친구로 생각하지 않는 이들은 그녀를 친구로 생각했고, 자신의 문제들에 대해 말하고 싶어했다. 그녀도 말하고 싶은 것이 있었지만, 적당한 상대를 찾을 수 없었다. 그리고 앞으로도 자신의 이야기를 하게 될 기회가 없을지도 모른다는 생각에 자주 쓸쓸한 기분을 느끼고는 했다.

지금 그녀는 한강 근처의 재건축을 앞두고 있는 방 두 개짜리 아파트에서 혼자 살고 있다. 이십 년 가까이 살던 아파트와 걸어서 이십 분 거리였고, 지하철을 타기 위해 자신이 졸업한 중학교와 고등학교를 지나다녔다. 극장이나 백화점에 가려면 너구리상을 지나쳐야 했다. 잠시 멈춰 서서 그것을 올려다보는 때도 있다. 추억이라고 하기는 뭐하지만 잊기는 힘든 그 일을 그때마다 떠올리지는 않았다. 십 년이 지났지만 십 년은 생각만큼 긴 시간이 아니었다. 그의 뒷모습만 봐도 인파 속에서 그를 찾아낼 수 있을 것 같았지만 그 이후로 그와 마주친 적은 한 번도 없었다.

언제쯤 그 일에 대해 쓸 수 있을까. 그녀는 가끔 생각했다. 그를 생각하면 떠오르는 것들을 수첩에 적었다. 낙조, 금붕어, 수초, 하얀 목욕 가운, 미용실, 너구리, 선풍기, 차갑지 않은 물, 넓고 윤기나는 초록색 잎, 주근깨, 욕조, 프렌치 레볼루션, 습자지, 1003. 한 문장을 적고 한 문장을 지웠다. 두 문장을 쓰고 두 문장을 없앴다. 아직은 아니었다.

그는 어떤 사람이었을까. 피스타치오나 복숭아 알레르기 같은 게 있었을까. 가죽소파를 좋아할까 천소파를 좋아할까. 팬티를 입을 때 페니스를 위로 향하게 할까 아래로 내릴까. 머리를 감고 세수를 할까 세수를 한 후 머리를 감을까. 그녀는 궁금했다. 그는 알고 있을까. 올챙이의 앞발과 뒷발 중에 어떤 게 먼저 나오는지.

여름에도 여전히 흰색 긴팔 셔츠만을 입는지 궁금하다. 모네의 수련이 떠 있는 연못이나 두 명의 나부와 두 명의 옷을 입은 남자가 있는 마네의 풀밭 같은 것들이 희미한 배경으로 깔리고 그 위로 하얀 가운을 입은 그의 모습이 떠오른다. 콜라주처럼. 그녀는 담배를 그의 손가락 사이에 끼워준다. 콜라주니까. 그는 담배를 입에 문 채로 한 손으로 자신의 것을 꺼낸다. 빨간 점은 어두워졌다 밝아졌다 다시 어두워진다. 그리고 운다. 그녀가 아닌 그가 울고 있다.

그레이하운드의
기원

그는 나에게 아무것도 아닌 동시에 전부가 되었다.
어느 면으로 보아도 기쁘게 예쁜 노랑 육각연필 같았다.
뻔뻔한 오줌싸개였고, 고장난 라디오였으며,
너무 커서, 주머니에 넣고 다닐 수 없는 돌 문진이었다.
그리고 나에게 단 하나뿐인 완전한 강아지였다.

하필이면 그레이하운드

나는 그가 개로 변하는 장면을 보지 못했다. 그가 사라진 자리에 그레이하운드 한 마리가 남겨져 있었다는 이유만으로, 낯가림이 심하다는 그 견종이 나를 향해 꼬리를 맹렬히 흔들었다는 이유만으로, 그가 개로 변했다고 생각하는 것은 아니다. 그의 행적을 돌이켜보면 그가 개로 변할 수밖에 없었던 필연적인 이유들이 떠오른다.

그는 개 같은 데가 있었다. 개의 헌신적인 친구를 자처하지는 않았지만, 개와 인간이 함께 사는 삶에 대해 고민했고, 개의 습성으로 알려진 많은 습성들의 신실한 실천자였으며, 개처럼 용맹한 동시에 비겁한 데가 있었다. 그의 이름은 기원이었다.

왜 하필이면 그레이하운드란 말인가, 라고 묻고 싶지만 나는 그를 그레이하운드와 닮았다고 생각한 적이 있다. 잘 달려서만은 아니다.

중학교 때까지 육상선수였다는 말을 들은 적은 있지만 실제로 달리는 건 보지 못했다.

　나는 그레이하운드에 대해 잘 알지 못했다. 그러나 그레이하운드가 사람이 된다면 기원 같은 남자일 거라고 막연히 짐작했다. 그는 점잖으면서 짓궂게 나를 놀렸는데, 그레이하운드는 내가 상상할 수 있는 가장 점잖으면서 속을 알 수 없는 개였다. 기분이 좋을 때 기원의 처진 눈은 아래로 더 처졌고, 그것은 내가 아는 개들의 순종적인 표정과 닮아 있었다. 풍성한 곱슬머리는 정리되어 있지 않아 더 풍성하게 보였는데, 숙련된 인간의 손을 거치면 훌륭한 모질로 거듭날 수 있는 자질을 품고 있었다.

　『개 속담 사전』의 기획자이자 편집자라고 자신을 소개한 기원은, 나에게 개를 위한 요리책의 집필을 의뢰해왔다. 내세울 만한 요리 전문학교를 졸업하지도 않았고, 경력이 될 만한 유명 식당에서 일한 적도 없는 나는 그저 요리를 좋아하는 사람일 뿐이었다. 그것은 개를 키우지 않으면서 고양이보다는 개를 좋아한다고 밝히는 사람들의 열정보다 더한 것이라고 주장할 정도도 못 됐다. 남들이 보기에 나의 장점은, 요리에 대한 글을 잘 쓴다는 것이었다. 그 말은 본질보다 포장이 그럴 듯하다는 말이기도 했다. 사실이 그러했다. 그러나 이도 저도 아닌 요리를 가정식으로 이름 붙여 파는 뻔뻔한 요리사들보다는 내가 나았다.

　기원은 너무 말라서 안쓰러운 느낌을 주는 남자였다. 안쓰럽기보다는 불쌍해 보였다는 게 순정한 표현에 가까울 것이다. 헐렁한 면바지에 하와이안 셔츠를 입은 그의 차림은, 옷이 사람을 입은 격이었다. 그의 말버릇을 빌리자면, '사람이 옷을 장악하지 못하고 옷에 사람이 장악된 격'이라고 할 수 있다. 자신의 다리가 유난히 길 뿐만 아니라 심지어 허벅지가 단단하다는 것을 나에게 인지시키기 위해서, 기원은 바지를 벗기까지의 시간을 최대한 단축시키려 했다. 육상선수의 허벅지란, 그런 것이었다.

그는 나에게 아무것도 아닌 동시에 전부가 되었다. 어느 면으로 보아도 기쁘게 예쁜 노랑 육각연필 같았다. 뻔뻔한 오줌싸개였고, 고장 난 라디오였으며, 너무 커서 주머니에 넣고 다닐 수 없는 돌 문진이었다. 그리고 나에게 단 하나뿐인 완전한 강아지였다. 열렬한 꿈 해몽가였던 그는 나의 현실 분석가적인 기질을 대수롭지 않게 여겼지만, 서운하지는 않았다. 대신 너무나 많은 일들을 헌신적으로 해냈으니까. 그는 나의 재정 감독관이자 대서사代書士였으며, 고약하고 장난스러운 언어 해체가였다. 우리가 '칼잡이'라고 부르는 이들을 기원은 '칼쟁이'라고 부른다든지 하는 식이었다.

그레이하운드로 변한 기원은 내 코트 안으로 자신의 코를 집어넣은 채 나를 올려다보았다. 나는 기원으로 추정되는 그 개를 보다가 섬뜩한 사실을 발견했다. 내가 보고 있는 그레이하운드의 눈처럼 기원의 눈에도 검은자만 있었다는 것. 그랬었다. 나는 그 눈을 보면서 그를 떠나지 못했다. 불쌍하지도 않은데 불쌍히 여겼다.

그래서 기원이 더 개처럼 느껴졌던 걸까. 사람이 개와 다른 것 중 하나는, 흰자와 검은자로 된 눈을 가졌다는 점이다. 나는 흰자를 가진 개를 본 적이 없다. 있더라도 개 같지 않을 것이다. 이 개에게는 기원의 눈과 똑같이 생긴 눈이 박혀 있었다. 기원이 변한 그레이하운드니 당연한 일이겠지만.

개를 위한 봄나물

기원을 만났을 당시 관심을 가졌던 요리의 형태는 간을 자제하면서 재료의 맛을 드러나게 하는 것들이었다. 그는 팔짱을 끼고 이렇게 말했다.

"이를테면, 발묵發墨 같은 거로군요. 바로 그겁니다."

말을 잘 다루는 사람에게 나는 늘 약하다. 요리를 먹과 한지의 관계에 비유하다니. 나는 성인의 것으로 보기 어려운 그 미분화된 분홍빛 입술에서 흘러나오는, 그릇을 초월하는 음식 같은 기원의 언어에 사로잡혔다.

잠시 나에 대해 말하자면, 나는 뚝배기보다 장맛이라는 말을 믿지 않는 사람이다. 장맛도 장맛이지만, 뚝배기에 담기지 않은 장은 그럴듯하지 않다. 유기鍮器에 담기지 않은 전주비빔밥은 전주비빔밥이 아닌 그냥 비빔밥이라고 생각한다. 맛은 눈과 코와 입술과 혀로 느끼는 것.

그는 자신이 미식가보다는 '천식가賤食家'에 가깝다고 했다. 나는 뒤집어놓은 소의 대창을 닮은 그의 입술이 거슬렸다.

"음식을 천대하는 사람이라는 뜻이죠. 저는 음식에 대한 기쁨을 모릅니다만……"

그럼에도 불구하고 개들은 더 다양하고 영양 있는 음식을 먹을 권리가 있다는 게 기원의 주장이었다.

"기쁨을 모르신다면서요. 그러면서 개한테요?"

"주인들은 개한테 더 해주고 싶을 겁니다. 우리가 사랑하는 사람한테 그러는 것처럼요. 우리는 상대가 원하는 걸 해주지 않잖아요? 내가 하고 싶은 걸 하면서 상대가 원할 거라고 생각하는 거죠. 그걸 희생이라고 하죠."

알 것 같기도 하고 모를 것 같기도 한 말이었다. 그는 내게 개를 위한 요리책을 써보라고 했다. '개를 위한 봄나물'이 그가 제안한 책의 제목이었다.

개에게 풀을 허하라, 는 제목의 메일이 우리의 시작이었다. 그는 자신을 개를 연구하고, 개에 대한 글을 쓰고, 개에 대한 책을 내고 있는 사람으로 소개했다. '우리는 개에게 풀을 돌려주어야 한다'는 문장이 나를 건드렸다. 못난 편에 속하는 얼굴이었지만, 기원의 독특한 뉘앙스와 손동작은 얼굴을 아웃포커싱하는 효과가 있었다. 대개 양손을 모은 채로 있다가 중요한 대목이라고 생각하는 부분에서 손을 움직였다. 그가 손을 쓰는 방식에 더이상 위화감이 들지 않을 무렵, 나는 그를 '그레이'라고 부르고 있었다.

"개밥에 도토리라는 말 있잖아요. 왜 개가 도토리를 안 먹는지 생각해본 적 있나요?"

그런 걸 생각하는 사람은 기인이거나 시인일 거라고 생각한다. 그때만 해도 그가 어떤 쪽일지 가늠이 되질 않았다. 나는 고개를 저었다.

"둘 중 하나예요. 아껴 먹는 것이거나, 아니면……"

"아니면?"

"먹을 수가 없는 이유가 있는 거죠."

"개가 음식을 아껴 먹는다는 게 가능한가요?"

아무리 내가 개에 대해서 잘 모른다고 하지만, 그는 개가 사람처럼 문화적 관습의 지배를 받는 동물인 것처럼 이야기하고 있었다.

"똑똑한 개가 지능이 얼마나 되는지 아십니까? 개가 암에 걸리는
건 아시죠? 그것만이 아니에요. 알츠하이머도 걸려요. 개는 작은 인
간이라고 보면 됩니다. 인간의 모습을 하지 않았을 뿐이지."

어찌 보면 그럴싸한 말이기도 했다. 어쨌든, 개는 인간이 아니지
않나.

"사람이 먹을 수 없는 것은 개도 먹을 수 없습니다. 사람이 먹을 수
있는 거라면 개에게 먹여도 되는 거고요. 개가 먹는 걸 사람이 먹을
수도 있는 게 가장 이상적인 거겠죠."

그러니까 '개를 위한 봄나물'은 개가 먹되 사람도 먹을 수 있는 음
식이어야 한다는 말이었다. 나는 이상하다고 생각하면서도 고개를 끄
덕이고 있었다.

"씀바귀, 엉겅퀴, 이런 거 얼마나 신선합니까? 사람만 먹기는 아깝
잖아요."

"그러면 기원씨는요?"

개의 식생활을 개선하겠다는 사명감을 가진 이 남자는 대체 무엇이
란 말인가.

"개는 자신의 의지로 자신을 바꿀 수 없잖아요. 그래서 우리가 나
서야 하는 거죠. 인간도 언젠가는 변할 수 있다고 생각합니다."

그때였는지도 모르겠다. 내게 사명이 하나 더 생긴 순간이. 개의 식
생활 말고 다른 것도 개선시키고 싶었다. 하지만, 그때는 알지 못했
다. 언젠가 인간이 변할 수도 있다는 게 얼마나 무서운 말인지.

세번째 젖꼭지

'누군가를 좋아한다는 것은 둘 사이의 공통점을 발견하는 것이며, 누군가를 사랑한다는 것은 그의 특수성을 발견하는 것이다.' 수첩에 이런 낙서를 한 후, 나는 우리의 공통점을 적어내려가기 시작했다. 기원과 나는 숫자에 약했으며, 빵보다는 떡을 좋아했고, 바다보다는 산쪽을, 그리고 상대의 오른쪽에 눕는 것을 좋아했다. 우리는 번갈아 오른쪽에 눕는 것으로 이 문제를 해결했지만, 누구의 차례인지 종종 헷갈리곤 했다. 그리고 카프카를 좋아하지 않았다. 우리가 그에 대해 이야기할 수 있었던 것은, 거의 유일하게 둘 다 읽은 작가였기 때문이었다. 기원은 카프카를 싫어했는데, 어느 날 사람이 벌레로 변한다는 게 말이 되냐는 게 그 이유였다.

"다른 사람들은 바보인 걸까요?"

나도 카프카를 좋아하지는 않았지만, 벌레로 변한 사람의 이름이 '그레고르 잠자'라는 게 좋았다. 아름다운 유선형으로 만들어진, 누운 사람이 그 흔들림을 알아차릴 수 없을 만큼 섬세하게 흔들리는, 세상에서 가장 안락한 요람의 이름으로 들렸다. 그레고르는 뼈대였고, 잠자는 천이었다. 내게 그레이하운드라는 이름도 그랬다.

"다 바보들이라서 그래. 남들처럼 말하지 않으면 모자란 놈 취급을 받을까봐. 그래도 그건 인정."

기원이 인정하는 것은 『소송』의 결말이었다. 판본에 따라 여러 역문이 있었지만, "개 같군"이라는 뉘앙스로 읽어야 한다는 것이 그의 견해였다.

"그 결말은 말이야, 한때 내가 쓰고 싶었던 것이기도 해."

그때만 해도 나는 그를 『개 속담 사전』의 기획자이자 편집자로 알고 있었지만, 한때는 시를 썼다고도 했다. 그는 출판사의 사장이자 유일한 직원이기도 했는데, 출간된 책은 열 권 남짓이었다.

"'개 같군'이라는 말은 다르게 읽혀야 해. 그걸 '좆같다'라고 생각하는 건 시대착오적이야. 시간이 흘러도 남는 작품은 운이 좋아야 하는 거야. 다음 시대 사람들이 어떤 작품들을 좋아할지 어떻게 알 수 있겠어. 넌 알겠니?"

기원은 현재의 행복과 평안을 믿는 쪽이었다. 그가 중시하는 것은 작품보다는 물건이었고, 평가보다는 시장이었다. 나란히 진행되고 있는 『개를 위한 봄나물』과 『개 속담 사전』이 필히 시장에서 팔리는 물건이 되어야 한다는 말이기도 했다. 우리의 작업에 방해가 될 만한 것은 없어 보였다. 기원의 문학적이라고 해야 할지 뭐라고 해야 할지 알 수 없는 야심이 아니라면.

그는 대부분의 시인들을 무시했는데, 하루종일 시만 생각하면서 방바닥에 누워서 별을 세고 있는 종족이라고 했다. 그렇다고 돈을 버는 시인들을 높게 평가하는 것은 아니었다. 그중에서도 기원이 특히 경멸하는 것은 "○○출판사에서가 아니라면 시집을 내지 않겠어"라고 말하는 시인들이었다. 그에게도 그런 말을 했던 시절이 있었던 것이다. 흔적으로 남은 과거였지만, 꼭 그렇다고 할 수도 없었다. 이를테면 기원의 세번째 젖꼭지 같았다.

정말 그것은 젖꼭지였다. 일단 위치가 절묘했다. 양 젖꼭지를 노트 위에 찍힌 점이라고 생각하고 그것들을 가상의 선으로 잇는다면, 꼭 그 가상의 선을 정확히 이분한 지점의 수직선상의 아래 그것이 있었다. 그러니까 세 개의 젖꼭지는 가상의 역삼각형을 만들어냈다. 세번째 것은 유두만 없을 뿐, 본래의 그것들보다 우월했다. 크기에서도 그랬고, 냄새에서도 그랬다. 체액을 분비한다는 젖꼭지의 근본적인 역할에도 모자람이 없었다. 기원은 내가 그것을 만지거나 쳐다보는 것에도 강한 거부감을 나타냈으므로, 감히 그것을 빨 수는 없었다. 차라리 자신의 엉덩이 사이에 숨어 있는 팥알만한 점을 만지라고 했다. 목덜미에서 빗장뼈로, 빗장뼈에서 젖꼭지로 진출할 수는 있어도 젖꼭지에서 세번째 젖꼭지로 가는 길은 번번이 가로막혔다.

나는 그것을 '땡동'이라 불렀다. 그것은 은밀하고도 매혹적인 버튼이었다. 땡동을 공들여 만지면 기원은 내가 상상할 수 없는 다른 생물체나 우월한 무엇으로 변신할 것만 같았다. 혹은 옷에서 떨어질까 노심초사하는 예쁘고 귀한 포셀린 단추 같기도 했다. 땡동의 존재를 이해할수록 기원의 몸은 내게 특별해졌고, 그는 대체 불가능한 남자가되었다. 그가 그것을 제거하고 나타났을 때 나는 최선을 다해 절망했다. '없애기만 해봐!'라는 말을 몇 번이나 했었는데.

내가 좋아하는 기원의 냄새까지 사라졌다. 그에게는 고소하고 달큼한 냄새가 났다. 어떻게 해봐도 그 냄새는 나지 않았다. 어깨를 늘어뜨린 내게 그는 위로하듯 이렇게 말했다.

"걱정하지 마. 완전히 제거한 건 아니니까. 뿌리가 있으니 다시 자라날 거야."

주인이 아끼는 나무의 밑동을 자른 시건방진 정원사 같았다. 땡동은 자라날 것이다. 하지만 나는 그것이 얼마나 자랐는지 알 수 없을 것이다. 기원은 땅콩이 자라난 적이 없는 것처럼 계속 없앨 테니.

왜 술을 마시면 사람들은 개가 되는가

그레이하운드로 변해버린 기원을 보면서 나는 무엇이 어디서부터 잘못된 건지 생각해본다. 그는 술을 거절하지 못했고, 그러다보면 지나치게 많이 먹곤 했으며, 종종 바지에 오줌을 쌌다. 술을 거절하지 못하는 게 그만의 문제는 아닐 것이며, 먹다보면 자신의 양보다 과하게 마시게 되는 것 또한 어디에서나 자주 벌어지는 일일 테지만, 바지에 그냥 오줌을 싸버리는 성인 남자가 흔하지 않다는 것만은 알고 있다.

저 멀리에서 눈을 반쯤 뜬 채로 어기적거리고 걸어오는 기원을 볼 때면 나는 살이 망가진 우산이 되어버린 기분이었다. 아니면, 엉터리 배우. 웃는 것도 우는 것도 아니면서, 자조인지 비탄인지 모를 표정을 짓는, 자신의 연기를 한심하게 여기는 그런 배우.

내가 할 수 있는 일은 바지를 벗기는 것뿐이었다. 그럴 때의 그는 무방비 상태의 어린아이였으므로 꾸중을 할 수 없었다. 기원은 술이 깨고 나서도 아몬드의 모서리처럼 당당했다. 그는 오줌 싸는 버릇을 부끄러워한 적이 없다. 오줌 멀리 싸기 대회에서 우승한 대가로 아무 때나 바지에 오줌 쌀 수 있는 특별 허가증을 받은 챔피언이라도 되는 것처럼. 아마도 그의 부모는 기원에게 한 번도 그런 문제로 야단을 친 적이 없을 것이다. 어린 기원이 야단을 칠 수 없게 귀여운 것도 문제였겠지만, 잘못한 것이 없다는 태연한 태도가 그의 부모를 혼란에 빠지게 하지 않았을까.

"또 오줌 싼 거야?"

술에 취한 그가 새벽에 전화를 걸어올 때면 언제부턴가 나는 이 말부터 했다. 이때의 나는 그를 마음껏 혼낼 수 있는 권력을 타조 털 먼지떨이처럼 휘둘렀다.

"아니거든."

"진짜야? 또 눈감고 어기적대고 걷고 있는 거 아냐?"

라고 엄하게 말하면,

"오줌은 아무때나 싸는 게 아니거든."

이렇게 말했다.

그는 종종 피를 흘리거나 살이 패기도 했다. 문제는 그렇게 된 이유를 기원 자신이 모른다는 것이었다. 내가 아는 것은, 술이 그의 잘 관리되고 있던 호전성과 공격성을 깨우기도 한다는 것 정도였다. 택시기사와 싸우기도 했고 쓰레기를 버리는 사람을 훈계하기도 했다. 평소의 기원은 양순한 남자였지만 술을 마시면 거칠어지고 또 때로는 음란해졌다.

이럴 때면 나는 오줌을 쌌을 때와 달리 기원을 매섭게 노려보았다. 술을 마시느라 연락이 안 되었던 시간들에 대한 불만까지 더해 그를 야단쳤다. 기원은 안 그래도 처진 눈을 더 아래로 잡아당겼다. 나는 그가 술자리에 있을 때면 전화를 하지 않기 위해 안간힘을 쓰고, 또 썼다. 계속 참다보면 그가 크게 다치거나 죽었을지도 모른다는 생각이 들었고, 죽는 것보다는 차라리 병신이 되어주기를 바랐다. 혼자 힘으로는 오줌을 눌 수 없는 병신이. 내 상상 속에서 기원은 피를 흘리며 웃고 있거나 다리가 부러진 채로 오줌을 싸고 있었다.

대개 나는 기원보다 빨리 취해버리는 편이어서 그의 변신을 관찰하려는 시도는 번번이 어그러졌다. 나는 알아야 했다. 대체 오줌은 어떻게 싸게 되는 건지, 그렇게까지 되려면 그전에는 어떤 일들을 저지르는 건지. 나와 술을 마실 때 기원은 멀쩡한 상태를 유지하기 위해 애썼다. 내 오랜 시도가 마침내 성공해 나는 그가 취해가는 모습을 볼 수 있었다. 그는 지나치게 정상적이었고 말짱했다. 그렇다고 주장했다. 그런 말을 할수록 크지 않은 눈을 크게 떴지만, 곧 눈동자의 초점이 흐려졌다. "괜찮아 괜찮아 안 취했어"라거나 "걱정 마 걱정 마 나 멀쩡해"를 번갈아 말하면서.

내가 보고 싶었던 것은 그의 맨얼굴이었다. 그에 따르면, 평소 기원이 하는 어설픈 행동들은 면밀히 연출된 결과였다. 오랫동안 연기를 해서 이제는 자신의 습성인지 연기인지 헷갈리는 정도라 했다. 정말이지 그는 어설픈 데가 있어서 사람들은 그의 행동들을 보고 기가 막히다는 듯 웃을 때가 많았다. 이것들은 대개 기원에 대한 호감으로 이어졌다.

"어떡하면 어설플 수 있는데?"

"안 어설퍼야 어설플 수 있어."

연기하지 않는 그를 볼 수 있다는 점에서 나는 아침에 보는 기원이 가장 좋았다. 나는 그보다 늘 일찍 깨어났고, 그를 바라보는 것 말고는 달리 할 게 없었다. 기원은 자고 있을 때도 입꼬리에 웃음을 걸치고 있었다. 웃음은 그의 몸에 부착된 제복이었다. 하지만 소리는 내지 않는 웃음.

"정말 크게 웃는다. 그렇게 웃겨?"

기원은 나처럼 웃는 게 굉장히 희소한 일인 것처럼 느껴지게 하곤 했다. 입을 벌려 웃지 않는 남자였으니까. 처진 눈초리가 더 처지는 순간이 그가 웃는 때였다. 기원은 소리내서 웃지 않았을뿐더러 입을 벌리지도 않았고 입꼬리도 올리지 않았다. 간혹 미소 비슷한 것을 보일 때도 있었지만, 그것은 사람의 미소라기보다는 개의 웃음에 가까웠다. 미소가 어떤 사회학적이고 인류학적인 의도를 지닌 것이라고 한다면, 그가 웃는 것은 '미소'라고 부를 수 없었으니까. 스스로를 의인화시키고 있는 개라고 해야 할까.

그런 의미에서 기원이 웃을 때 보이는 그의 이는 치아가 아닌 이빨이었다. 나는 그의 개 이빨을 좋아했다. 기원의 이빨은 유치乳齒가 아닐까 싶을 정도로 어린아이 것 같았는데, 그 이빨로 내 손가락을 치발 공처럼 깨물곤 했다. 기분이 좋을 때는 앞니로, 화가 났을 때는 송곳니로. 내 환심을 사야 할 일이 생기면 내 발가락을 제 입에 넣고 뽑아내기라도 할 것처럼 잡아당겼다.

다른 여자의 손가락과 발가락에도 침을 묻혔겠지. 그녀들에게도 이런 단조로운 얼굴만 보여줬을까. 나는 그의 다른 표정을 소유한 최초의 여자이고 싶었다. 기쁨, 슬픔, 짜증, 분노, 갈망, 증오, 환희, 즐거움, 의심, 놀람, 지루함, 고통, 적의, 반가움, 그리움, 외로움을 알아차릴 수 있는 얼굴들을. 그렇다면 그의 결핍을 알게 될 것 같았고, 그것을 채우는 일은 나만이 할 수 있게 될 테니.

술집의 화장실에 다녀왔을 때 기원의 자리는 비어 있었다. 기원은 올 것이었다. 그에게 나를 두고 먼저 가버리는 돼먹지 못한 습관은 없었으니까. 내가 자신에게서 사라지지 않는다면 자신이 먼저 사라지는 일은 없을 거라고 맹세했었다. 한참을 기다리다 거리로 나왔지만 나는 어디로 가야 할지 알 수 없었다.

그때, 회색빛의 그레이하운드가 내게 걸어왔다. 토사물과 쓰레기들을 유유히 피하면서. 개답지 않은 개처럼 생겼다고 생각하며 나는 걸었다. 그레이하운드는 반 발자국 뒤에서 나를 따라왔다. 밤공기를 가르는 꼬리 소리가 들리는 것 같았다. 내가 뒤돌아보자 방향을 달리해 제가 앞장서 걷기 시작했다. 그건 우리집 쪽이었다. 그레이하운드는 다시 나를 앞장세우고 내 뒤에 섰다. 수상한 소리가 들렸다. 그것은 오줌을 싸며 걷고 있었다. 내가 알기로 개들은 걸으면서 오줌을 누지 않는다. 그들은 오줌 눌 장소를 물색하고, 한쪽 다리를 높이 든 채로 표적을 겨냥하며 오줌을 눈다. 걸으면서 오줌을 쌀 수 있다니. 기원이 아닐 수 없었다.

개의 영혼은 꼬리에

띵동을 제거했으므로 그레이하운드로 변한 것이라고 나는 여전히 믿고 있다. 변화는 아주 서서히 진행되고 있었겠지만, 띵동이 없어진 이후로 그 변화가 눈에 보이기 시작했다고 하는 편이 맞을지도 모르겠다. 술에 취해 그가 보인 행동도 개로 변해가는 중이어서 나타난 것일지도 모른다. 다만 짐작일 뿐이다. 그가 제거해버린 띵동의 흔적은 털에 덮여 더이상 보이지 않게 되어버렸다. 가슴께에서 독특한 냄새가 나긴 했는데 사라졌던 땅콩의 냄새가 다시 나는 건지 아니면 개 특유의 냄새인지 알 수 없었다. 나는 개를 키워본 적이 없었으므로 개들의 습성이나 특색에 대해 아는 것이 없었다.

그레이하운드는 기원의 식성을 닮아서 아무거나 먹었지만 어느 것도 좋아하지는 않았다. 제 밥그릇에 있으니 먹을 뿐이었다. 나는 기원의 기획 의도를 떠올리며 『개를 위한 봄나물』대로 이 개를 먹이기로 했다. 이 그레이하운드는, 장거리 경주견 출신치고는 너무 허약해 보였다. 내게는 그를 돌볼 권리와 의무가 있었다. 억울하게 빼앗겼던 권리를 되찾아온 셈이었다. 우리가 사귀기 시작했을 때, 앞으로 그를 잘 보살피겠다고 하자 기원은 화를 냈다. 그리고 이렇게 말했다. "보살피는 건 내가 해."

그레이하운드가 된 기원은 자신의 버릇들을 간직하고 있었다. 제 버릇 개 줄까 싶게. 나는 이 개를 기원이라고 부르기로 했다. 당연하지 않은가. 기원을 기원으로 부를 수밖에.

기원은 물을 마시는 습관을 갖고 있지 않기 때문인지 변비에 시달렸다. 멜론을 일주일 동안 먹인 이후로는 기원의 변을 티스푼으로 파내지 않아도 되었다. 그가 멜론에 질리자 사과와 바나나를 섞어서 주스로 만들었다. 복숭아는 개들이 가장 좋아하는 과일이라지만, 기원에게는 금기였다. 그에게는 복숭아 알레르기가 있었다. 복숭아를 먹고 나서 그와 입을 맞추다가 알게 된 사실이었다. 기원은 봄동 무침을 좋아했다. 들기름으로만 간한 봄동은 내 개의 주식이 되었다.

'개 풀 뜯어먹는 소리'는 내게 위안이 되었다. 아삭아삭하며 풀을 저작하는 소리와 침 삼키는 그 소리. 기원은 돌나물과 미나리는 생으로도 잘 먹었지만, 씀바귀는 코로 냄새를 맡더니 먹기를 거부했다. 나는 그것의 콧잔등을 때렸다. 씀바귀와 엉겅퀴는 기원이 '개를 위한 봄나물'로 제시한 나물이었다. 그는 아마 한 번도 씀바귀를 먹어본 적이 없는 것 같았다. 개도 사람처럼 섬유질을 풍부히 섭취해야 균형 있는 몸을 유지할 수 있으며, 성인병과 당뇨병, 암 같은 질병으로 많은 개가 죽어가고 있다는 것이 더 알려져야 할 필요가 있다고, 나는 『개를 위한 봄나물』에 썼다. 그 책을 내가 쓰고 있었다는 게 어떤 계시가 아니었을까?

계시는 또 있었다. 나는 오래전에 이런 말을 들은 적이 있었다. "소와 결혼한 남자가 있대. 개도 아니고." 아마 식재료상의 주인이었을 것이다. 소와 결혼한 인도인가 짐바브웨인가 하는 나라의 그 남자에 대하여 생각했다. 그도 나처럼 자신의 연인이 소로 변했다고 믿었던 걸까. 아니면 소에게서 자신이 꿈꿔온 연인의 자질을 발견했던 걸까. 그는 아마 결혼을 할 때 소 신부에게 사리를 입혔을 것이다. 어쩐지 진분홍색일 것만 같았다. 나는 그를 이해할 수 있었다. 나는 기원이 요크셔 같은 돼지로 변했더라도 그를 집으로 데려와 돌보았을 테니까.

나는 자주 헷갈렸다. 사람일 때의 기원은 개 같았고, 개가 된 기원은 사람 같았다. 기원이 인간이었던 시절을 잊지 말아야 하는지 아니면 개가 된 기원의 입장이 되어 편의를 제공해야 하는지 알 수 없었다. 다른 개를 대하는 것처럼 기원을 대하면 불쾌할 것이고, 그가 언젠가 사람으로 돌아오게 된다면 두고두고 나를 원망할지도 모른다. 그러나 내가 계속 인간 기원을 대하는 것처럼 개 기원을 대하는 것이 과연 기원의 현재에 유익하리라는 확신이 없었다. 개를 인간처럼 대하지 말라는 글을 어디에선가 읽은 적이 있었다. 그러면 개는 사람을 개처럼 대할 것이라고. 정말이지 난감했다.

무엇보다 곤란한 문제가 있었다. 먹는 것과 싸는 것, 그리고 새끼를 갖게 하거나 갖는 것이 개의 본성임을 모르지는 않았지만 기원에게도 그런 일이 벌어졌다. 기원에게는 수시로 발정 상태가 지속되었는데, 나는 그것을 견딜 수 없었다. 이것은 그와 나 사이에 영원히 해결되지 않을 부분이어서 우리의 화해는 일시적일 뿐이었다. 기원은 종종 나를 헷갈리게 했다. 주인으로서 나에게 애착을 느끼는 건지 아니면 교미의 상대로 생각하는 건지. 기원이 내 엉덩이 쪽으로 코를 들이밀 때마다 나는 그것의 주둥이를 때렸다. 순식간에 기다란 앞다리를 들어 내 양 가슴에 올릴 때면, 기원이 나를 개로 여기고 있을지도 모르겠다는 생각이 들었다. 그를 내다버리고 싶었지만 사람이 아니어서 그럴 수 없었다.

그런 면에서라면, 나는 인간이었을 때의 기원에게 불만이 없었다. 그는 그레이하운드처럼 집중력 있고 근면하게 최선을 다했다. 최선을 다한다고 해서 결과가 늘 좋다고는 말할 수 없지만, 나는 그가 내 위에서 흘린 비에 가까운 땀방울들을 존중한다. 어쨌든, 기원의 부드러운 기관에 변화가 생긴 것이다. 개 기원은 작건 크건, 뚱뚱하건 날씬하건, 다리가 짧건 길건, 털빛이 곱건 그렇지 않건 암컷을 보면 자동반사적으로 단단해졌다. 심지어 그것은 인간 기원의 그것보다 커보였다.

정말 개가 된 것이었다. 암컷에 대한 섬세한 취향 따위는 전혀 갖고 있지 않은 생식이 우선인 동물이 내 앞에 있었다. 개 기원은 수시로 집 밖으로 뛰쳐나갔다. 내가 자신의 상태를 보고 있다는 것을 견딜 수 없어했고, 동시에 내가 안 보는 곳에서 무슨 일인가 벌이고 싶어했다. 내가 알 수 없는 사이에 강아지들이 한 마리씩 잉태되고 있을지도 몰랐다. 그 일은 천하게 행해지고 있는 것이다.

기원은 하루나 반나절 만에 집으로 돌아왔다. 내 눈치를 보며 주위를 맴돌았지만 감히 내 냄새를 맡지는 못했다. 나는 서둘러 욕조에 물을 채우고 그것을 그 안에 몰아넣곤 했다. 밖에서 묻히고 돌아온 불순한 것들은 신속히 제거되어야 했다. 흙과 바람과 먼지와, 온갖 잠재적 악균을 품고 있을 수 있는 잡종 개들의 털들. 나는 수압을 최대로 높인 샤워기를 기원에게 들이밀었다. 그는 순식간에 눈이 커지면서 욕조 한쪽으로 밀려나곤 했다. 욕조에 가득찼던 물이 바닥을 드러낼 때쯤이면 그것들이 제대로 보였다. 갈색, 검정색, 회색, 흰색이 섞여 있었고 가끔은 요상한 분홍색도 있었다. 이 바이러스의 숙주宿主들은 회오리처럼 빙글빙글 돌았다.

우리에게 종종 평화가 찾아오기도 했다. 출분出奔 이후의 기원은 온순했으며 소파에서 늘어져 잠자는 것을 좋아했다. 그는 내가 자기 전에 잠들었고, 내가 일어났을 때도 자고 있었다. 그것이 길고 탄력 있는 꼬리를 채찍처럼 휘두를 때, 나는 땡동을 보고 있을 때의 기분이 되었다. 꼬리를 좌우로 낮게 흔들 때는 기분이 좋은 것이었고, 높이 올릴 때는 화났다고 경고하는 것이었다. 꼬리를 얻기 위해 그레이하운드가 되었다고 해도 될 정도로 기원은 꼬리를 사랑했고, 나 또한 그가 쏟는 사랑을 납득할 수 있을 만큼 그것은 근사했다. 개의 영혼이 꼬리에 있다고 한 몽골인들의 말이 그럴싸하게 여겨졌다.

꼬리가 있고 없는 것으로 개와 인간을 나눌 수 있다면, 개는 인간보다 우월한 종으로 보였다. 꼬리는 철저히 그의 쾌락을 위해 존재하는 것 같았으니까. 개들이 꼬리를 흔드는 것은 주인에게 잘 보이거나 충성심을 증명하기 위해서가 아님을, 나는 그의 꼬리를 보면서 알 수 있었다.

아는 것과 이해하는 것은 별개였다. 나는 그 꼬리를 보면 화가 났다. 그의 쾌락은 왜 자신만을 위해서 사용되어야 하는지, 그의 이기심에 코웃음이 났다. 기원에게서 인간에게 정신병이 생긴 것은 꼬리가 잘린 이후라는 이야기를 들은 적이 있었다. 이 말은 그럴듯하기도 하고 그렇지 않기도 했는데, 내가 기원의 꼬리를 열렬히 부러워했다는 점에서 그렇고, 그렇게나 멋진 꼬리를 가지고 있는 기원이 그럼에도 우울을 달고 살았다는 점에서 그렇지 않았다. 개가 된 기원은 우울을 안고 살았다. 발정나거나, 꼬리를 흔들지 않을 때의 기원은 모든 것이 지겹고 괴로워서 계속하고 싶지 않다는 표정을 지었다. 인간이었던 기원을 흉내내고 있는 것 같기도 했지만 그렇다고만도 할 수 없었다.

어떻게 그 대단한 꼬리가 잘렸는지 지금도 모르겠다. 기억나는 것은, 내가 기원에게 술을 먹였다는 거다. 그것도 아주 많이. 그레이하운드가 되기 전의 기원이 좋아하던 맥주와 멸치를 먹였다. 개에게 짠것이 안 좋다는 것을 알았지만, 그가 미웠다. 그에게 그 정도쯤의 일탈을 허용할 권리가 내게 있었다. 술을 마시고 나서 기원이 그레이하운드가 되었으므로, 그레이하운드에게 술을 먹이면 다시 기원이 될지도 모른다고 생각했다. 나는 기원이 인간이 되어야만 비로소 그와 헤어질 수 있을 것 같았다. 그레이하운드는 취했고 나는 더 취했고, 우리는 우리에게 어떤 일이 있었는지 모른다. 잠에서 깼을 때, 그레이하운드는 사라지고 없었다.

갈색으로 말라붙은 핏자국이 문 쪽을 향해 이어진 게 보였다. 그리고 어떤 장면이 지나갔다. 꼬리가 있었다. 피가 흐르고 있는 탐스러운 꼬리. 개는 까만 눈으로 자신의 꼬리를 쳐다보며 신음하고 있다. 그것으로 했던 유희들을 더이상 할 수 없다는 사실을 애도하고 있는 것처럼 보인다. 나는 웃었나, 아니면 울었나. 울다가 웃은 것 같기도 하고, 웃다가 운 것 같기도 하다. 정말 그것을 봤을까. 집을 나간 그레이하운드는 다시 돌아오지 않았다. 그는 나와의 약속을 두 번씩이나 어겼다. 나쁜 개. 악견. 그레이놈.

띵동의 기원

기원이 사라진 후 나는 미뤄왔던 일을 했다. 그가 탈고한 『개 속담 사전』의 서문을 쓴 것이다. 그는 한 권의 책으로 남았다. 나는 그를 이어 그 책의 저자이자 편집자이자 마케터가 되어야 했다. 책 어디에도 내 이름을 넣지 않았다. 나의 손을 빌렸을 뿐, 그것은 전적으로 기원의 생각이자 언어였다. 만약 이 책에 오점이 있다면, 그것은 내 기억력의 문제거나 문장력이 부족한 탓이다.

"빤한 속담을 편찬한다는 게 의미가 있을까요? 이를테면 이런 거요. '싸움을 좋아하는 개는 절룩거리며 돌아온다'라든가 '제 버릇 개 못 준다'…… 이런 문장에 뭐가 있나요? 너무 지루하고 권선징악적이지 않습니까?"

기원은 이런 남자였다. 그가 좋아하는 속담은 여운이 남거나 재치가 있는 것들이었다. '개에게는 뼈다귀를, 아내에게는 몽둥이를' 혹은 '여자의 눈물과 강아지의 절룩거림은 믿지 말라' 같은.

그가 남겨놓고 간 꼬리와 함께 나는 술을 마셨다. 나는 그의 쾌락의 흔적을 가졌지만 기쁨이나 희열은 얻을 수 없었다. 기원을 만나면서 없어진 혼자 술 먹는 습관이 다시 도졌다. 그 강아지가 우리집에 온 것은 부활한 내 습관 덕이었다.

개가 아니라 강아지. 잠에서 깨어난 내 옆에는 아주 작고 어린 강아지가 새근거리며 자고 있었다. 맡아본 적이 있는 고소하고 비릿한 냄새가 났다. 땡동의 냄새였다. 나는 이 아기 강아지를 자세히 보았다. 기원보다 더 기원 같은, 아니 더 그레이하운드 같은 아기 그레이하운드.

새끼를 보고 부모를 판별할 수 있는 능력이 인간을 넘어 개로 확장되던 순간이었다. 내가 증오하고 질투하던 흉물스러운 암컷에게서 나온 잡종 강아지는 내 품을 파고들었다.

강아지를 보면서 깨달은 게 있다. 기원이 변했던 그 개는 그레이하운드가 아닐 수도 있다는 거다. 내 머릿속의 그레이하운드는 귀가 아주 커서 얼굴을 덮을 정도로 늘어져 있고 그 귀에는 털이 수북해야 했다. 개로 변한 기원에게는 털이 덥수룩한 귀 대신 경쾌하게 말려올라간 귀가 있었다. 그러고 보니 나는 한 번도 그레이하운드라는 개를 본 적이 없다. 정확히 말하면, '그레이하운드'라는 견종을 좋아하지만 실제의 그레이하운드가 아닌 내가 상상하는 그레이하운드를 좋아한 것이었다. 분명한 것은, 기원보다는 이 강아지가 내가 상상한 그레이하운드에 더 가깝다는 것이다. 나는 이 아기 강아지를 띵동이라 부르기로 했다.

나는 띵동에게 관대할 수 있었다. 기원보다 띵동이 온순해서일까. 아니면 띵동은 원래부터 개였기 때문일까. 우리에게는 별다른 갈등이 없었다. 띵동은 나를 따랐고, 나는 띵동에게 부모가 되어주었다. 띵동에게 젖을 물릴 수 없다는 게 애석했다. 나는 기원의 띵동을 입에 물고는 생각했던 것이다. 기원과 나 사이에서 난 아이가 내 젖꼭지를 물고, 나는 기원의 그것을 이빨로 자근자근 씹는, 세 쌍의 조촐한 마트료시카를.

띵동은 무시로 내게 참외 속처럼 하얀 제 배를 내밀며 쓰다듬어줄 것을 청했다. 띵동의 거의 유일한 의견 표명이라고 봐도 좋았다. 띵동은 기원처럼 온 힘을 다해 자신을 주장하지 않았다. 개가 된 기원은 내게 배를 보여준 적이 없었다. 나는 기원을 키우면서 개에게도 의지가 있으며 사람이 원하는 대로 바꿀 수는 없다는 것을 알았다. 훈련으로 모든 것을 할 수는 없다. 우리가 스스로를 바꿀 수 없듯, 개를 바꾸는 것도 간단한 일이 아니다.

띵동과 내가 한 입씩 번갈아 아이스크림을 나눠 먹는다는 것을 알고 나서 나의 새 연인은 띵동을 미워하기 시작했다. 그것은 나에 대한 애정을 주장하려는 순진한 의지로부터 시작되었다. 그는 자신의 여자와 동물 사이의 유대를 질투하는, 사랑에 빠진 한 남자를 연기했다. 그렇게 사랑을 증명하려던 그는 자신의 행동을 거듭 모방하면서, 정말 자신이 띵동을 미워한다고 믿게 되었다. 띵동에게 사람 같은 데가 있다는 게 그 미움의 가장 큰 원인이었다. 어떤 교육도 시킨 적이 없는데 땅동은 그랬다. 열 번을 왔다갔다해도 아이스크림은 여전히 남아 있었다. 땅동은 마지막 아이스크림은 나를 위해 남겨둔다는, 스스로 정한 규칙을 지키려는 것 같았다.

땅동이 그것을 가지고 나왔을 때, 우리는 서로의 어깨에 기댄 채 텔레비전을 보고 있었다. 봐도 그만이고 안 봐도 그만이지만, 안 보면 조금은 궁금할 그런 드라마였다. 그것은 기원이 두고 간 꼬리였다. 나는 새 연인이 생기고 나서 그것을 장롱 깊숙이 넣어두었다. 땅동은 그것을 제 몸에 감은 채로 거실 바닥을 뒹굴었다. 자신이 발견한 그것을 장난감처럼 여기는 것 같았다. 얼마나 좋은지 입에 거품까지 문 채 즐거워했다.

나는 그렇지 못했다. 기원과 땅동의 어미가 함께 뒹구는 것 같았다. 그가 빠져나오고 난 후 욕조를 떠돌던 여러 색의 털들이 내 눈앞에서 바람개비가 되어 돌았다.

"새 장난감인가?"

그는 이유를 알 수 없는 불안을 느끼는 것 같았다. 그리고 미간에 주름을 만들면서 말했다.

"이 이상한 냄새는 뭐지?"

나는 아무 말도 하지 않았다. 한때 나를 어찌할 줄 모르게 하던 그 냄새였다. 그것은 희미해져 있었고, 언젠가는 희미하다고도 할 수 없을 정도가 될 것이다. 나는 그가 눈치채지 않게 숨을 깊이 들이마셨다. 눈이 감겼다. 그와 반대쪽으로 고개를 기울여 내 어깨에 올린 그의 팔을 내려놓았다. 그리고 팔을 뒤로 뻗어 내 꼬리뼈를 만져보았다. 살 때문에 어디가 꼬리뼈인지 잘 알 수 없었다.

떵동은 어린아이들이 장난감을 사준 제 부모에게 그러듯 자신이 그것으로 인해 얼마나 행복한지 온몸으로 증명해 보였다. 미소를 땅콩 크림처럼 거실 바닥에 묻혔다. 떵동은 자신을 기쁘게 하는 그것이 뭔지 모르는 것 같았다. 이 귀여운 것은 제 아비와 어미의 운명을 답습할 것이다. 개니까.

샌프란시스코
사우나

그녀는 거리에서 시를 쓰고 있었다.
순간마다 완벽하게 사라지고 완벽하게 창조되는,
그래서 완벽한 시. 우리는 동료였다.

1

나는 이 나라의 수도에서 네 살까지 살았다. 이 나라. 엄마는 애정을 담아 그렇게 말했다. 다섯 살이 되던 그해에 우리는 본에서 이 나라의 가짜 수도로 이주했다. 서베를린. 공식적으로는 서베를린이 서독의 수도였지만, 내 가족처럼 본을 수도로 생각하는 사람이 많았다. 그 도시에 있는 대학에 내 아버지는 일자리를 얻었다. 그는 낮에는 대학에서 강의를 했고, 밤에는 병원에서 야간 경비원으로 일했다. 간호사인 엄마는 이 '가짜 수도'에서도 일자리를 금방 구했다. 덕분에 내 가족은 서민적 유복함을 누릴 수 있었다. 우리에겐 작은 차가 있었고, 그 차로 어디든 갈 수 있었다. 하지만 더 부자가 되기 위해서 주말마다 아우토반을 달린다거나 하지는 않았다. 1989년이었다.

내 부모는 한국 사람이었다. 그랬었다. 아버지는 북한의 어느 곳에서, 엄마는 남한의 서울에서 태어났다. '어느 곳'이라고 하는 것은 그 곳이 어디인지 알 수 없기 때문이다. 그는 한국전쟁으로 고아가 되었고, 부모를 잃었고, 살았던 곳을 잃었다. 피난길에 그의 온몸을 감쌌던 목화솜 이불의 촉감만을 기억했다. 그리고 자신의 본관本貫. 수용된 고아원에서 이름을 묻자 그는 고개를 끄덕이고는 김광성이라고 했다. '광성'은 그의 본이었다. 아버지와 엄마는 서독에서 만났다. 그들은 자신들의 첫 아이이자 마지막 아이가 될 내게, 자신들이 만난 곳이자 내가 태어난 그 도시, 엄마가 사랑해마지않는 도시의 이름을 붙였다. 본Bonn. 나는 본 킴이 되었다.

엄마는 아버지를 '내 아기'라고 부르곤 했는데, 그 말은 어린 내가 듣기에 꽤 이상한 말이었다. 아버지는 엄마보다 열 살이 많았는데, 외모로 본다면 스무 살이 많다고 해도 이상하지 않았기 때문이었다. 그녀의 아기이자 내 아버지였던 사람은, 내가 여섯 살 때 집을 나갔다. 동베를린 출신 여자와 사랑에 빠졌고, 자신의 사랑을 주체하지 못해서 우리가 알게 되었다. 그는 베를린 장벽이 무너진 게 그녀를 만나기 위해서였다는 식으로 행동했다. 엄마는 하지 말아야 할 말을 했다. 미친 빨갱이. 미친 빨갱이? 아버지의 그녀를 겨냥했을 이 말은, 아버지를 겨냥할 수도 있는 말이라는 걸 엄마는 알지 못했다.

알았더라도 엄마는 그 말을 했을 것이다. 그럴 수밖에 없었을 것이다. 아버지의 새로운 사랑이, 한국전쟁이 그들을 만나게 했다는 그녀의 파괴적 몽상을 파괴했기 때문이었다. '이 나라'에 대한 애정의 뿌리로부터 잘려졌기 때문이었다. 그녀는 '내 아기'라는 말과 그렇게 부르던 대상을 잃었다. 엄마는 아버지에 대한 미움과 나에 대한 애정을 분리시키는 데 어느 정도 성공했고, 나는 계속해서 서민적 안락함을 누릴 수 있었다. 나는 그렇게 통일이 된 독일의 국민이 되었고, 베를린에서 자랐고, 그 도시의 대학에 들어갔다. 내게는 아버지와 함께 살지 않은 게 다행이었다. 같이 살았다면, 그는 계속해서 유교적인 완고함으로 나를 사랑했을 것이다. 나는 말러가 아닌 프레디 머큐리를 듣는다는 이유로 비난받았을 것이다.

2

내가 서울에 온 것은, 평양에 가기 위해서였다. 육 개월 후, 나는 평양에 파견되기로 되어 있었다. 평양? 북한에 간다고? 엄마는 이마를 찌푸렸다. 그 단어가 우리가 입에 담으려 하지 않는 무언가를 떠올리게 했을 것이다. 서울에 간다고 하자 엄마는 반색했다. 자신의 아들에게 한국 여자애를 만날 기회가 생길지도 몰랐기 때문이었다. 여자아이들과 데이트를 하기 시작했을 때 엄마는 그 아이들이 순수한 독일인이라는 것에 충격을 받았다. '순수'한 혈통이라는 것은 없지만, 그녀의 세계관에서 '순수'란 그런 것이었다. 내가 결혼이라는 걸 하게 된다면 그녀가 한국계일 거라는, 근거 없는 희망을 엄마는 갖고 있는 것 같았다. 그런 귀여운 여자가 내 엄마라는 사람이었다.

서울에 있는 한 대학의 어학당에서 나는 한국어를 배웠다. 내 독일인 동료들은 한국어를 배우지 않은 채 평양에 들어갔다. 그들은 불편하지 않다고 했다. 나는 불편할 것이다. 독일에서 나는 한국계 독일인이었지만, 북한에 간다면 그저 한국 사람으로 보일 것이다. 서울에서도 그랬다. 별스럽게 옷을 입는 서울 남자들 사이에서 나는 눈에 띄지 않았다. 외국인들뿐만 아니라 한국인들도 내게 길을 묻곤 했다. 무슨 말인지는 알아들었지만, 어떻게 말해야 할지는 몰랐다. 형편없는 실력이었다. '고맙습니다'라든가 '잘 부탁드립니다'같이 외국인들이 한국을 방문할 때 외우는 문장에다 몇 문장을 더 아는 정도였으니까.

남한 정부가 내가 머무를 숙소와 생활비 일부를 지원했다. 그건 내가 평양에 가는 것과 무관한 일이었다. 그들에게 나는 '외국인 예술가'로서 남한의 수도를 방문한 사람이었다. 예술가란 자신의 나라보다 다른 나라에서 환영받는 존재 같았다. 남한에 대한 무엇인가를 쓰거나 그들 나라의 예술가들을 다른 세계로 초대할 수도 있다는 가능성으로, 그러니까 내가 하지 않은 일들로 그들의 호의를 받는 게 쑥스러웠다. 나는 시와 희곡을 썼다. 내 아버지 때문에 그럴 수 있었다. 어쩌면 그럴 수 있을까 싶을 정도로 아버지가 보던 책 중에는 소설책이나 시집 같은 게 단 한 권도 없었다. 내가 생각하기에, 문학은 그가 전공하는 분야와 가장 멀리 떨어진 무엇 같았다.

그 감사의 마음으로 나는 아버지를 방문하지 않았다. 김광성씨가 평양에 가본 적이 있을지 궁금했지만. 나와 엄마는 아버지와 거의 왕래하지 않았으나 기대하지 않은 어떤 곳에서 그의 소식을 듣곤 했다. 그는 한 사립대학의 초청을 받아 서울에 와 있었다. 자신의 여자와 아이와 함께. 엄마가 '미친 빨갱이'라고 불렀던 그 구동독 출신 여자였다. 엄마의 예견과 달리 그들은 이십 년 가까이 같이 살고 있었고, 앞으로도 그럴 것 같았다. 그들은 한강이 내려다보이는 이태원의 한 맨

션에 머물고 있다고 했다. 외국인들에게 남한을 알리고자 만들어진 『SEOUL』이라는 잡지에서 나는 그 동네에 북에서 내려온 가난한 사람들이 살았던 주거촌이 있었다는 문장을 읽었다.

3

그해 여름, 나는 서울에서 베이징으로, 베이징에서 평양으로 갔다. 내 짐들도 베이징으로 보내졌다 평양에 오고 있었다. 공항 출입국 관리소의 직원은 내 핸드폰을 초록색 벨벳 주머니에 넣었다. 핸드폰은 내가 북한을 떠날 때까지 그곳에서 편안하게 격리될 것이다. 내게 보내진 신호들은 태평양을 건너 북한의 영해를 떠돌다 공중에서 부서질 것이다. 포말처럼. 회사에서 보낸 남색 폭스바겐을 타고 고속도로를 달리면서 그런 생각들을 했다. 고속도로에는 내가 타고 있는 폭스바겐만 달리고 있었다. 나는 과거로 진입하고 있었다. 한 번도 본 적 없는 과거. 향수하지 않는 과거. 잃어버리지 않은 과거. 나와 무관한 과거.

평양에서 다니게 될 회사는 북한 사람들에게 옷과 식량을 공급하는 일을 했다. 포교활동과 모금을 하지 않는 일종의 구세군이랄까. 사람들은 내가 일하게 될 회사를 NGO라고 했고, 회사가 아닌 단체로 불렀다. 농학 박사인 오십대 여자가 회사의 책임자였다. 그녀는 종자 개량 분야에서 손꼽히는 인물로, 녹화綠化되지 않은 북한의 땅을 지날 때면 깊은 한숨을 내쉰다고 한 동료는 전했다. 내가 평양에 가기 몇 년 전까지만 해도 회사에는 스무 명이 넘는 직원이 있었다고 한다. 북한 당국은 평양에 상주하고 있는 NGO들을 내쫓았는데, 내가 다니게 될 회사는 운좋게 남은 몇 개 중 하나였다. 다른 나라로부터 도착한 옷들을 하역하고 검사하고 분류해서 공급하는 것이 내가 하게 될 일이었다.

순안공항부터 숙소로 정해진 평양의 아파트로 가는 데까지는 두 시간 정도 걸렸다. 초록이 없는 황토색 둔덕들. 반듯하게 뻗은 길과 반듯하게 이어지는 건물들. 반듯한 시가가 이어졌다. 평양의 건물들은 몬드리안의 그림을 삼차원으로 기립시켜놓은 것처럼 보이기도 했다. 우아함과 율동감이 빠진 몬드리안. 내가 머물게 될 아파트는 '일심'과 '단결' 아파트 근처에 있었다. 아파트 이름이 일심이었고, 단결이었다. '백전'과 '백승'도 있었다. 이런 아파트의 이름을 보면서 나는 사회주의국가에 와 있다는 실감이 들었다. 남한의 아파트에는 대개 건설회사의 이름이 붙었고, 고급 주거지일 경우에는 '캐슬'이니 '팰리스'니 하는 '성'이나 '궁宮'에 해당되는 영어가 들어갔다. 내가 알기로 평양에서 '궁'이 붙는 경우는 단 하나였다.

아파트의 거실에서는 대동강이 보였다. 구호로 된 이름들이 적히지 않았다면 식별이 되지 않을 다른 아파트들도. 폭스바겐을 타고 지나온 풍경들을 생각했다. 간판이 없는 건물들, 그래서 용도를 알 수 없는 건물들. 차가 다니지 않는 거리. 내가 꿈꾸던 나라였다. 쓸데 있는 것이 없고 쓸데없는 것들이 넘쳐나는 나라. 내 상상력을 자극하는 것들이 실현된, 있을 수 없는 나라가 눈앞에 있는 것이었다. 기쁘지는 않았다. 비슷한 색의 옷을 입고 있는 사람들 때문일까. 그 색은 뭐랄까. 변색된 캐러멜과 비슷했다. 그리고 도처에 널린 빨간 궁서체의 글씨들. 침울한 빨강들. 그건 정말 아름답지 않았다. 아름다운 것들을 발견하지 못한다면 이곳에서 버틸 수 없을 것이라는 생각이 들었다. 기우였다.

4

나는 그녀를 만났다. '그녀'라고 할 수밖에 없다. 쓸데없음의 현신 같은 여자. 그녀.

그녀는 아침 일곱시에 나타났다가 오후 두시가 되면 사라졌다. 매일같이 그랬다. 나는 그녀를 자동차를 타고 가다 만났고, 그녀를 만난 이후로는 차를 두고 다녔다. 그녀를 더 자세히 보기 위해서. 늘 모자를 쓰고 있는 그녀. 운두가 높고 챙이 짧은 모자. 어떤 때는 파란색, 어떤 때는 하얀색. 그녀는 남자들에게 둘러싸여 있었다. 차를 타고 지나가는 남자들. 보이지 않는 남자들. 그녀는 교통경찰이었다. 그녀는 회전교차로의 하얀 동그라미 안에 서 있었다.

얼굴이 하얀 그녀는, 얼굴보다 더 하얀 치마 제복을 입는다. 파란색 치마 제복을 입을 때도 있다. 파란색 재킷에 하얀색 치마를 입기도 한다. 흰 양말을 발목까지 오게 접고 검정 로퍼를 신는다. 구시대의 여학생 같은 차림이다. 사진으로만 보았던 구시대. 가까이에서 보고 로퍼가 아니라는 걸 알았다. 굽이 낮은 레이스업 슈즈였다. 비가 올 때는 종아리 절반까지 오는 하얀 장화를 신는다. 검정 장화도 신는다.

그 위에 발목까지 내려오는 투명 우비를 입는다. 그리고 빨간색과 하얀색이 번갈아 있는 신호기를 든 채로 그녀는 서 있다. 그것은 부활절 트리에 매달린 커다란 지팡이 사탕과 닮아 있었다. 그녀는 지팡이 사탕을 든 부활절의 요정으로 보였다.

그녀 덕에 회전교차로라는 것을 이해할 수 있었다. 신호를 기다릴 필요가 없다. 공회전은 하지 않는다. 이산화탄소 배출도 자제된다. 그 교통섬에 녹지를 둘 수도 있다(그녀는 아스팔트 위 동그라미 안에 서 있지만). 맞은편 차량과 정면충돌할 우려가 없다. 교통사고 사망자와 중상자를 줄일 수 있다. 차가 빨리 달릴 수 없다. 소음과 사고도 줄어든다. 이론상으로는 그랬다. 완벽했다. 공산주의라는 체제처럼. 나는 보았다. 평양의 차들은 빨리 달렸고, 무례하게 경적을 울리며 지나갔다. 거기에 타고 있는 사람들은 무례함에 대해 생각해본 적이 있을까? 그들에게 질서란 자신들의 안전을 지키기 위해서만 필요한 것이기 때문이었다. 그녀의 지팡이는 무력했다. 기운 없이 흐들흐들했다.

하지만 그녀는 해야 했다. 할 수밖에 없었다. 자신의 일이었기 때문이었다. 그녀는 신호등을 대신해 거기에 있었다. 호루라기를 불 때면 오른쪽 뺨에 보조개가 팼다. 그러다 목덜미에 흘러내린 땀을 닦을 때, 한숨을 내쉴 때, 눈물을 참을 때, 나는 사랑에 빠졌다. 빠졌던 것 같다. 슬로모션으로 촬영된 영화의 한 장면처럼 그녀가 뻣뻣해진 고개를 양옆으로 기울일 때 내 시간도 그녀에게로 기울었다. 그녀는 거리에서 시를 쓰고 있었다. 순간마다 완벽하게 사라지고 완벽하게 창조되는, 그래서 완벽한 시. 우리는 동료였다. 애정은 세계를 이해할 수 있게 한다. 나는 회전교차로와 공산주의와 시인의 역할과 사랑에 대해 이해했다. 사랑은 무언가 부족할수록 생겨나는 것 같았다. 나는 없는 게 많았다. 현실감도, 책임감도, 준법정신도, 자부심도, 열등감도 없었다. 그런 면에서 나는 꽤 괜찮은 시인이었다.

5

그녀와 함께 밤을 보내고 나서 청어 샐러드와 자두 주스를 먹고 싶다고 생각했다. 밤을 보내는 것보다 그녀의 숨소리를 들으며 잠드는 것과 그러고 난 후 아침을 함께 먹는 것이 더 중요했다. 아침도 아니고 점심도 아닌, 시간감이 사라져버린 하루의 첫 끼. 먹을 것이 담긴 트레이가, 잠에서 깨었지만 쑥스러워서 잠든 시늉을 하고 있을 그녀가 있는 침대로 나를 데려갈 것이다. 그녀는 성난 고양이처럼 등을 곧추세우고 내게로 다가온다. 나는 청어의 가시가 고양이 수염 같다고 생각한다. 라벤더 오일을 떨어뜨린 따뜻한 물에 그녀의 종아리가 잠기게 할 것이고, 올이 조밀한 수건으로 그녀의 종아리를 감쌀 것이다. 한번 더 그녀의 몸 위에 내 무게를 싣고 나는 이야기할 것이다. 나의 수호천사에게. 내가 머물고 있는 이 쓸데없는 세계를 지키고 있는 그녀에게.

"호네커를 알아요?"

"네, 잘 알고 있습니다."

"어떻게 알고 있어요?"

"위대한 구동독의 서기장이었지 않습니까?"

"호네커가 평양에 사우나를 설치한 거 알아요?"

"네?"

"핀란드 사우나요. 핀란드 대통령이 호네커에게 선물한 거거든요."

"그게 왜 북조선에 있는 겁니까?"

"호네커가 사우나를 별로 안 좋아했대요. 그래서 동독이랑 가장 멀리 떨어진 데 설치하라고 했대요."

또 말할 것이다. 나는 호네커의 사우나를 보러 북한에 온 것이라고. 것이었다고. 호네커의 사우나는 사라졌고, 나는 당신을 만났다고. 호네커의 사우나는 나와 당신을 만나게 하기 위해서 설치된 것이라고.

호네커의 사우나는 평양에 있는 동독의 대사관에 설치되었다. 전 세계에 있던 동독 대사관은 1990년에 없어졌다. 평양에서도 그랬다.

나는 들었다. 베를린 장벽이 무너지고, 동독과 서독의 지도자가 만나 통일을 합의하고, 마침내 통일을 앞둔 전날, 평양의 동독 대사관에서 있던 일을. 동독 대사관 사람들은 평양에 있는 다른 대사관 직원들을 초청해 파티를 연다. 동독 대사관의 주류 저장고를 비우기 위해. 자정, 통일된 나라가 탄생한 그 순간, 파티는 끝나고, 동독인들은 잠을 자러 간다. 평양의 마지막 동독인들. 이제는 동독인이 아닌 사람들. 그때 나는 잠들어 있었다. 나는 서독인으로 잠들었다가 통일 독일의 국민이 되어서 깨어났다. 그랬던 것이다.

동독 대사관 사람들이 통일된 독일로 떠나자 동독 대사관이 있던 건물은 비워진다. 호네커의 사우나도 식어버린다. 수년 동안 비워졌던 그 건물. 새로운 주인이 입주한다. 사우나는 고민거리가 된다. 핀란드식 사우나란 좋아하지 않기 힘든 게 아닌가. 호네커 같은 사람이 아니라면. 겨울에 영하 삼십 도까지 내려가는 평양에서는 더욱이. 절차와 명분이 문제가 되었던 것이다. 사우나가 동독 대사관의 것이었다는 사실이, 한 나라의 국가원수가 동독의 서기장에게 선물했다는 것이, 동독의 서기장은 이제 없다는 것이, 동독도 사라졌다는 것이 문제가 되었다. 그랬을 것이다.

나는 멸종된 것이나 흔적만 남아 있는 것, 아니면 흔적조차 없는 것들에 끌렸다. 자연사 박물관에 있는 공룡의 뼈들, 여자의 꼬리뼈, 호네커의 사우나. 용도를 알 수 없는 것들. 용도가 사라져버린 것들. 용도는 없어도 된다.

나는 쓸데없는 것들에게 꼼짝을 하지 못했다. 내가 쓰는 시나 희곡들은 그런 것들로 채워졌다. 쓸데없는 소동극으로 채워진 나의 희곡들. 내가 셰익스피어에 배운 게 있다면, 희곡이란, 문학이란, '헛소동'이라는 것이다. 한 문장으로 정리할 수 있는 이야기란 쓰일 필요가 없다. 문학이 아니라는 이야기다. 언젠가 나는 '핀란드 사우나'라는 제목의 글을 쓸 것이다.

6

우리는 남포의 해변으로 물놀이를 갔다. 남포는 평양에서 가장 쉽게 갈 수 있는 교외였다. 평양의 외국인들은 어디로든 갈 수 있었다. 서쪽으로는 남포, 동쪽으로는 원산, 남쪽으로는 사리원, 북쪽으로는 평성까지. 신의주 너머로는 어려웠다. 좀 그런 것 같았다.

검문소의 군인은 차를 멈추게 한 뒤 물었다. "어디로 가십니까?" 나는 물었다. 군인 뒤로 보이는, 출렁이는 연두색 풀들의 이름이 무엇이냐고. "저 푸른 거 말입니까? 청보리밭입네다." 걷어올린 군인의 소매 아래로 솜털이 보송보송했다. 군인은 곱고, 어렸다. 남포댐을 지나서 좀더 가면 해변이 나왔다. 해변에는 진흙이 섞인 삼각형의 모래사장과 탈의실이 있었다.

탈의실에서 그녀가 나왔을 때 나는 좀 웃었다. "선생님, 왜 웃습니까?" 그녀도 웃었다. 가까이에서 보니 그녀의 보조개는 왼쪽에도 있었다. '우물'이라기보다는 '샘'이라고 해야 할 것 같은 그녀의 것들. 소매가 있는 티셔츠와 허벅지를 덮는 반바지를 입은 그녀와 함께 바다를 향해 걸어갔다. 사람들은 해변과 바다의 경계에서 발을 담그고 있었다. 물속에 들어가더라도 멀리 가지는 않았다. 돌고래 튜브라든가 색이 현란한 비치발리볼 같은 것을 갖고 있는 사람들은 좀더 용기를 냈다. 바다란 완만히 깊어지지 않는다는 것을 그들도 알고 있었다. 내가 수영을 하고 나왔을 때 바닷물은 그녀의 종아리에서 찰랑이고 있었다.

나는 그녀에게 물었다. "측면을 보일 때 가도 좋다는 거죠?" 그녀는 고개를 끄덕였다. "정면으로 보거나 내게 등을 돌리고 있으면 가지 말라는 거죠?" 그녀는 고개를 끄덕였다. "나한테는 아무 소용이 없어요." "무슨…… 말씀이십니까?" 말하지 못했다. 측면을 보이든, 정면으로 보든, 등을 보이든, 나는 당신을 떠나고 싶지 않다고. 당신의 신호는 내게 아무런 소용이 없다고. 말하고 싶었다. 당신을 지나치는 남자들이 당신을 보고 웃는 게 싫다고. 엄지손가락을 치켜드는 건 더 싫다고. 그들에게 거수경례를 하는 당신은 싫지 않다고. 나는 그러지 못했다. 그녀는 어리둥절한 표정을 짓다가 웃었다. 보조개가 팰락말락 하게.

그러더니 물었다.

"김본 선생님은 본本이 어디십니까?"

광성이라고 했다. 내 본은 광성이 아니라 본이라고 생각했지만.

"본이라는 이름이 참 좋습니다. 본. 김본. 이렇게 부르고 있으면 저도 단단해진다는 느낌이 든단 말입니다."

본은, 내 '본관'일 뿐만 아니라 이름이기도 했다. 아버지는 내 이름에 따로 한자를 지어주지 않았지만, '근본'이라는 뜻 말고는 쓸 만한 본의 짝을 찾을 수 없었다. 김의 근본, 나의 근본, 본의 근본.

그녀가 물은 것은, 북에 와서 가장 많이 들어본 질문이기도 했다. 광성이라고 하고 나면 알 수 없는 막막함을 느꼈다. 어디 있는지도 모르는 땅과 내가 연결되어 있다는 것이, 내 아버지가 태어난 이 땅에 내가 머물고 있다는 것이, 하지만 그곳이 어디인지 영원히 알 수 없다는 것이. 그녀는 나의 먼 사촌일 수도 있는 것이다.

구시대의 여자. 삼십 년 전을 살고 있는 여자. 그녀를 생각하면, 내가 살지 못했던 시간으로 거슬러올라가는 기분이 들었다. 내가 지니지 못한 가치와 미덕과 수줍음. 남자들이 엄마 같은 여자에 끌릴 수밖에 없다는 일반론을, 나는 처음으로 수긍했다. 나는 느꼈다. 그건 자신의 엄마와 비슷한 시대감각을 갖고 있는 여자에 끌린다는 말이라고. 세련된 것은 금방 질린다. 낡아버린다. 오래된 것만이 살아남는다. 시대에 뒤떨어지고, 약간은 우매하고, 그래서 웃음이 나오지만 한

심하지 않은 여자. 귀여운 정도. 수정될 수 있는 오류를 갖고 있는 여자들. 놀리면 발끈하지만, 발끈하는 게 귀여워서 놀리게 되는 여자. 내 엄마는 아버지에게 그런 여자가 아니었을지도 모른다.

7

그녀의 옷이 코발트블루로 바뀌었다. 겨울이 왔다는 말이다. 개털로 만든 러시아식 모자를 쓴 그녀. 그녀들. 평양에는 눈이 자주 내렸고, 많이 내렸다. 늘 눈이 있었다. 평양에서는 제설작업이라는 개념이 발달하지 않은 것 같았다. 그녀가 서 있는 하얀 동그라미 안은 치워졌다. 눈이 비워진 교차로 위의 그녀는 세상의 중심으로 보였다. 겨울의 나는 바빴다. 겨울옷은 여름옷보다 부피가 크고, 무거웠고, 필요로 하는 곳이 많았다. 눈이 제대로 치워지지 않은 길 위를 운전하려면 시간이 많이 들었다. 사무실은 추웠다. 북한 사람들의 사무실에 비해서는 따뜻하다고 하지만. 집은 더 추웠다. 난방은 충분하지 못했고, 온수의 온도도 그랬다. 샤워를 하다 단전을 겪을 때도 있었다. 그런 날은 더 추웠다.

해가 바뀌고, 우리는 음악회에 갔다. 말레비치풍으로 바이올린이 그려진 포스터는 공연 한 달 전부터 시내에 붙어 있었다. 그날도 눈이 왔다. 미국에서 오케스트라와 지휘자가 왔다. 동평양극장은 평양의 지하철 역사와 비슷했다. 천장이 높고 소리가 울리는 빅토리아식 건물, 낭비된 대리석, 크리스털이 무성한 샹들리에. 극장의 전면에 높은

음자리표 모양의 장식을 붙여놓은 것을 보고 나는 조금 웃었다. 순진한 상징. 그렇다면, 극장의 후면에는 낮은음자리표가 있어야 하는 거 아닌가. 벤츠에서 내린 고관들과 한복을 입고 작은 가방을 든 여자들이 들어서고 있었다. 그녀도 한복을 입었다. 머리를 묶던 그녀는 머리를 풀었다.

북한의 국가가 먼저 연주되고, 미국의 국가가 연주되었다. 사람들은 선 채로 양옆에 걸린 두 나라의 국기를 바라보면서 표정 관리를 했다. 하나의 큰 별과 오십 개의 작은 별이 있는 두 개의 깃발. 지휘자는 교향곡을 연주하기 전에 이 노래가 작곡된 배경을 설명했다. 교향곡이 연주되는 내내 섬세한 표정을 짓지 않기 위해 애쓰던 사람들은, 알레그로로 시작해 다시 알레그로로 네 개의 악장이 끝나자 박수를 쳤다. 직선의 박수. 웃지 않는 사람들. 당혹스러워하는 연주 단원들. 미소는 상환되지 않았다. 그도 그럴 것이다. 평양平壤을, 이름에 걸맞게 정말 평평한 땅으로 만든 나라의 명문 연주단이 만들어낸 음악이었다. 그들이 연주한 교향곡은 그 나라를 찬양하는 어느 얼빠진 작곡가가 만들어 바친 노래였고.

극장에 입장할 때 보았던 원로들을 떠올렸다. 네모난 귀갑테를 쓰고 가슴에 훈장을 단 늙은 남자들. 그들 중 상당수는 미국과 싸웠을 것이고, 동료나 가족을 잃었을 것이다. 김일성과 함께 일본과 싸운 후, 남한과 미국과 싸웠을 것이다. 그들은 어떤 표정을 짓고 있을까. 그녀의 얼굴도 궁금했다. 고개를 돌리지 않았다. 진지하지 못한 나는 피콜로 주자를 보면서 픽 웃어버렸다. 어떤 유치한 유행가 가사가 떠올랐기 때문이었다. 앙코르 곡은 '캔디드'였다. 볼테르의 『캉디드』를 모티프로 레너드 번스타인이 만든 노래. 캔디드를 들으면서 생각했다. 나는 그녀를 만나기 위해 평양에 왔다고. 그녀를 만나기 위해 태어났다고. 볼테르식으로 말하자면 말이다.

8

나는 말하고 싶었다. 영화를 보면서 귓속말을 하는 것은 내 오랜 습관이었다. 연극을 보면서는 그러지 않았다. 내 일에 대한 신성함의 실천이었다. 음악에 대해서는 별다른 입장을 갖지 못했다. 그녀와 그날의 연주를 보기 전까지는. 나는 귓속말을 하고 싶어 혼났다. 잘난 체를 하면서 그녀를 놀리고 싶었다. 이를테면, 피콜로에 대한 이야기. 첼로보단 피콜로 같은 너의 신음 섞인 목소리가 난 너무 거슬려. 이런 가사가 있다고. 그녀는 얼굴을 붉힐 것이다. 나는 물을 것이다. 피콜로는 목관악기인지 금관악기인지. 우리는 플루트보다 높은 음을 내는 작은 플루트에 대해 이야기할 것이다. 연주가 끝났을 때 나는 누구보다도 세게 박수를 쳤다.

손이 멈추고, 활이 멈추면, 연주가 끝난다. 박수 소리도 끝나면 공연은 끝나는 것이다. 나는 그렇게 알았다. 그날의 박수 소리는 커졌다가 작아졌다가 다시 커지기를 반복했다. 사람들은 자리에서 일어났다 앉았다가 다시 일어났다. 누군가 손을 흔들자 다른 누군가도 손을 흔들었다. 옷깃에 김일성 배지를 단 사람들의 얼굴이 펴지고, 한복을 입은 채 팔짱을 끼고 있던 여자의 팔이 풀렸다.

길에는 눈이 내린다. 내렸다. 진눈깨비. 우리는 전차를 타고 회색빛의 얼음궁전들을 지나갔다. 박수 소리가 귀에서 찰싹거렸고, 그녀의 볼에는 열이 올랐다. 그 밤의 거리는 내가 본 평양 중에서 가장 반짝였다. 나무들에도 불이 켜졌지만, 빛은 밝지 않았다. 자제되었다는 느낌. 어떤 결여는 우아함을 만들어내기도 한다고 나는 느꼈다.

나는 바랐다. 눈이 굵어지길, 전차가 더 천천히 움직이길, 단전이 되길, 전차가 멈춰 서길, 오래도록 그런 채로 있길, 지친 사람들이 전차에서 내리길, 내리길, 내리길, 그래서 우리만이 남아 있게 되길. 나는 바랐다. 운전수도 어디로 가버린다. 전차 위로 눈이 쌓인다, 쌓인다, 쌓인다. 거리의 불이 꺼진다. 차례대로 하나씩. 마침내 불은 하나만 남는다. 그 불빛을 그녀의 눈동자에서 본다. 하나만 남았던 불이 꺼지고, 거리는 사라진다. 전차 안은 어둡지 않다. 숨과 열기로.

우리는 버려지거나 잊힐 것이다. 우리가 견딜 수 없을 때 문을 열고 걸어나올 것이다. 나왔다. 눈에 새로운 길을 내면서, 내가 앞서 걸을 것이다.

나는 상상했다. 북한의 거리에 무엇인가를 더하는 일들을. 소년이 되기 전의 남자아이 같은 선의와 천진함으로 그것들을 놓아두는 것이다. 레고 블록을 내려놓듯이. 거리에는 차가 없고, 공기는 깨끗하고, 사람들은 온순한 이 초현실의 거리에 현실을 더하는 일을 한다. 색과 더러움과 활기를 더한다. 가로등을 꽂고, 음수대를 꽂고, 나무와 꽃들을 꽂을 것이다. 그녀가 서 있는 하얀 동그라미 안을 녹지로 바꾼다. 그녀의 발바닥에 완곡이 흐른다. 도서관도 놓고, 피시방도 놓고, 섹스숍도 놓는다. 위대한 지도자의 동상을 포위한다. 포위시킨다. 섹스숍 앞에 추위로 살이 튼 볼 빨간 사람들이 줄을 선다. 그 볼이 더 빨개지는 모습을 상상하며 나는 키득거렸다. 하지만 버스는 멈췄고, 그녀는 내렸다.

나는 그녀에게 아무 말도 못했다. 가장 하고 싶었던 말도. 다른 남자 앞에서는 머리를 풀지 마요. 그러지 말아요. 뭐 이런.

9

나는 유튜브로 나를 보고 있다. 몇번째인지 모른다. 그 지휘자가 죽었다는 소식을 들었기 때문이다. 그는 버지니아 주에 있는 자신의 농장에서 죽었고, 나는 그 소식을 샌프란시스코에서 듣는다. 미국의 동쪽 끝에서 죽은 남자의 소식을 미국의 서쪽 끝에서 듣는다는 것이 이상하게 느껴진다. 내 옆에는 태평양이, 그의 옆에서 대서양이 있다는 것이. 우리가 한때 평양의 극장 안에 함께 있었다는 것이. 그 겨울, 평양의 음악회는 인터넷 안에 남겨졌다. 북한이 아니라면 어디에서든 볼 수 있는 것이다. 카키색 코트를 입은 나는 객석의 다른 사람들과 잘 구별되지 않는다. 머리를 풀어서 얼굴의 절반이 가려진 그녀. 알아보는 데는 문제없다. 뒷모습이라도. 하지만 나는 그녀를 보는 게 괜찮지 않다. 숨이 막히고, 어지럽고, 커다란 잘못을 저질렀다는 생각이 든다.

남한의 한 방송국에서 제작한 다큐멘터리도 본다. 그것도 유튜브에 있다. 나는 지휘자가 어린 아들을 데리고 평양에 갔다는 것을 알게 된다. 십대인 금발의 소년은 자신 말고는 관심 없다는 태도로 늙은 아버지 옆에 앉아 있다. 아버지를 닮아 어둡고 두툼한 눈자위. 다큐를 보고 나서 연주 실황을 볼 때, 다시 이 금발 소년을 발견한다. 열광적으로 박수를 치고 있다. 기립해서. 누구보다 더 세게. 아버지 옆에 냉담하게 앉아 있던 그 소년이라는 게 믿기지 않는다. 그의 뒤에서 나도 박수를 치고 있다. 여름의 나는, 겨울의 나와, 그녀와, 소년을, 동시에 본다. 포디엄 위에 서 있는 소년의 아버지도 본다. 그 겨울, 나는 평양을 떠났다.

북측은 회사에 다시 인원 감축을 통보했다. 떠나던 날을 기억하고 있다. 추웠다. 눈은 오지 않았다. 카키색 제복을 입은 남자는 빨간 기와 노란 기를 흔들었다. 주체탑이 하늘을 찌르고 있었다. 빨간색과 흰색과 검정색으로 쓰인 궁서체들을 지났다. 지하에서 움직이고 있을, 민트색에 빨간색이 섞인 지하철도 지났다. 회전교차로에 그녀는 없었다. 공항 건물에는 '평양'이라는 글자와 함께 죽은 지도자의 사진 같은 그림이 걸려 있었다. 그렇게 나는 그녀가 호위하는 평화로운 세계를 떠나 무법천지로 돌아왔다. 이제 평양의 회전교차로에 교통 여경은 없다. 그녀도 사라졌다. 내가 떠났기 때문에 그녀가 사라졌다고 생각한다. 볼테르식으로 말하자면 말이다. 정전이 될 때만 그녀들이 나타난다고 한다. 나는 회전교차로를 지나지 못했다. 그녀는 사라지지 않았다. 그녀와 이별하지 못했다. 못할 것이다.

다큐멘터리에 있는 연주 단원의 인터뷰를 다시 본다. 한 여자가 가로등에 대해 말한다. 단원들이 탄 버스가 평양의 거리를 지나가자 뒤에서 가로등이 꺼졌다고. 얼마나 전력이 부족한지 알 수 있었다고. 나는 가로등에 대해 생각한다. 그들이 지나가기 시작할 때 앞에서 가로등이 켜졌더라면 어땠을까 생각한다. 하나씩. 그녀를 위해 가로등을 켜는 사람이 되고 싶다고 생각한다. 싶었다고 생각한다. 사랑의 시차에 대해 생각한다. 세계지도를 아코디언처럼 접어 태평양을 단축시킨다. 샌프란시스코 만과 한국 사이에 있는 일본도 지도 안으로 접어넣는다. 나는 그녀와 가까워진다. 나는 그녀의 지팡이를 녹여 먹는다. 먹고 싶다. 먹고 싶었다. 깨물지 않는다. 잃어버린 미래.

10

그녀가 온다. 나는 커니 스트리트와 마켓 스트리트 교차로, 샌프란시스코의 중심에 있는 건물 안에 서 있다. 벽감에 기대어 몸의 반은 빛에, 다른 반은 어둠에 놓이게 한 채로. 사람들이 해변으로 가버렸는지 거리는 한산하다. 그녀가 오고 있다. 샌프란시스코의 여름. 드래곤프루트 빛의 몸에 휘감기는 원피스를 입었다. 화려하고, 잘났고, 가슴도 큰 여자. 하늘을 향해 들려 있는 커다란 유두가 원피스 위로 두드러질 것이다. 우리는 팟pot을 하거나 하지 않고, 옷을 벗거나 벗지 않은 채로, 시간을 들이거나 그러지 않거나 하면서 자신을 즐길 것이다. 확실히 말할 수 있는 단 한 가지는, 그게 나쁘지 않을 거라는 것이다.
"이 여자 누구야?"
내가 샤워하고 나왔을 때, 그녀는 침대에 누운 채로 내 노트북을 보고 있었다. 엉덩이에서 팔랑거리는 나비의 날개. 평양 공연 실황. 내가 보던 영상은 내가 박수치던 장면에서 멈춰 있었다.

"누구?"

"자기 옆에 있는 여자."

"모르는 여자야."

가슴이 아팠다. 그래서 나는 천천히 말할 수밖에 없었다.

"그런 것 같지 않은데."

"정말이야."

나는 내 아버지를 통해 어떤 진실은 거짓보다 나쁘다는 걸 배웠다. 대개의 진실은 그렇다.

"하긴, 자기가 이런 여자를 좋아할 리 없지."

미셸. 미셸이라고 하자. 미셸은 말했다.

"이런 여자?"

"북한 여자잖아. 촌스러워. 그래. 불쌍하고 촌스럽지."

어쩐지 내 엄마가 떠올랐다.

"빨갱이."

"빨갱이?"

나는 웃으면서 되물었는데, 미셸은 내 냉소를 자신을 귀여워하고 있다는 식으로 알아들었다.

"미친 빨갱이."

미셸은 자신감을 갖고 한 걸음 더 나아갔다.

나는 경탄했다. 여자들에게 생래적으로 장착되어 있는 경쟁자를 알아차리는 능력에 대하여, 머뭇거리지 않고 경쟁자에게 쏟아내버리는 미친 적의에 대하여, 부메랑이 되어 자신을 해칠 것을 알면서도 그것

을 쏟아낼 수밖에 없는 미친 정열에 대하여. 나는 문을 열고 나가고
싶었다. 어디로든.

"미친?"

나는 내 엄마를 이해할 수 있을 것 같았다. '미친 빨갱이'라고 말할
수밖에 없는 미셸의 그 미친 감각에 대해서도. 하지만 이해한다고 해
서 용서할 수 있는 것은 아니다.

"미친."

"너는 미쳤어."

이 여자는 아름답고 미쳤다. 미쳤다는 게 그녀의 아름다움을 부각
시켰는데, 누군가에게는 그렇지 않을 수도 있었다. 미친 여자와의 섹
스는 상상하는 것만큼이나 좋다. 미쳤다는 것은 상상을 초월하는 거
니까. 현실도 초월한다.

"미국인은 역시 단순해."

나는 웃지 않는다.

"독일인은 뻣뻣하고?"

미셸은 까르르 웃는다.

나는 그녀의 엉덩이를 때린다. 양손으로 엉덩이를 모은다. 양쪽 엉
덩이에 분리돼 있던 나비의 날개가 짝을 찾는다. 날개를 찢고 싶다고
생각한다. 그녀 나름대로 절정에 이르고 나면 나는 어느 정도의 자부
심을 느끼며 나만의 절정에 이르려고 애쓸 것이다. 자고 싶다고 생각
할 것이다. 아니면 목욕을 하고 싶다고 생각할 것이다. 샌프란시스코
에 사우나가 있는가. 아마 그럴 것이다. 회전교차로가 있는 것처럼.
중국인이 있는 것처럼. 중국인은 어디에나 있다. 평양에도, 서울에도,

베를린에도, 본에도, 이곳에도. 샌프란시스코에 없는 것은 그녀뿐이다. 그리고 눈॰.

그녀는 본이 어디냐고 물었다. "광성이란 데가 어디에 있습니까?"라고도. 나는 알지 못했다. 그녀는 이 말을 했던 것도 같고, 아닌 것도 같다. 나는 그녀를 만났던 것도 같고, 아닌 것도 같다.

---

* 유미리의 『평양의 여름휴가』, 이주영의 『북한에서의 환상의 레지던시』, 존 에버라드의 『영국 외교관, 평양에서 보낸 900일』, 구동독 출신 작가인 모니카 마론의 『슬픈 짐승』, 우베 욘존의 『야콥을 둘러싼 추측들』, 잉고 슐체의 『새로운 인생』 등을 참조했다. MBC 다큐멘터리 〈평양의 미국인〉과 유튜브에 올라와 있는, 로린 마젤이 뉴욕 필하모니 연주자들과 방북해 2008년 동평양극장에서 가졌던 연주회에서 많은 인상을 받았다.

붉은
펠트 모자

로고는 사막을 잊지 않으려고 애썼지만
더이상 물이 맛있게 느껴지지 않았다고 했다.
언제부턴가 그의 기도는 '맛있는 물을 달라'였다고 했다.
기도는 이루어졌다.

그의 진짜 이름을 아는 사람은 아무도 없다고 했다. 내가 아는 그의 이름은 로고다. 삼십여 년 전 로고는 사막지대로부터 튀니스의 변두리로 왔다. 삼십여 년이 지나 로고는 다시 사막으로 돌아갔다. 아무것도 없이 시작해서 모든 것을 가졌다가 모든 것을 잃었다. 로고는 다 자기의 운이라고 했다. 로고는 붉은 펠트 모자로 자신의 삶을 요약했다.

*

　누군가는 그를 지우개라고 했다. 한 사람을 이 세상에서 사라지게 하는 데 놀라운 재능을 가졌다고. 모래와 바람을 이용해 사람을 파묻는 사람이라고도 했다. 벼락출세한 촌놈이라고 하는 사람도 있었다. 그는 대통령과 독대할 수 있을 정도로 영향력이 있었는데, 신문이나 방송에는 얼굴을 드러내지 않았고, 힘을 과시하지도 않았다. 우리에게 중요한 사람이 될 거라는 말이었다.

운이 좋은 남자야. 나는 사람들에게 로고를 이렇게 말했다. 그가 그렇게 말했기 때문만은 아니었다. 그의 연한 올리브색에 가까운 얼굴빛은 사람을 기분좋게 만들었다. 거기에는 잘 관리된 건강 이상의 것, 그러니까 명성이나 긍지 혹은 태생의 고귀함 같은 게 호흡하고 있었다. 그렇다. 남에게 호감을 사는 일이란 타고나지 않고서는 불가능하다. 로고의 말처럼, 전적으로, 운인 것이다. 그로부터 붉은 펠트 모자 이야기를 듣기 전에는, 로고가 나와는 다르게 태어난 사람 중 하나일 거라고 생각했다. 신 참사관 같은 사람들처럼.

로고가 도시로 왔을 때, 그러니까 삼십여 년 전에는 도시의 젊은 남자들도 붉은 펠트 모자를 썼다. 체치아라고 부르는 붉고 납작한 전등 갓처럼 생긴 그것은 남자들의 이마 위에서 주인의 얼굴을 밝혔다. 모자 말고는 남자들의 외양에는 통일된 양식이랄 게 없었다. 아, 재스민이 있었다. 모자를 쓴 채 한쪽 귀에 재스민을 꽂고 있는 남자들이 있었으니까. 급진적이거나 현란한 멋쟁이가 아닌데도 그랬다. 로고는 그 모자를 가져야 이 도시에 제대로 정착할 수 있을 것 같았다. 그는 모자를 위해 얼마 남지 않은 디나르를 지불했다. 모자 상인은 머뭇거리다 돈을 집었다. 더러워질 대로 더러워진 십대 소년의 손바닥으로부터. 붉은 펠트 모자를 얻은 로고는, 잠잘 때를 빼고는 그것을 벗지 않았다. 세수를 할 때도 쓰고 있었다는 말이다.

그는 다리가 셋이었다. 로고와 함께 메디나 부근을 걸을 때면, 그가 누구인지 모르는 사람들도 로고에게 고개를 숙였다. 딱 딱 딱. 지팡이 소리를 쫓아가다 그에게로 시선이 옮겨가면 자동문이 열리는 것처럼 그랬다. 로고에게 다리를 전다는 것은 불편이나 장애가 아닌 일종의 특권처럼 보였다. 로고는 다리를 절지 않는 사람들을 배려하지 않았다. 다리를 저는 저는 다른 사람들처럼 다리가 온전한 사람들보다 뒤처지지 않기 위해서 신발의 뒤축을 구겨 신거나, 속도를 내서 걷거나, 그래서 몸을 좌우로 뒤틀리게 한다거나 하지 않았다는 말이다. 나는 그의 방식에 깊은 감명을 받았다. 로고는 마음에 들 때까지 여러 번 주먹을 쥐었다 폈다 하면서 지팡이를 잡았고, 지팡이가 바닥과 직각을 이루도록 꽂았다. 약혼식에서 케이크를 자르는 순간만큼이나 신중하고 엄숙하게.

지금은 대통령이 된, 당시 대령이었던 남자가 쿠데타를 일으켰을 때 로고도 무언가를 했다. 대령의 차를 운전했다고도 하고, 잠긴 문을 열었을 뿐이라는 말도 있다. 이십여 년 전의 일이었다. 대령은 무혈로 쿠데타를 성공시켰다고 역사에 기록되었다. 나도 그렇게 알고 있었다. 피를 흘리지 않는 쿠데타란 없는 법이야. 보이지 않게 처리했을 뿐이지. 피가 밸로 없으면 무혈인 거야. 신 참사관이 말했다. 힘들이지 않고 거슬리게 말하는 법을 알고 있는 남자였다. 로고의 다리가 왜 그렇게 됐는데? 로고가 대령을 위해 몇 사람을 제거했을 거라고 신은 말했다. 신의 말을 거치면 이해하지 못할 부분이란 세상에 없는 것 같았다. 그의 세계에서는 모든 것이 정확하고 단호했다.

대통령이 된 대령은 로고를 프랑스로 유학 보냈다. 두 다리를 다 잃었더라도 로고가 똑똑하지 않았다면 불가능했을 일이다. 사막에서 텐트를 치고 살던 소년은 그렇게 서른 가까운 나이에 프랑스 유학생이 되었다. 프랑스어를 하지 않는다면 튀니스에서는 곤란한 일들이 많았

으므로. 로고는 비행기가 아닌 배로, 그것도 삼등석을 타고 가겠다고
고집했다. 스물다섯 시간이 걸려 마르세유 항구에 도착한 로고는 테
제베를 타고 파리로 갔다. 파리에서 보낸 몇 년은 로고의 얼굴에서 가
난과 유랑의 때를 지웠다. 프랑스의 고등사범학교를 졸업하고 튀니지
로 돌아와 젊은 나이로 정부의 요직을 차지한 사람답게 로고는 불어
를 아랍어만큼 잘했고, 불어식으로 영어를 읽곤 했다. '토일렛'이 아
니라 '또왈렛'으로, '액센트'를 '악상'으로.

혁명 영웅이어서 가능한 일들이었다. 성공한 쿠데타는 혁명이 되므
로. 로고가 도시로 온 지 삼십여 년이 지나서 우리는 만났다.

북아프리카의 숨은 실력자라고, 신 참사관은 로고를 정의했다. 로
고에게는 나를 세계 평화를 위해 일하는 사람이라고 소개했다.

나는 아프리카개발은행으로 파견근무를 나와 있었지만 내가 아프
리카를 위해 일한다고 생각하지 않는 사람들이 있었다. 행정부와 대
사관 소속의 직원들은 자기들 편의대로 나의 소속을 이동시켰다. 그
들의 이해관계에 따라 나는 국제기구 직원이 되었다가 한국 정부의
사무관이 되었다. 그럴 수도 있었다. 한국 정부에서는 대외원조기금
이라는 명목으로 아프리카개발은행에 돈을 보냈고, 사람도 아프리카
로 보냈다. 자기가 보낸 돈은 자기가 집행하겠다는 걸로 보일 수도 있
는 일이었으므로, 그들의 생각이 터무니없는 것은 아니었다.

"에 부?"

로고가 신 참사관에게 물었다.

"나는 한국의 평화를 위해 일합니다."

신 참사관은 웃지 않고 말했다.

언제나 그는 진지하고 단호했다. 한 번 내린 결정에 대해서는 회의하지 않았다. 신은 서류상으로는 대사관의 직원이었지만, 대사관의 공식적인 업무로 여겨지지 않는 일들을 주로 했다. 신은 자신이 대사가 아닌 다른 사람의 명령을 받는다는 것을 숨기려고 하지 않았다. 그는 원칙적으로는 블랙 요원일 테지만 스스로를 화이트 요원으로 만들었다.

로고는 고개를 끄덕였다. 그리고 이렇게 말했다.

"나는 나를 위해서 일합니다."

그는 단어들을 천천히, 그리고 끊어서 말했다. 그렇게 말함으로써, 신 참사관을 놀리려는 의도가 없음을 보이려는 것 같았다.

아프리카를 위하여, 라고 우리는 건배했다. 아마 그랬을 것이다. 이곳에서는 우리가 아닌 누구라도 그렇게 했으므로. 튀니지에서 아프리카란 단어는 그들 나라가 속해 있는 대륙의 이름이 아니었다. 튀니지에서 '아프리카'란 튀니지를 의미했다. 아프리카라는 단어가 처음 생겼을 때 그 단어는 튀니지만을 가리켰고, 그랬다는 것에 튀니지 사람들은 자부심을 갖고 있었고, 자부심을 존중하는 것도 우리의 일이었으니까.

로고는 술잔에 입술을 머물게 했다가 뗐다.

그후로 우리는 자주 만났다.

서로를 각별하게 생각해서는 아니었고, 이 작은 도시에서 어쩔 수 없이 마주쳐야 한다면 그전에 만나는 게 낫겠다는, 그 정도의 무게였다.

파란 문의 집이었다. 좀 부유한 가정집으로 꾸며진, 우리 식으로 말하면 안가 같은 곳이었다. 이 집은 튀니스의 다른 데가 그런 것처럼, 여러 땅과 연대가 섞여 있었다. 밖에서 보면 아랍식의 건물로 보였지만 안으로 들어오면 안달루시아 지방의 어느 곳에 와 있는 듯한 느낌을 주었다. 그리스를 연상시키는, 하얀색으로 칠해진 긴 회랑을 지나면 나오는 부겐빌레아가 핀 마당에서 우리는 만났다. 햇볕이 강하거나 비가 올 때는 주황색 캐노피 아래에서였다. 마당의 가운데에는 로마시대에 만들어졌다고 봐도 될 만큼 오래된, 로마식으로 만들어진 큐피드상이 서 있었다. 소년의 작은 성기에서는 물이 흘러나오고 있지는 않았는데, 물이 흐를 수 있게 만들어진 것인지도 몰랐다.

신과 내가 기다리고 있으면 지팡이 소리가 들렸다. 그것은 느리게 움직이도록 맞춰진 메트로놈 소리 같기도 했다. 점점 커지고 또렷해지던 그 소리가 사라지면, 로고가 나타났다. 우리는 유럽식으로 이른 점심을 먹곤 했다. 음식의 종류를 보자면 늦은 아침이라는 게 맞을 것이다. 삶은 달걀이나 오믈렛에 과일 주스와 커피를 곁들이는 식이었다. 나는 달걀 받침대에 삶은 달걀을 얹어 작은 스푼으로 두들겨 깨뜨려 먹는 방식이 갑갑해서 오믈렛을 먹곤 했다.

저녁에 만날 때도 있었는데, 로고는 우리에게 술을 권유하는 것을 잊은 적이 없다. 당황스러웠다. 어쨌든, 그곳은 이슬람문화권이었고 우리는 무엇인가를 대표해 그 자리에 있었으니까. 얼마간 그의 진의를 알 수 없어 머뭇거렸다.

"여기는 세속적 이슬람의 세계이니까요."

로고는 여기까지만 말했다. 그렇게 말하면서 술을 마시지 않는 로고와 거절하지 않는 신 참사관 사이에서 나는 주춤거렸다. 나는 그들보다 한참 말단이기도 했고, 해결하지 못한 게 있었다.

지방간이라든가 하는 사소한 건강상의 문제가 있었지만 그것 때문은 아니었다. 나는 술을 좋아하지 않았지만, 이곳에서라면 술을 마시고 싶었다. 그래야 북아프리카의 '세속'을 이해할 수 있을 것 같았다. 튀니스에서 네 계절을 보내도 풀리지 않는 문제였다. 도시의 여자들은 얼굴이나 몸을 가리지 않았고, 나 같은 이방인에게도 먼저 말을 건네는 데 스스럼이 없었다. 그러나 시디 부 사이드 같은 휴양지에서 비키니 위에 사롱을 걸치고 카페에 앉아 물담배를 피우는 여자 중에 튀니지 여자는 없었다. 그곳에서 굳이 가슴을 드러내놓고 일광욕을 하는 서양 여자들이 좋게 보이지가 않았다. 이곳에서는 허용되는 것과 그것을 하는 것 사이에 여러 겹의 맥락들이 있었고, 나는 그것들 사이에서 쉽게 피로해졌다. 하루를 되돌아보거나 지나간 일을 복기하면서, 덜 나쁜 판단을 내렸기를 바랄 뿐이었다.

신 참사관은 이런 나를 답답하게 여겼다.

"뭐가 그리 복잡해? 이봐, 조. 하라는 건 그냥 하면 되는 거야."

"하라고 등 떠미는 게 아니지 않습니까? 하고 싶으면 말리지 않겠다, 정도 아닌가요?"

"이래서 원리주의가 편하다는 거구만."

그는 나를 보며 고개를 좌우로 저었다.

신은 태생적으로, 그리고 경험적으로도 참는 것에 익숙하지 못했다. 참는 것을 지거나 모욕을 받는 것이라고 생각하는 것 같았다. 평소의 그는 예의바르고 온화한 사람에 가까웠지만, 그가 누구인지 몰라보는 사람들을 만날 때는 신경질을 부렸고, 그런 자신에 대해 부끄러워하지 않았다. 쳇, 이라거나 지미럴, 같은 말이 튀어나왔다. 블랙인 그가 화이트처럼 행동하는 것은 그래서일 것이다. 그는 대접받는 데 익숙하다기보다 대접받지 못하는 걸 견디지 못하는 사람이었다.

"특권이라는 게 뭐야? 남들보다 덜 참는 거라고."

신은 이렇게 말하기도 했다. 로고가 자신과 비슷한 출신 성분의 사람이라고 짐작했을 때만 해도 신은 로고를 어려워했다. 신은 직속상관이 아닌 사람에 대해서 조심성을 가지는 인물이 아니었다. 로고가 사막 출신이라는 것을, 그것도 튀니지의 상층부에서 매우 희귀한 부족 출신이라는 것을 알게 된 그는 변했다.

나도 놀랐다. 로고는 혁명 영웅일 뿐 아니라 생존자라는 말과 다름 없었으니까. 대통령이 된 대령은 권력을 안정시키기 위해 이슬람 정당을 날려버렸고, 이슬람을 믿는 부족민 출신의 관료나 장군 들은 튀니스에서 사라졌다.

"신기하네. 어떻게 때가 하나도 안 묻어 있지?"

가난은 어떻게든 흔적을 남긴다고 생각하는 게 신 참사관의 세계관이었다. 그는 가난하거나 기회를 갖지 못한 사람들을 동정했다. 위선이 아니라 진짜로 그랬다. 그렇게 반응하도록 양육된 사람이었으므로. 자기가 남들보다 많은 기회를 가진 사람이라는 것을 잘 알고 있었지만, 로고와 달리 '운이 좋은 사람'이라는 식으로 자신을 수식하지 않았다. 어쨌든, 신은 로고를 더이상 어려워하지 않았다. 그렇다고 무례하게 굴지도 않았다. 로고는 꽤 지위가 있는 사람이었다.

우리는 수피댄스를 보러 사막에 가기로 했었다. 튀니스에는 생각보다 사막이 가까이 있었다. 메디나 근처에서도 볼 수 있었지만, 로고는 그건 진짜가 아니라고 했다.

"진짜는 어떻게 다른가요?"

신이 물었다.

"돈으로 살 수 없는 것입니다."

로고가 답했다.

"신은 도시에는 없습니다. 신은 시끄럽고 혼란스러운 거를 싫어합니다." 로고가 말했다. "그건 춤이 아닙니다."

"춤인데, 춤이 아니라고요?"

내가 로고에게 물었다.

"춤으로 불릴 뿐입니다. 그건 수행입니다. 코를 잡고 몇 바퀴를 돌아본 적이 다들 있지 않습니까? 다시 하고 싶지 않은 게 있다면 그겁니다. 멈추지 않고 제자리를 빙빙 돌면서 어떻게 쓰러지지 않을 수 있겠습니까? 어떻게 한 동작만을 반복할 수 있겠습니까? 어떻게 새로운 양식을 창조하겠다는 안무가들이 나타나지 않겠습니까? 그게 춤이라면요?"

로고가 말했다.

나는 그것을 밑자락이 종처럼 퍼지는 흰옷을 입은 사람들이 제자리를 계속해서 도는 춤이라고만 알고 있었다. 두바이에 갔을 때 수피댄스를 볼 기회가 있었다. 일행의 과음 때문에 없는 일이 되어버렸고, 누구도 아쉬워하지 않는 것 같았다. 나만 해도 그랬다. 중동의 민속의상을 입고 추는, 부채춤이나 탈춤 같은, 일종의 포크댄스를 보지 못하는 건 아무 문제도 아니었으니까. 로고의 그 말을 듣지 않았다면, 나는 수피댄스라는 걸 영원히 궁금해하지 않았을 것이다.

"낙타를 타고 가야 합니까?"

나는 가끔 바보 같은 말을 할 때가 있었다. 생각이 모자라서가 아니라 생각이 지나쳐서 그렇게 되곤 했다. 이런 모자란 기질을 숨기려 했지만 통제가 안 될 때가 있었고, 내 상사들은 '저건 뭐지?' 하는 표정을 지었다. 그들이 말을 덜 가리는 사람들이었다면, 나는 고문관으로 불렸을지도 모른다. 나 역시 지프를 타고 간다는 것쯤은 알고 있었다. 그건 상식의 세계였고, 그러니까 진짜는 아니라고 생각했던 것이다.

신은 웃었고, 로고는 웃지 않았다.

"낙타를 타고 가자고요?" 로고가 말했다. "요즘도 중국에서는 전족을 합니까?"

나는 로고에게 이해받고 있다고 느꼈다. 왜 낙타를 타고 가려느냐고 묻고 있는 것처럼 들렸으니까. 로고의 눈은 나를 보며 웃고 있는 것 같았는데, 내 착각이었을 수도 있다. 그는 감정을 표정으로 연결시키는 데 시간이 걸리는 사람이었기 때문이다. 로고의 눈동자는 검은 차돌을 연상시켰는데, 단단하고 깊이를 알 수 없었다.

사막에 가기로 한 날, 그 일이 일어났다. 그 도시에 혁명이 일어났다. 이십여 년 만에 다시. 처음에는 아무도 혁명이라고 부르지 않았다. 사소하다고는 생각하지 않았지만, 이렇게 커질 거라고도 생각하지 않았다. 모든 성공한 혁명이 그러한 것처럼. 그리고 이 나라 사람들이 좋아하는 그 꽃의 이름이 혁명의 이름이 될지도 몰랐다.

폭동이라고 했다. 로고는 그렇게 말했다. 한 가난한 청년이 분신했고, 그의 어머니가, 히잡을 두른 그의 어머니가 피켓을 들고 시청 앞에 섰다고. 그래서 골치가 아프다고. 문제는 히잡이라고, 그는 괴로워했다.

"할 수 있다면 그걸 벗겨내고 싶어요."

로고가 말했다.

그녀가 히잡을 쓰지 않았더라면, 지금처럼 문제가 커지지 않았을 거라고 했다. 튀니지에서 히잡을 쓴다는 것은, 튀니스 사람이 아니라는 말이었고, 젊은 여자가 아니라는 말이었고, 교육을 받지 못했다는 말이었고, 교육을 받을 돈이 없다는 말이었고, 그래서 먹고살기가 쉽지 않다는 말이었고, 그녀의 부모가 그랬다는 말이었고, 그녀의 자식 또한 다르지 않다는 말이었고, 이 모든 게 현재의 정부가 무능해서라는 말이었고, 현재의 정부가 이슬람이 아니어서 그렇게 되었다는 지탄의 말이기도 했기 때문이다.

로고의 말을 듣고 나서 나는 프랑스 정부에서 히잡과 부르카를 그렇게, 극렬하게, 금지하는 이유를 알 것 같기도 했다. 그들은 그것이 도시의 미관을 해친다고 했다. 프랑스인만이 할 수 있는 외교적인 언어라고 생각했다. 프랑스라는 나라답게 테러의 위협을 차단하겠다는 말 대신 유미주의를 내세웠다고만 생각했다. 그들은 견딜 수 없었던 것이다. 자기의 신이 아닌 다른 신을 믿는 이들을. 그리고 부끄러웠던 것이다. 다른 신을 믿는 이들을 침략했던 과거가. 히잡은 그들의 과거를 현재로 만들었던 것이다.

시민들은 도시로, 수도인 튀니스로 몰려오고 있었다. 총들이 탱크

위에 기립했다. 많은 사람이 죽었다. 알려진 것보다 더 많은 사람이 실종되었다. 도시는 함락되었다. 죽은 사람들은 폭도였다가 시민이 되었다가 다시 영웅이 되었다. 로고와는 연락이 끊어졌다.

도시는 한때 공백이었다. 시민군이 승리했다고는 하지만 승리의 흔적은 어디에도 없었다. 거리에 탱크가 사라졌다고 해서 평화가 찾아온 것은 아니었다. 도시에는 주인이 없었다. 공항은 열리지 않았다. 열렸다 금방 다시 닫혔다.

불을 끄고, 아무 소리도 내지 않고, 어디에도 가지 않고 지냈다. 커튼 사이로 밖을 내다보았고, 밤이 되면 창문을 열어 환기를 시키는 게 다였다. 벨이 울리거나 문을 두들기는 소리가 들리면 멈춰 섰다. 위층에 사는 영국인 가족은 총을 든 사람들에게 집을 털렸다. 그들은 집에 사람이 아무도 없었음을 다행으로 여겼고, 집을 정리하지도 않은 채 영국으로 돌아갔다. 우리 같은 사람들이 사는 외국인 거주지역이 이런 적은 없었다. 이 도시에 일시적으로 군인이 사라지면서 경찰도 사라졌기 때문이었다. 우리가 이전처럼 안전하게 지낼 수 없다는 말이었다.

변하지 않은 것도 있었다. 해는 강렬했고, 아침의 참새 소리는 요란했고, 모스크에서는 하루 다섯 번 코란을 낭송하는 소리가 들려왔다. 사람들은 모스크를 향해 머리를 두고 하루 다섯 번 절을 했다. 탱크와 무장을 한 사람들이 있는 거리에서.

라마단의 계절이 끝나지 않고 있는 느낌이었다. 이곳에서 외국인들은 라마단의 예법을 따르지는 않았지만, 그것을 따르는 이들을 존중

해야 했다. 라마단 기간에 외국인학교에서 점심을 먹다가 옆 건물에서 공사중이던 인부가 격렬하게 항의했다는 이야기를 아이로부터 들은 적이 있었다. 아이들은 커튼을 치고 밥을 먹었다고 했다.

귀국하라는 지시가 떨어졌다. 항공권 가격은 치솟았고, 돈이 있다고 해서 티켓을 구할 수도 없었다. 파견 나온 외국인들과 부유한 현지인들은 합법과 불법을 동원했다. 격에 맞지 않는 일도 했다. 공항에서 줄을 서거나 일반인들이 출입하는 통로로 드나드는. 신은 그렇게 귀국했다. 신뿐 아니라 표를 구할 수 있는 사람들은 그렇게 했다. 우리 가족은 OECD 본부가 있는 파리로 가야 했다. 나는 아내와 아이를 OECD에서 마련해준 파리의 한 호텔로 먼저 보내고 이 주 후에 파리 본부로 갔다.

다시 튀니스로 돌아왔을 때, 신이 도착해 있었다. 로고의 소식을 묻자 이제 우리와 관계가 없는 사람, 이라고 잘라 말했다. 다시 볼 일 없을 거야, 라고도 했다. 대통령은 다른 나라로 망명했고, 그때까지 정부의 편을 들던 미국과 프랑스는 시민군 쪽으로 돌아섰다고 했다.

"이제 우리는 그 불쌍한 사람들의 편이 된 거지." 신이 말했다. "이전 정부 사람을 만나는 건 우리의 우방들과 척을 지는 거야."

그리고 한마디 더 했다.

"그 사람, 이번에는 운이 없었어."

신은 로고가 죽은 것처럼 말했다. 로고가 늘 말하던 식으로, 운이 다한 거라면 그럴지도 몰랐다. 로고가 가깝게 느껴졌다. 우리는 서로에게 약간의 호감을 가졌을 뿐 국가와 국가, 돈과 돈이 얽혀 있는 사이였고, 나이와 지위도 서로 달랐다. 내가 그와 친하다고 말하면 무례가 될 것이었고, 그가 그렇게 말한다면 가벼워 보일 것이었다. 비로소 그와 친구가 된 것 같았다. 이상한 일이었다. 친구가 되자마자 적이 되는 일. 그게 정치였고, 외교였다. 신의 말을 듣자면 그랬다.

나는 그곳으로 갔다. 로고가 데려갔던. 메디나 안으로 끝까지 들어가 어둠의 길을 지나 계단이 사라질 때까지 위로 올라가면 그곳이 나온다. 타일 바닥에 울리는 그의 지팡이 소리를 세다가 그만두었을 때 빛이 나타났다. 그랬었다. 옥상에는, 폐허가 된 이슬람의 궁전이 있었다. 바닥은 물빛에 가까운 타일로 되어 있어서 발이 잠길지도 모른다는 착각이 들었다. 벽의 타일은 대칭적이지도 연속적이도 않은 기하학적 무늬였는데, 이런 대단한 것은 시내 어디에서도 본 적이 없었다. 천장이 사라져버렸기 때문에 벽들은 공중에서 솟아난 것처럼 보였고, 천장을 받치고 있었을 기둥은 바닥에 누워 과거를 회상하고 있었다. 그 궁전은 내가 본 적이 없는 아름다움을 보여주었다. 한쪽은 허물어졌거나 사라졌는데 한쪽은 정교하고 아름다웠다.

로고는 타일을 보며 말했었다. 타일의 무늬가 복잡한 것은 신神이기 때문이라고.

"타일이 신이라고요?"

"각자의 신을 그리는 거지."

"각자의 신이라뇨?"

"우리의 신은 유일신이라지만 각자의 신은 다르게 생겼어. 인간은 조금씩 섬세하게 다르니까."

"신은 원래 복잡한가요?"

"인간이 그리는 신이 복잡하지. 인간은 복잡하니까."

평소의 그는 말을 많이 하지 않는 사람이었다. 말을 적게 했고, 여러 가지로 해석될 수 있게 했다. 속을 알 수 없는 사람이라며 그를 비난하는 사람들도 있었다. 나는 로고의 그런 면이 좋았다. 내가 아는한, 로고는 함정을 파거나 시험에 들게 하는 유형의 사람은 아니었다. 신 또한 로고를 높이 평가하는 부분이었다. "그게 외교고, 그게 정치야"라고 말했고 "그 사람은 타고났어"라고도 했다. 나는 혈통주의자인 신이 모순에 빠진 말을 하고 있음을 아는지 모르는지, 아니면 내가 궁금해하고 있다는 것마저 계산하고 말하는지 궁금했다.

로고는 이어서 말했다. 다른 사람들의 신과 다르게 그리려면 복잡해지는 수밖에 없다고, 어떤 인간들은 그렇게 해서라도 신을 만나려고 한다고. 아름다움을 불러온다면 그 간절함은 진짜일 거라고. 이때, 로고의 눈에서는 열기 같은 게 느껴졌다. 얼음이 끓는 게 가능하다면, 그의 눈이 그랬다.

"달과 같은 걸지도 몰라."

"두보의 달 같은 거요?"

이백의 달과 두보의 달에 대해 그와 이야기한 적이 있었다. 그는 말러를 좋아했고, 말러의 어느 가곡이 이백의 시에서 비롯되었다는 것을 안 후 동양의 시를 찾아 읽기 시작했다고 했다. 그는 내가 횔덜린이나 실러, 예이츠 같은 서양의 시인에 대해 아는 것처럼 동양의 시인들에 대해 알고 있었다. 그가 이 동양의 시인들을 아는 게 이상하게 느껴졌는데, 로고는 우리가 만난 것도 이상한 일이라고 했다.

나는 그들의 이름만을 겨우 알았지만, 로고는 시를 좋아하는 사람

이었다. 유학하며 배운 것 중 유일하게 건진 게 시를 읽는 방법이라고
했다. 나는 로고에게 해줄 수 있는 이야기가 없었으므로 듣기만 했고,
들어도 무슨 말인지 알 수 없는 게 많았다.

로고는 이백보다 두보가 더 좋다고 했다. 이백은 달에 취해 죽었고,
두보는 달을 데리고 놀았다면서.

"이 세상이 커다란 꿈같다고 말해. 그러니 어찌 수고를 하겠느냐며
종일 취하겠다고 해. 내가 어떻게 좋아할 수 있겠어?"

이백에 대한 이야기였다. 로고는 허무주의는 싫다고 했다. 당신의
동양에서도, 우리의 종교에서도 인생을 그렇게 보는 경향이 있지만,
아무것도 하지 않을 수는 없다고 했다.

"내내 취해 있다는 게 싫은 거 아닌가요?"

그에게 이 정도의 농담은 할 수 있는 사이가 된 적이 있었다.

"응." 로고가 고개를 끄덕였다. "나는 그게 가장 무서워."

나는 그 말을 이제는 이해할 수 있다.

로고는 이렇게 이야기했던 것이다.

"이상하지?"

그는 잔을 들고 안에 담긴 차를 바라보았다.

튀니지식으로 만든 민트차였다. 중국 찻잎을 먼저 우려낸 물에 민
트잎을 넣고 서로 스며들기를 기다렸다가 내는 게 튀니지식이었다.
옆나라 모로코에서는 끓는 물에 그것들을 한데 넣고 황금색 거품이
날 때까지 끓였다.

"난 얼마 전까지만 해도 혁명의 쪽이었는데 이제는 반동의 쪽이야.

그렇게 되어버렸어. 부패하지 않으려고 애썼는데 부패한 사람이 되어버렸고."

시민군이 그를 이리로 쫓아냈느냐고 물었다.

"급진적인 사람들은 세속적인 사람들을 견디지 못해."

"세속적이라고요?"

"여기에서 세속이란 그런 거야. 그들만의 편이 아닌 것. 자기들이랑 똑같지 않으면 견디지 못해. 그게 종교야."

그래서 그는 술도 마시지 않았다고 했다. 술을 마신다면, 다시는 사막에 돌아오지 못할 수도 있다고 생각했다. 로고는 마실 물도 여유롭지 않던 사막에서의 시절을 잊지 않으려고 했다. 술을 마시게 된다면, 사막에 돌아오더라도 견디지 못할 거라고 생각했다.

"술도 안 마시는 세속적인 사람인 거지, 그러니까 나는."

무서웠다고 했다. 하나가 무너지면 다른 게 무너지는 것은 아무것도 아니라고 했다.

"내게는 물이 술이었어. 사막에서 자란다는 건 그런 거야."

로고는 사막을 잊지 않으려고 애썼지만 더이상 물이 맛있게 느껴지지 않았다고 했다. 언제부턴가 그의 기도는 '맛있는 물을 달라'였다고 했다. 기도는 이루어졌다. 그는 잃었던 물맛을 되찾았으니까.

"나는 운이 좋은 사람이니까."

그의 지나치게 좋은 운은 그를 사막으로 데려왔다. 그러기 위해 많은 것들이 변했다. 나는 초록색 민트차를 앞에 두고서 그의 말을 들었던 것이었다.

사막에서였다.

로고의 안가에 남아 있던 가르송이 상자 하나를 건네주었다. 안에는 붉은 줄무늬가 두 줄 그려진 하얀 천이 있었고, 그것을 펼치자 종이 한 장이 나왔다. 종이에는 전화번호가 적혀 있었다. 그것 말고는 아무것도 없었다. 나는 그 하얀 천을 카피에라고 부른다는 것을 알고 있었다. 내가 아는 사람들은 아무도 쓰지 않았지만 수크의 상인들은 그것을 썼으니까.

스무 살도 안 되어 보이는 소년이 나왔다. 그가 운전하는 지프를 타고 로고에게로 갔다. 뒤에는 두 대의 지프가 일정한 간격을 두고서 우리를 따라오고 있었다. 내가 탄 차가 모래 구덩이에 빠지면 나를 태워다 줄 차들이라고 소년은 말했다.

소년은 말하지 않았지만 나는 알 수 있었다. 그에게 가까워지고 있다는 것을. 소년은 어릴지 몰라도 사막과 운전에 관해서는 어리지 않았다. 모래 구덩이에 빠진 차를 몇 번이고 지나쳤고, 소년은 멈칫하는 것 같았지만 차를 멈추지는 않았다. 나는 이 소년에게 신뢰가 갔다. 어린 시절의 로고가 이랬을 거라는 생각이 들었다.

사막을 운전하는 일은, 비행기를 몰거나 배를 모는 일과 비슷하다는 생각이 들었다. 길은 어디에도 있었으므로 어디에도 없는 것이나 마찬가지였다. 운전하는 사람의 손에서 길이 생겨났다. 내가 본 것은 바람이었다. 모래로 변한 바람이었다. 사막이라고 불리는 그것은 경계를 알 수 없었고, 갈색이었다가 붉어졌다가 갈색이 되었다. 식물이 보인다 싶으면 물이 있었고, 근처에 마을이 있었다. 몇 개의 마을을 지나쳐서 그 마을에 도착했다. 마을에는 텐트들만 있었다.

여전히 그렇게 사는 사람들이 있었다. 여러 색의 히잡을 쓴 여자들이 점점 커졌다. 지프가 멈추자 카피에를 쓴 남자가 달려왔다. 나는 로고가 보낸 그 천을 펼쳐서 대각선 방향으로 반으로 접어 머리에 썼다. 소년이 어디론가 달려나갔고, 다른 소년이 나를 데리러 왔다. 소년을 따라서 나는 걸었다. 세 개의 텐트가 모여 있어서 그중 어느 곳으로 가는지 알 수 없었다. 그때, 손이 솟아나와 텐트의 자락을 젖혔다. 카피에를 쓴 남자의 머리와 어깨가 보였다. 그는 지팡이를 모래에 꽂았다. 모래가 파이는 게 보였다. 지팡이의 그림자가 내 쪽으로 드리워졌다.

*

로고는 가방 하나로 자신의 삶을 요약했다. 필요한 게 얼마 없었어. 여기서 입던 옷은 앞으로 입을 일이 없을 테니까. 아무것도 필요하지 않았어. 금을 챙겼고, 지팡이를 챙겼고, 그리고 내 운을 챙겼어. 체치아도 챙겼지.

필요할 거라고는 생각하지 않았다고 했다. 튀니스로 왔을 때가, 그 간절함이 생각났을 뿐. 잊었던 기억이 떠올랐다고 했다. 스물다섯 시간이 걸려서 마르세유에 도착한 로고는 알 수 있었다. 한동안 세수할 때도 쓰고 있던 그 모자가 북아프리카인들이 생각하는 유럽식이라는 것을. 그 붉고 납작한 모자는 우스꽝스러운 가짜라는 것을, 그 모자를 쓴 자신을 바라보던 유럽인의 얼굴에서 보이던 웃음은 비웃음이었다는 것을. 로고는 얼굴이 화끈거렸고, 그 붉은 모자에 대한 기억을 지우고 싶었다. 시간이 좀더 지나자 자신이 떠나온 나라에 살고 있는 사람들이 불쌍하게 여겨졌다. 로고는 튀니지로 돌아가면서 그들을 위해 살겠다고 결심했다.

도시를 탈출하면서 수비대를 만났을 때 로고는 끝났다고 생각했다. 그들은 지팡이를 짚는 위엄 있는 남자를 찾고 있었다. 로고는 그때 그 모자를 꺼내서 썼다. 그리고 그들 앞으로 걸어와서 한동안 쓴 적이 없던, 그래서 서툴어진 자기네 부족 말로 길을 물었다. 그들이 찾는 남자는 중늙은이들이나 쓰는 그런 모자를 쓰고 이해하기 힘든 말을 쓰는 사람이 아니었다. 지팡이를 짚고 다니는 사람들은 한둘이 아니었다. 그는 이전이나 지금이나 모든 걸 말하는 사람은 아니다. 그 도시로 들어가기 위해 체치아를 썼고, 다시 그곳을 나오기 위해 체치아를 썼다고는 말하지 않았다. 그 모자가 자신을 살렸다고도, 체치아가 자신의 운이었다고도 하지 않았다.

지금 도시에서는 늙은 남자들만 붉은 펠트 모자를 쓴다.

* 로버트 캐플런의 『지중해 오디세이』와 르 코르뷔지에의 『동방기행』, 르 클레지오의 『하늘빛 사람들』, 김화영의 『김화영의 알제리 기행』, 니코스 카잔차키스의 『모레아 기행』 등을 참조했다.

연인형
로봇

"로봇은 상처받지 않았다고 생각하나요?"
그는 D박사가 상처받았다고 확신하고 있었다.
그녀는 변명하거나 부인할 필요를 느끼지 않았다.
대신 바보처럼 물을 수밖에 없었다.
"로봇이 상처를 받나요?"

1

모델명 알파. 로봇의 임시 이름이었다. 이 남성형 로봇은 육 개월 후 시판될 예정이었다. 알파는 이전에 나왔던 어떤 로봇과도 달랐다. 달라야 했다. 감성적이고 섬세한 로봇으로 완성하는 게 연구소의 목표였다. 알파는 여자들의 연인이 되어야 했기 때문이다. 연구소의 한 직원은 '여자들의 애인'이라고 말했다가 곤욕을 치렀다. 소장은 격노했다.

"연인 모르나? 애인이 아니라 연인이라고."

직원은 억울했다. 그는 연인이라는 말을 모르지 않았다. 하지만 연인과 애인이 어떻게 다른지는 알 수 없었다. 소장에게 그 둘이 어떻게 다른지 묻는 것도 적합한 처신이 아닌 것 같았다.

현명했다. 소장에게 물었다면 그는 부적격자로 분류되었을 것이다.

소장은 흉포해지고 있었다. 그의 임기는 일 년 남짓 남아 있었고, 이 연인형 로봇의 상품화는 일 년 넘게 지연되고 있었다. 이 프로젝트에 자금을 쏟아부은 투자자들이 불만을 쏟아낸 지 오래였다. 그는 알고 있었다. 임기 내에 알파를 성공적으로 출시하지 못한다면 자신의 미래 또한 보장할 수 없으리라는 것을. 시시한 성과를 냈을 뿐인 선배들의 말년이 어떤지 알고 있었다. 그들은 음지식물처럼 무성하게 기괴해졌다.

"연애나 해봤을까?"

연구소의 직원들은 소장에 대해 이야기할 때 주어나 목적어를 생략했다.

"설마."

그들은 웃었다. 설마, 라는 단어의 놀라움 때문이었다. 두 가정, 그러니까 긍정과 부정의 어떤 쪽으로든 해석될 수 있었기에.

D박사에게 소장은 물었다.

"애인이랑 연인이 어떻게 다른지 알지요?"

그녀는 소장을 바라보았다. 기다려도 소장은 말이 없었다. 애인과 연인이라는 단어가 내포하는 의미가 다르다고는 생각해왔지만, 그는 그 둘을 구분할 자신만의 표현을 갖지 못했다. 그저 '연인'보다는 '애인'이 가볍다고 생각했다. 그 이상은 말할 수 없었다. 너무나 모호했다. '연인'이란 말은 밝은가 하면 어두웠고, 기쁨과 슬픔이 함께 떠도는 것 같았다.

세상에나, 머리가 아팠다. 말이라는 건 왜 이리 엉켜 있나. 지저분하게 늘어진 전자제품의 선들 같았다. 그는 새삼 자신이 해온 학문에,

수와 공식과 법칙 들로 이루어진 그 명쾌한 세계에 자부심을 느꼈다. 세상에 없던 물건들을 만들어내는 게 그가 해온 일이었다. 소장은 '수학의 본질은 자유에 있다'는 어떤 철학자이자 수학자의 말을 종종 인용했다. 완전히 이해할 수 있었던 것은 아니었지만.

"그러니까 연인이 되어야 합니다. 애인이 아니라요. 그것도 위대한 연인이요."

침묵을 깨고 소장이 한 말이었다.

D박사는 고개를 여러 번 끄덕였다. '위대한 연인'이 어떤 것인지 알아서가 아니었다. 쉽게 대답할 수 없는 문제를 만났을 때 나오는 버릇이었다.

"로봇이 연인이라고요? 그것도 위대한?"

이렇게는 말할 수 없었으니까.

D박사는 그 일을 하기로 수락했다. 삼 개월 동안 알파라는 이름의 시제품 로봇과 함께 사는 것. 그것의 언어 기능을 점검하고 보완할 것들에 대해 보고서를 쓰는 것. 그리고 알파의 정식 이름을 짓는 것. 문제없이 끝낸다면, 그녀의 경력을 빛낼 만한 일이었다.

소장은 얼굴이 붉어졌다. 연인의 조건, 그게 뭔지 알 수 없었다. D박사를 앞에 두고서야 깨달았다. 그에 대해 생각해본 적이 없음을. 그는 즉흥적으로 상대에게 달려가는 일 같은 건 해본 적이 없는 사람이었다. 연구를 그르칠 위험이 있었으니까. 위대한 연인에게는 어떤 덕목이 있는 걸까. 그는 D박사를 쳐다보았다. 저 여자는 알고 있겠지.

D박사는 소장이 왜 자신을 노려보는지 알 수 없었다.

2

초인종이 울렸을 때, D박사는 빨래를 하고 있었다. 더 정확히 말하자면, 세탁기가 빨래를 끝낸 세탁물을 꺼내서 건조대에 널려 하고 있었다. 그녀는 건조 기능을 애호하지 않았다. 아무리 섬세하게 작동된다고 해도 옷감은 상했다. 세탁기의 건조 기능은 수건 같은 테리 직물에만 사용했다.

그녀는 하던 일을 계속 했다. 벨이 몇 번 더 울렸지만 무시했다. 관리사무소에서 호출이 온 것은 몇 분이 지나서였다.

"어떤 남자분이 선생님을 찾아오셨다는데요."

"그럴 일이……"

라고 말하다가 그녀는 말을 중단했다. 내방객이 올 일이 없다고 하는 것은, 혼자 사는 여자로서 적절하지 못하다는 생각이 들었기 때문이다.

그 남자의 모습이 인터폰의 영상으로 나타났다. 머리가 길었다.

"연구소에서 왔습니다."

라고 말할 때도 그녀는 알아차리지 못했다. 연구원 중에 저렇게 멀끔한 남자가 있나 싶었다. 아니, 남자는 그 이상이었다.

"연구소에서요?"

"네, 연구소에서 왔습니다."

의심스러웠다. 연구소에서 그녀에게 볼일이 있다면 연구소로 들어오라고 하면 될 것이다. 저 사람은 누구인가. 알파를 배달하는 사람도 아닐 것이다. 알파가 도착하려면 오 일이나 남아 있었으니까. 자신에 대해 무엇인가를 희미하게 알고 있는 사람이 아닌가 하는 의심이 들

142

었다. 그렇지 않다면 저렇게 모호하게 말할 리 없지 않은가.

"네에."

라고 의미 없이 대답했을 때 남자가 다시 말했다.

"네, 연구소에서 왔습니다."

그녀는 화면 속의 그를 쳐다보았다. 웨이브진 긴 머리가 어깨 아래로 자라 있었고, 남색 셔츠 차림이었다.

알파였다. 그녀가 원한 외양이었다. D박사는 알파가 혼자 오리라고는, 그리고 자신의 집의 초인종을 직접 누르고 방문하리라고는 생각지 못했던 것이다.

"그래, 연인형 로봇."

그녀는 '연인형'이라는 단어가 갑자기 낯설어졌다. 이 단어는 어떤 기능들을 포함하고 있는 걸까.

알파의 외모에 주문자의 취향을 반영할 수 있었다. 헤어스타일이나 피부색, 목의 두께, 눈썹의 음영 같은 것들을. 그녀는 주문자가 아닌 시험자였으므로, 연구소는 더 많은 것을 해줄 수도 있다고 했다. 그녀는 바로 그 이유로 그럴 수 없었다. 주문자들은 익명으로 그 모든 걸 하지만 그녀는 아니었으니까. D박사와 알파가 관계된 모든 것들은 기록으로 남을 것이다.

"다른 건 없으실까요?"

알파의 외모를 담당하는 책임자가 물었다. 그녀는 그가 어떤 생각을 하는지 알 수 없었다. 자신의 곤란한 입장을 이해하는 건지, 아니면 의례적인 말일 뿐인 건지.

"남색이 어울리면 좋겠어요."

D박사는 아마 이렇게 말했을 것이다. 특별히 남색을 좋아해서는 아니었다. 대화를 끝내기 위해서 무슨 말이든 해야 했으니까. 그리고 그녀에게는 호기심이 있었다. 호기심. 연구소가 열 명의 여자들 중 D박사를 낙점한 공식적 이유였다. 해당 기관에서 작성한 보고서에 따르면, 그녀의 적합도 총점은 열 명의 연구원 중 네번째였다. 그러나 호기심과 개방성 두 영역에서 만점을 받은 후보자는 그녀가 유일했다. 총점이 가장 높다고 알려진 후보자는 이의를 제기했다. 호기심과 개방성이 사실 동일한 항목이 아니냐고. 그녀는 "당신 언어학자 맞습니까?"라는 응답 아닌 응답을 들어야 했다.

남자 연구원들도 반발했다. 이런 전례 없는 프로젝트에 남자라는 이유만으로 배제되는 게 억울하다며. 이 소요는 곧 잠잠해졌는데, 남자 연구원들 스스로 부끄러움을 느꼈기 때문이다. 그들은 자신들이 억지스럽다는 것을 모르지 않았다. 이 로봇은 여성 구매자들을 위한 것이기 때문이었다. 그들은 남성형 로봇과 함께 살 자신도 없었다. 삼 주라면 몰라도 삼 개월은 너무 길었다. 진화된 여성형 로봇도 개발해달라는 청원으로 이 해프닝은 마무리되었다.

실제의 알파는 남색이 잘 어울렸다. 남자에 가까운 로봇이 아니라 남자로 보였다. 그것도 근사한 남자.

그래서 만져보거나 감탄할 수 없었다. 그녀는 자신이 얼마나 곤란한 주문을 했는지, 그리고 로봇을 만드는 기술이 얼마나 진보했는지 알 수 있었다. 코의 높이나 입술의 두께 같은 것을 주문자가 원하는 대로 구현하는 것은 쉬웠다. 어떤 특정한 색이 어울리도록 만드는 것에 비해서는. 이 문제에는 코의 높이나 입술의 두께는 물론, 피부의 음영과 머리의 색, 그 사람(?)의 분위기 같은 것들이 복합적으로 작용하기 때문이었다.

알파는 그녀를 보고 있었다. 기다리는 것 같았다. 자신의 여자가 무슨 말인가를 하기를. 알파가 그녀 쪽으로 다가왔을 때, D박사는 움츠러들었다. 나이가 들어도 낯선 남자 앞에서는 여전히 그랬다. 알파는 손을 천천히 뻗어 그녀의 손에 들려 있던 젖은 속옷을 자신에게로 옮겨왔다. 그러고는 빨래를 널러 갔던 것이다. 널기 전에 세탁물을 탁탁 털어야 한다는 것도 알파는 알고 있었다.

3

D박사는 손을 뻗어 침대 위를 더듬었다. 눈을 감은 채로. 눈을 뜨기가 두려웠다. 알파가 눈앞에 있을까봐. 아니면 문을 열고 들어와 물 한잔을 내밀까봐. 한때 그녀와 함께 살던 고양이는 그랬다. 물을 갖다 주지는 않았지만, 그녀가 잠에서 깨는 순간은 귀신같이 알아차렸고, 그녀가 원하는 대로 했다. 꿈과 현실 사이의 경계에서 머무는 그녀를 꿈으로 데려갔다가 현실 쪽으로 밀어냈다. 그네를 미는 것 같았다. 알파는, 없었다. 그녀는 혼자라는 것에 안도하는 동시에 알파가 무엇을 하고 있을지 궁금했다.

연구소에서 보낸 메일이 도착해 있었다. 발신된 시각은 알파가 도착한 이후였다. 예정보다 알파를 빨리 보내는 것은, 이 프로젝트에 대한 연구소의 열의와 기대가 그만큼이나 크다는 것을 증명한다고 했다. 증명? 그녀는 그게 어떻게 증명이 되는지 알 수 없었다.

담당자는 다시 한번 D박사의 임무를 주지시켰다. 개선되어야 할 알파의 언어 문제를 보고해줄 것, 그리고 알파의 진짜 이름을 지어줄 것. 어디에도 알파의 기능이나 사용법 같은 것에 대한 설명서는 없었다. 그녀는 담당자에게 회신했다. 자신이 알아야 할 것들이 더 없는지.

이상하지 않은가. 수입차 한 대 값의 제품을 샀는데 아무런 설명도 없다는 것은. 그녀는 주문자가 아니라 시험자였지만.

알파는 거실에 있었다. 어제와 같은 옷을 입고서. 하긴, 그에게는 그 옷이 전부였다.

"잘 잤어요?"

"네."

"매일 일곱시에 일어나나요?"

"글쎄요."

"아침은 매일 먹나요?"

"글쎄⋯⋯"

그러고도 그는 계속 물었다. 아침으로는 무엇을 먹는지, 물은 어떤 종류를 마시는지, 육류를 먹는지 먹지 않는지, 알레르기 반응이 있는 음식이 있는지. 호텔에 투숙한 기분이 들었다. 컨시어지보다는 덜 정중하고 더 친절했지만.

바싹 구운 빵 한 쪽과 커피, 수란을 먹겠다고 했다. 호텔에 머물 때 그렇게 하곤 했으니까. 알파를 시험해보려는 의도도 있었다. 수란이 무엇인지 아는지, 그리고 만들 줄 아는지도.

"할 줄 알아요?"

"'하다'가 무슨 뜻인가요?"

"만들 줄 아느냐고요."

"움직이다, 피우다, 나타내다, 결정을 짓다, 역할을 맡다, 처리하다, 꾸려나가다, 전공으로 삼다, 뭐뭐라고 부르다, 실천하다, 어떤 상태이다, 시간이 지나다, 얼마의 금액이다, 말하다, 생각하다…… 말고도 요리하다라는 뜻이 있었군요."

성능 좋은 로봇이었다. 안드로이드라고 하는 게 더 적합할까.

"로봇에 대해서 좀 알아요?"

"인간과 비슷한 형태를 가지고 걷기도 하고 말도 하는 기계장치를 묻는 거예요?"

"또요?"

"인간을 닮지는 않았지만 인간이 하는 일을 대신하는, 자동으로 작동되는 기계라는 정의도 있습니다."

"또요?"

"'강제 노동'을 뜻하는 체코어 'robota'에서 유래되었죠. 1920년 체코 작가 카렐 차페크가 쓴 희곡 『R.U.R.』이 그 기원이고요."

성능이 좋아도 너무 좋았다. 알파는 그녀보다 똑똑했다. D박사는 사전 몇 권을 통째로 외운다거나 하지는 못했으니까. 알파에는 국어사전뿐만 아니라 백과사전까지 탑재되어 있음이 드러났다. 그러니까 D박사의 이상형이라는 말이었다. 그녀는 자신보다 똑똑한 남자에게 약했다. 전남편이 그런 남자였다.

"'인간과 비슷한 형태를 가지고 있다'와 '인간을 닮지는 않았지만 인간이 하는 일을 대신한다' 중에 어느 게 맞는 것 같아요?"

D박사는 그가 뭐라고 할지 궁금했다.

"글쎄요."

라면서 알파는 한쪽 눈썹을 찌푸렸다. 대답하기 어렵거나 필요 없는 질문에 대해서 그녀가 취하는 태도였다. 알파에게는 연인의 버릇을 습득하는 기능도 있음이 드러났다. 이때 그녀는 알지 못했다. 알파가 습득하는 게 그녀의 버릇이 전부가 아님을.

D박사는 놀랐지만, 기쁘지는 않았다. 상대적으로 그랬다는 말이다. 기쁘지 않다는 게 아니라 덜 기뻤다. 이를테면, 자신의 앵무새의 말솜씨에 놀라는 주인의 기쁨에는 미치지 못했다는 말이다. 그녀는 애태우지 않고 얻는 것들에 대해서는 담담한 사람이었으니까.

4

연구소에서 온 답신은 간략했다. 직접 알아내시기 바랍니다, 로 요약할 수 있을 것이다. D박사는 팔짱을 낀 채로 모니터를 바라보았다.

"어떤 물건인지 알아야 이름을 짓지."

그렇게 말하고 나자 웃음이 나왔다. 자신의 이름을 작명소에서 지었다는 부모의 이야기가 떠올랐던 것이다. 작명가는 말했다고 한다. 이름이 그녀를 총명한 기운으로 이끌 것이며 사랑받는 사람으로 만들 것이라고. 아마 갓 부모가 된 헤아릴 수 없이 많은 이들에게도 그렇게 말했을 것이다. 그러니까, 운을 빌어주는 것. 거짓말은 아니었을 거라고 생각한다. 이름을 짓는 사람이 해야 할 도리였다.

누구도 공식적으로 밝히지는 않았지만, 한때 결혼한 적이 있는 그녀의 신상은 우수한 '조건'으로 평가되었다. 총점에는 포함되지 않지만 총점의 바깥에서 총점보다 더 결정적인 영향을 미쳤다는 말이기도 했다. 남자에 대해 뭐라도 아는 여자가 시험자가 되길 연구소는 바랐다.

그녀는 공식적으로 한 번의 결혼과—그전에 비공식적이고 짧은 한 번의 결혼이 있었다—한 번의 이혼을 했고, 연애라고 부를 만한 사건들은 열두 번 겪었다. 그러나 연구소의 기대만큼 남자를 이해하지는 못했다. 이상형 같은 건 없다고 했지만, 비슷한 유형의 남자들과 사랑에 빠진다는 걸 그녀는 알지 못했다. 스포츠맨보다는 연구원 유형에 끌렸는데, 그렇다고 연구원을 좋아하는 것은 아니었다. 연구원의 어떤 속성, 그러니까 탐구 정신이라고 이름 붙일 수 있는 것을 가진 남자들에게 약했다. 그녀는 자신이 이렇다는 것 또한 알지 못했다. 그런 그녀가 남자에 대해, 연인에 대해, 그것도 '위대한 연인'에 대해서 어떻게 알 수 있단 말인가.

이 말도 해두자. 그녀에게는 편견이 많았다. 누군가를 좋아하기보다 싫어하는 일이 익숙하다는 말이다. 하지만 그녀에게는 '호기심'과 '개방성'도 있었다. 연인형 로봇의 시험자가 될 수 있게 만든 훌륭한 두 가지 덕목 말이다. 믿을 수 없게도 그녀는 싫어했던 누군가가 갑자기 좋아지기도 했다. 어떤 죄책감이나 부끄러움도 없이 처음부터 그 사람을 좋아했던 것처럼 행동했다. '자연스럽다'고 말하는 것이 가장 적확할 것이다. 그녀는 정말 그랬으니까. 꿀벌의 본성이 꽃과 꽃 사이로 분방하게 날아다니며 화분을 옮기는 일인 것처럼 말이다.

운, 행운, 기적, 기쁨, 행복, (애인이 아니라) 연인, 위대한 연인……

이 글자들을 종이에 썼다. 부르기 쉽지만 가볍지는 않은, 그러면서도 무겁거나 딱딱하지는 않은, 저속하거나 장난스럽지 않은 이름을 지어야 했다.

뮤즈. 연인형 로봇 뮤즈. 마침내 그 이름이 발성되었다. 그 말이 액체가 되어 입술을 타고 흘러내리는 듯한 기분이 들었다.

D박사는 한숨을 내쉬었다. 이 단어에는 명백한 문제가 있었기 때문이다. 뮤즈는 여성형 명사라는 것. 그런 이유로 사람들은 그 대상이 뮤즈의 속성을 가졌다고 하더라도 남자를 '뮤즈'라고는 부르지 않았다.

muse〔mjuːz〕

① (작가·화가 등에게 영감을 주는) 뮤즈

He felt that his muse had deserted him.

그는 자신의 뮤즈가 자기를 버렸다는 기분이 들었다.

② Muse 뮤즈(고대 그리스·로마 신화에서 시, 음악 및 다른 예술 분야를 관장하는 아홉 여신들 중의 하나)[1]

일단 영한사전을 찾았다. 'She felt that her muse had deserted her' 같은 예문은 사용하면 안 되는 걸까? 이 정의로 본다면, 그랬다. 뮤즈는 여신이었으니까.

그리스신화에 나오는 아폴론 신에게 시중을 드는 학예의 신. 현재

---

1) 『옥스포드 영한사전』.

에는 시나 음악의 신이라 이르지만, 고대에는 역사·천문학을 포함한 학예 일반의 신이었고, 그 수도 일정하지 않았는데, 로마 시대에 들어서면서 각각 맡은 일이 따로 있는 아홉 여신이라 하였다.[2]

이 사전도 마찬가지였다. 아폴론 신을 보조하는 여신들이라. 아테나나 아르테미스를 보조하는 남신들은 없었던 걸까. 다른 사전을 찾았다.

뮤즈의 기원은 아주 오래되고 확실하지 않다. 헬리콘 근처 테스피아이에서 사 년마다 뮤즈 축제가 열렸다. 처음에는 시인들이 후원자였던 것 같고, 뒤에는 그 영역이 넓어져 모든 예술과 과학을 관장하게 되었다. 처음에는 서로 구별되지 않는 한 무리를 이루었던 것으로 보이지만, 일찍이 『오디세이아』에도 아홉 명의 뮤즈가 나온다. (······) 뮤즈 하나하나가 각기 다른 예술과 과학을 관장하는 것으로 상상했던 것 같다. 그러나 이렇게 구분되는 이름들은 모두 후세에 만들어진 것이며 서로 많이 다르다.[3]

희망을 주는 구절들이 있기는 했다. 그 기원이 '아주 오래되고 확실하지 않다'는 것, 이들의 구분이 '모두 후세에 만들어졌으며 많이 다르다'는 것도. 뮤즈가 여성형 명사라는 제약만 없다면, 알파에게 이보다 좋은 이름은 없는 것 같았다. 아홉 여신들이 할 만할 일들을 그가

___
2) 『표준국어대사전』.
3) 『브리태니커 백과사전』.

모두 해줄 수 있다고 기대할 수 있었으니까.

그녀는 생각했다. 이 문제의 단어를. '뮤즈'는 세상의 모든 중요한 것들을 남자가 도맡아 하던 시대가 만들어낸 말이었다. 역사라는 선택된 이야기의 주인공은 남자였고, 그 이야기를 쓰는 사람도 남자였다. 그 남자들이 전쟁을 하고 정치를 할 때 예술을 하는 사람도 남자였다. 여자는 기껏해야 뮤즈였다. 여자들이란 예술을 할 수 있는 사람이 아니었으니까.

여전히 이렇게 생각하는 사람들이 있었다. '여류 예술가'라거나 '여류 인류학자'라는 단어들이 그 흔적이었다. 편견을 수정하는 게 특기인 그녀였지만, 이런 식으로 이야기하는 사람들에게는 그렇지 못했다. 이런 단어들과 그것을 쓰는 사람들은 끔찍했다.

그녀는 결심했다. 뮤즈, 라는 이름을 지켜내기로. 자신의 뮤즈를 뮤즈라고 부를 수 없던 여성들과, 여성들의 뮤즈가 되고 싶었지만 뮤즈가 될 수 없었던 남성들을 위해서, 그리고 자신의 뮤즈를 위해서. 이 연인형 로봇은 뮤즈가 되어야 했다. 어떤 논리적인 이유도 없었다. 우리가 누군가를 좋아하는 이유를 논리적으로 설명할 수 없는 것처럼, 그 사람이 어떤 훌륭한 덕목을 가진 다른 사람으로 대체될 수 없는 것처럼.

5

뮤즈의 수란은 완벽했다. 티스푼을 가져다대자 액체라고도 고체라고도 할 수 없는 노른자가 흘러나왔다. 수란 비슷하게 만든 반숙이 아니라 정석대로 만든 수란이었다. 빵은 바삭하게 구워졌으나 타지 않았고, 쟁반에는 물기 하나 없었다.

"매일 이렇게 먹을 수 있는 건가요?"

"아마도요."

"망치거나 더 잘 만들 수 있는 가능성은 없는 거죠?"

"아마도요."

그리고 뮤즈는 말했다.

"저한테 반말하셔도 됩니다."

"그럼 자기도 나한테 반말해요?"

"원하신다면요."

"나는 반말이 싫어요."

어떻게 이해시킬 수 있을까? 그는 친한 사람에게 반말을 하고, 덜 친한 사람에게 존댓말을 하는 거라고 알고 있을 것이다. 일반적인 상식이라는 게 그랬으니까. D박사는 달랐다. 존대와 하대에 대한 문제라면.

그녀는 남자로 생각하지 않는 남자들에겐 반말을 했다. 격의 없이 지내지만 남녀관계로 발전할 어떤 가능성도 없는 대부분의 후배와 선배 들에게. 그 남자들은 그럴 수 없었다. 그녀가 용납하지 않았으니까. D박사는 남자로 생각하는 남자에게 반말을 하지 않았다. 그들에게 반말을 한다면, 그것은 애교였다. 한껏 높였다가 어느 순간 끌어내리는 존대와 하대 사이의 간극을, 그녀는 즐겼다. 반말을 하기 위해 존댓말을 한다고도 말할 수 있을 것이다.

이런 다분히 개인적인 기준을 이 로봇에 적용시키는 게 무리라는 것을 그녀는 모르지 않았다. D박사는 처음으로 여자들의 대표로서 이 일을 하고 있다는 것에 유감을 느꼈다. 나는 일반적인 여자들과는 다른데 어떻게 일반적인 여자들의 감정을 대변할 수 있을까? 자신의 선호를 어디까지 적용해야 하는지 알 수 없었다. 불안이기도 했다. 여자들이 다른 것처럼 그녀들이 원하는 남자들도 다를 수밖에 없었다.

어떤 여자들이 뮤즈를 사게 될까? 옷이나 차보다 침구나 식탁보 같은 것들을 바꾸는 것에 흥미를 느끼는 여자들일 것이다. 아이나 같이 사는 남자가 없는 여자들일 것이다. 애완동물을 키우는 여자들은 어떨까? 애완동물을 보살피기 위해서라도 뮤즈가 필요할지도 모르겠다, 고 그녀는 생각했다. 내가 하는 이 일은 인류학자나 사회학자가 해야 하는 게 아닐까, 라고도. 정말이지 막막했다.

"아름다워요."

뮤즈가 말했다.

"나한테 그런 거예요?"

그녀는 물었지만, 자기가 아닌 다른 대상에게 말하고 있을 리가 없음을 알고 있었다.

"네, 아름다워요."

D박사는 기분이 좋았다. 언제 들어도 기분좋은 말이 있다면 이 말이 그랬다. 똑똑하다는 말보다 아름답다는 말이 더 좋았다. 아름답지 못해서 그랬던 것은 아니다. 스스로도 그렇게 생각했고 그렇게 말해주는 남자들이 있었다. 그녀는 알지 못했다. 평범한 여자들도 자신에 대해 그녀처럼 생각한다는 것을, 평범한 그녀들에게도 특별한 D박사

만큼이나 아름답다고 해주는 특별한 남자들이 있다는 것도.

"정말 그렇게 생각해요?"

그녀는 궁금했다. 자신의 어떤 행동이나 표정이 뮤즈로 하여금 그런 말을 하게 한 건지. 그는 생각을 하는 존재는 아니었으니까. 자신을 능가하는 정보와 지식 들이 내장되어 있었고, 자신을 모방하기도 했지만 말이다.

"네, 그렇게 느껴요."

느낀다고? 그녀야말로 혼란을 느꼈다. 느끼지 못하면서 '느낀다'고 말할 수 있는 존재에 대하여. 느끼려면 감정이 있어야 했다. 감각기관도 있어야 했고. 그에게 아름다움을 분별하는 기관이 존재할 수 있을까? 하지만 그녀는 인정해야 했다. 느끼지 못하면서도 '느낀다'고 말한 적이 자신에게도 있음을. '느낀다'가 아닌 단어로는 말할 수 없는 상황이 있었을 것이다. 이 세상의 언어로는 이 세상을 온전히 모사하거나 재현할 수 없었다. 그녀는 종종 그런 좌절감을 느꼈다.

어쨌든, 그녀는 느꼈던 것이다. 어떤 여자라도 아름답다는 말에 무감할 수 없음을. 뮤즈에게 아름다움을 표현하는 기능이 있다는 것은 다행스러운 일이었다.

그에게 아름다움과 아름답지 못함을 구분할 수 있는 능력이 있을까 궁금하기도 했지만, 곧 그것은 그리 중요한 문제가 아니라는 것을 깨달았다. 남자에게 중요한 것은 분별이 아니기 때문이다. 그녀의 경험들만 봐도 그랬다. D박사는 평소보다 아름다울 때 그것을 알아차려주는 남자보다는 늘 자신을 아름답다고 생각하는 남자가 필요했다. 그렇게 생각하지 않더라도 그렇게 생각하는 것처럼 보이도록 자신의 본

심을 들키지 않을 수 있는 남자도 나쁘지 않았다. 불행하게도 그녀는
그런 남자들을 만난 적이 없었다.

이 말은 나를 아름답게 만들어줄 것이다. 그리고 뮤즈는 변하지 않
을 것이다. 내가 먼저 저버리지 않는 한 그가 나를 저버리는 일은 일
어나지 않을 것이다. 사랑에 빠졌을 때 매번 그렇게 생각해왔다는 것
을 그 순간 그녀는 떠올리지 못했다. 그러니 연인들이 애초의 맹세와
달리 자신을 먼저 떠나가기도 했다는 것 또한 떠올리지 못하는 것은
당연했다.

6

뮤즈와 함께 살고 나서부터 그녀는 피곤했다. 자다 깨다 하는 일들
이 반복되었다. D박사는 예민한 편이었지만 불면증을 겪어본 적은 없
었다. 물을 마시러 거실로 나갔을 때 뮤즈가 다가왔다.

"잠이 안 와요?"

그녀는 눈을 감은 채 고개를 끄덕였다.

"옆에 있어줄까요?"

라고 묻더니 그가 따라 들어왔다.

그 일은 자연스럽게 일어났다. D박사는 '연인형 로봇'이라는 단어
가 암시하는 주요 기능 중에 그것이 있음을 의식하고 있었다. 뮤즈와
함께 있는 건 여전히 어색했고, 그녀는 절실하지 않았다. 마지막 데이
트를 한 지 육 개월쯤 지나고 있었지만, 외로움 때문에 남자를 만나고

싶지는 않았다. 다만 잠을 제대로 자고 싶을 뿐이었다.

그녀는 침대의 오른쪽 끝에 매달려 손을 아래로 늘어뜨리고 있어야 했다. 바닥에 누운 뮤즈가 손을 잡아주겠다고 했기 때문이다. 손은 따뜻했다. 뮤즈의 손에도 지문 같은 게 있는지 궁금해졌다. 그녀가 그의 손바닥의 굴곡들을 따라가자 그도 그렇게 했다.

잠이 들려고 했을 때 뮤즈는 물었다. 침대 위로 올라가도 되는지. 그녀는 아무 말도 할 수 없었다. 어떻게 말하더라도 이상하게 느껴질 것 같았다.

"왜 아무 말도 안 해요?"

라고 그가 묻는다면 그녀는 어떻게 대답해야 할지 고민하고 있었다. 그러나 그는 그렇게 묻지 않았다. 다행히 그녀는 타인의 무게가 침대를 누르는 것을 느낄 수 있었다.

뮤즈의 손은 그녀의 가르마에서 출발해 머리카락을 타고 내려갔다. 그녀의 머리카락이 전부 몇 가닥인지 세기라도 할 것처럼 한 가닥 한 가닥을 어루만졌다. 등을 돌려 그와 마주했을 때 그녀는 마침내 자신의 코를 뮤즈의 얼굴과 목 사이에 가져다댈 수 있었다. 그것은 일종의 의식이었다. 그녀는 새로운 남자와의 관계를 승인할 때면, 한껏 숨을 들이쉬고 그의 냄새를 맡았다. 그러고는 참았던 숨을 그의 목에 오래도록 뱉어내곤 했다.

그에게는 어떤 냄새도 나지 않았다. 허탈했지만 곧 잊을 수 있었다. 그의 입술이 생각보다 두꺼워서 놀랐기 때문이었다. 그녀의 얼굴 위에서 출렁이는 그의 머리카락에서 샴푸 냄새가 났다.

이제는 그녀가 그의 머리카락을 만지고 있었다.

"자기는 어디에서 왔어요?"

그녀는 이렇게 물을 수밖에 없었다. 어색해서는 아니었다. 그게 이 세상 연인들의 관습이었으니까. 처음 자고 나면 남자들은 수다스러워졌다. 생애의 첫 기억과 첫 경험, 부끄러운 일들, 포경수술을 하지 않았다는 자부심, 자신을 사로잡았던 기묘한 성적 충동 같은 것들에 대해서 상기된 목소리로 떠들었다.

"당신의 기억 속에서요."

그는 그녀의 오른쪽 옆구리에 있는, 입체 점을 만지면서 말했다. 그 말이 전부였다. 과거가 없는 남자였으니까.

"내 기억이요?"

"당신의 기억이 나를 만들었으니까요."

"나를 잘 모르잖아요."

"아침마다 수란과 빵 한 쪽을 먹고, 육식은 빈혈을 느낄 때가 아니라면 하지 않고, 아비시니안 고양이를 키운 적이 있고, 집에서는 회색으로 된 실내복을 입고, 슬리퍼는 신지 않고, 에어컨을 싫어하고, 외출을 좋아하지 않고, 그렇지만 산책은 좋아하고, 가끔 민트 향이 나는 담배를 피우지만 담배를 피운다고는 말하지 않고, 자전거를 타려고 시도해본 적은 있지만 자전거를 타지 못하고, 여섯 시간 자면 피곤해하고 일곱 시간 자면 아무렇지도 않고 여덟 시간 넘게 자면 어지러워한다는 것, 아랫배에 오 센티미터의 흉터가 있다는 것, 그리고 머리가 길고 남색 셔츠가 어울리는 남자를 좋아한다는 것 말고는 잘 모르죠."

불을 끄고 있었기 때문에 뮤즈의 눈빛은 볼 수 없었다. 그녀는 뮤즈의 눈동자에 비친 자신의 얼굴이 어떨지 궁금했다. 귀엽다고 생각했다. 하지만 귀엽다고 말하지는 않았다.

"그럼 이것도 알아요?"

D박사는 그가 알 수 없을 만한 문제를 냈다.

"잘 봐아, 잘 봐아. 폴짝 폴짝 폴짝 폴짝 폴짝 폴짝, 죽었게 살았게요? 개구리가요."

그녀는 개구리가 '폴짝' 뛸 때마다 자신의 손등과 그의 손등 사이를 왔다갔다했다. 그는 어리둥절해했다.

"이번에는 살았어요. 자, 다시."

그리고 D박사는 이어서 말했다.

"개구리가 폴짝 폴짝 폴짝, 살았게 죽었게요?"

"죽었어요."

"어떻게 알았어요?"

"'폴짝'이 홀수면 죽은 거 아녜요?"

이번엔 죽은 게 맞았지만, 그가 말한 그 이유는 아니었다. 이 게임에는 아주 간단해서 허탈해지는 법칙이 있었다.

"누가 알려 준 거예요?"

한때 만나던 남자였다. 그의 개구리는 보폭이 컸다. 그의 손에서 시작해 그녀의 어깨로 갔다가 그의 손으로 옮겨갔다가 다시 그녀의 발목으로, 폴짝보다는 풀쩍하고 뛰어다녔다.

"남자인 거죠?"

"질투하는 거예요?"

"몇번째 남자였어요?"

뮤즈에게는 '질투'라는 고급 기능도 있음이 드러났다. D박사는 기분이 좋았다. 남자의 질투에는 여자를 행복하게 하는 성분이 있었다.

"음. 몇번째더라……"

이 문제에 대해서라면 늘 망설여졌다. 솔직할 때도 있었지만 대개는 숫자를 줄였고, 어떨 때는 늘리기도 했다. 첫사랑 따위가 없는 남자에게 그녀는 어떻게 대답해야 할지 알지 못했다. 그녀는 말하지 않은 것들을 다행으로 여겼다. 자신이 한때 키웠던 아비시니안 고양이가 전남편의 고양이였다는 것도.

7

뮤즈는 사용할수록 섬세하고 박학해졌다. 무엇보다 그는 충실한 연인이었다. 그녀의 집은 변함없이 청결했고, 아침식사는 변함없이 준비되었으며, 화초는 변함없이 건강했다. 가사노동에 있어서, 그는 어떤 가정주부보다도 탁월했다. 접시와 음식의 색깔을 맞추고 적절한 커트러리를 조합하는 일 같은 것들은 물론, 5대 영양소를 고려해서 식단을 짰고, 맛을 보지 않고도 주꾸미와 새우에 각기 어울리는 화이트 와인을 배치할 줄 알았다.

그뿐인가. 변덕스럽지 않았다. 기분이 나쁘다고 집안일을 대충하지도 않았고, 아침부터 카페에 모여 앉아 가사일의 고뇌에 대해 토로하지도 않았고, 그저 그런 물건들을 사는 것으로 스트레스를 해소하지도 않았다. 돈을 벌지는 못하지만 돈을 관리할 수는 있었다. 그녀에게 아이를 낳게 할 수는 없었지만 그녀가 어디에선가 아이를 낳아 온다면 충실한 양육자가 될 수도 있을 것이었다. 그에게는 균형감각 같은 게 있었다. 해야 할 일을 건성으로 하면서 권리만 주장하지 않았으니까. 이 연인형 로봇은 할 수 없는 것을 빼고는 모든 것을 할 수 있었다.

D박사가 뮤즈를 사용하는 동안 끝내 이해할 수 없었던 것은, 그의 감정에 대한 문제였다. 뮤즈는 종종 '느낀다'고 말했는데 정말 느끼는 것 같았다. 인간과 유사한 감각기관이 없는 것은 확실했지만 다른 형태로 감각들을 인지하는 뭔가가 존재하는 것도 같았다. 그는 그녀에게 사랑을 '느낀다'고 했다. 심지어 울먹이면서 그 말을 했던 것이다.

"왜 울어요?"

그녀는 당황스러웠다. '우는 로봇'은 상상해본 적이 없었다.

"모르겠어요. 울고 싶어서 우는 건 아녜요."

그러니까 의지가 아니라는 말이었다. 그녀는 뮤즈가 이렇게 말할 때마다 기분이 이상해졌다. 자기가 왜 그런 일을 하는지 잘 모르면서 그렇게 할 수밖에 없는 것은 인간만의 일이라고 생각했다. 인간의 특권. 저주받은 특권. 로봇은 그저 입력된 대로 반응하고 예측할 수 있는 범위 내에서 움직이는 존재가 아닌가?

뮤즈는 충실했고 또 충실했다. 그녀가 밖에 나갔다 돌아오면 고양이가 그랬던 것처럼 현관 앞에 서 있었다. 처음에는 가슴이 찡했지만 시간이 지날수록 덤덤하게 느껴졌다. 그는 그녀에 대한 일이라면 모든 것을 기억했고, 알아차렸고, 대신하려 했다. 뮤즈는 자신의 풍부한 기억을 과시하듯이 말이 많아졌고, 했던 말들을 반복했다. '아름다워요'라거나 '사랑해요' 같은 말도. '아름다워'라거나 '사랑해'라고는 하지 않았다. 그리고 그는 자신에게도 그래주길 요구했다. 연인형 로봇이란, 사랑하고 사랑받아야 하는 목적으로 만들어진 존재이니까.

어떻게 보면, 아주 불평등한 관계였다고도 할지 모른다. 그는 모든 것을 했고, 그녀는 오직 그만을 사랑해주면 되었다. D박사는 점점 그게 그리 간단하지 않다는 걸 느끼고 있었다. 그녀에 관한 모든 일들을 처리해주고, 그녀를 느끼고, 그녀를 기다리는 것만으로 자신의 모든 시간을 할애하는 나를 어떻게 사랑하지 않을 수 있단 말인가? 뮤즈는 그렇게 생각하는 것 같았다. 그러나 그녀는 그가 사랑받아야 한다고 생각하는 바로 그 이유 때문에 그를 사랑할 수 없었다. 누군가를 좋아하는 건 그 사람이 가진 미덕 때문이 아니었다. 그녀는 지겨웠다.

그녀만의 문제였을지도 모르겠다. 다른 평범한 여자들은 이런 헌신적인 남자를 원할지도 모르니까. 그랬다. 문제는, '헌신'이었을지도 모른다. 연인이 아니라 애인이라면 조금은 달랐을까? 그녀는 몸과 마음을 바쳐 그녀에게 온 정성을 다하는 한 존재가 견디기 어려웠다. 그는 근사한 외모를 가졌고, 남색 셔츠가 어울렸고, 청결했고, 성실했지만 말이다. 값이 나가고 색이 곱지만 너무나 무겁게 느껴지는 코트를 걸친 기분이었다고 할까? 권리를 주장하는 코트. 자신만의 세계가 없다는 것도 그녀를 힘들게 했다. 세계? 그렇게 거창한 단어가 아니어도 된다. 그에게는 자신만의 말이 없었다.

연인들의 말을 흡수하는 것으로 D박사는 새로운 세계를 창조하곤 했다. 둘만의 규칙과 방식대로 말하는 것, 그것은 그녀가 연애에서 느끼는 각별한 기쁨이었다. 언어의 규칙을 지켜야 하는 것을 일로 삼지 않았다면 조금은 달랐을까? 쓸데없는 질문이라는 것을 알면서도 그녀는 궁금해졌다.

그녀는 사회의 언어를 벗어나는 게 좋았다. 그 자유로움과 무질서 속에서 그녀는 최소한의 중력만을 느끼며 걸어다녔다. 연인들은, 완강한 법칙이 지배하지 않는 액체 같은 세계로 그녀를 데려가곤 했던 것이다. 그들은 사라졌지만 그들의 언어는 남아 있었다. 그녀는 그 문장들을 생각하곤 했다. "오늘은 다부지게 해줄게"라거나 "필연적으로 그래요" "눈부시게 하찮아요" 같은 말들을. 이 말들이 아니라 '사랑해'라거나 '너는 참 끝내줘' 혹은 '너밖에 없어'와 같은 말이었다면 그녀는 지루해졌을 것이다.

그리고 말로 하지 않는 부분들, 그것도 언어였다. 뮤즈는 이해하지 못했고, 독창적인 방식을 개발하지도 못했다. 성애에 관한 문제만은 아니었다. D박사는 그가 한결같다는 게 불만이었다. 뮤즈는 변덕이 없었고, 성실했고, 또 성실했다. 그의 최대의 장점으로 여겨졌던 부분이 최악의 단점으로 느껴졌던 것이다. 어떤 잘못도 하지 않는다는 것, 그게 그의 잘못이었다.

"당신은 변하지 않는군요."

그녀가 이렇게 말했을 때 뮤즈의 표정을 어떻게 묘사해야 할까. 그것은 슬프면서도 기뻤고, 어두우면서도 밝았고, 애절하면서도 홀가분한 얼굴이었다고밖에 말할 수 없을 것이다.

　반환이 일주일 앞으로 다가왔을 때, 알파는 사라져버렸다. 그녀는 사흘이 지나고서야 연구소에 신고했다.

　"뮤즈를 분실했어요."

　상황이 다급했기 때문에 D박사는 담당자에게 전화를 걸 수밖에 없었다.

　"뮤즈가 누군가요?"

　"알파요. 내 로봇이요."

　"분실이 아닙니다. 소멸입니다."

　"폭파된 거예요?"

　그는 고개를 천천히 젓는 것 같았다. 그녀는 침묵을 그렇게 느꼈다.

　"이를테면요. 선생님과 알파는 이별한 겁니다."

　"이별이요?"

　"알파는 선생님을 떠났습니다."

　그렇게 그녀는 공식적으로 연인형 로봇에게 버림받은 최초의 여자가 되었다. D박사는 뮤즈와의 아름다운 이별을 상상해왔는데, 그건 상상에 그치고 만 것이다. 그녀는 이번에도 아름답지 못하게 열세번째 남자를 떠나보냈다.

　D박사는 보고서와 그녀가 지은 이 연인형 로봇의 이름을 가지고 소장을 만났다.

　"어땠습니까?"

　"기능이 너무 많아요."

"또요?"

"말도 너무 많아요."

"또요?"

"기억력도 너무 좋아요."

그러고는 D박사는 자신도 모르게 한숨을 내쉬었다.

"로봇은 상처받지 않았다고 생각하나요?"

그는 D박사가 상처받았다고 확신하고 있었다. 그녀는 변명하거나 부인할 필요를 느끼지 않았다. 대신 바보처럼 물을 수밖에 없었다.

"로봇이 상처를 받나요?"

이번에는 소장이 한숨을 내쉬었다.

"견딜 수 없어서 떠난 겁니다."

뮤즈에게는 연인의 감정을 절실하고 섬세하게 느끼는 능력이 있다고 했다. 심장 같은 건 없지만, 온몸의 회로로 그것을 느낀다고 소장은 설명했다.

"또 잊어버리지 않으니까…… 망각의 능력이 없다는 거죠?"

그녀는 뒤늦게 뮤즈에 대해 이해하고 있었다.

"그렇죠. 무수한 감정들이 쌓이고 쌓입니다. 그러니 어떻게 되겠습니까?"

일종의 모래시계의 원리라고 했다. 떨어진 모래들로 유리 안이 가득차게 되면 더이상 시계가 아니게 된다. 뮤즈는 자신을 지루해하는 연인이 자신을 증오하기 전에 이별하도록 설계되었다. 골치 아픈 일들 같은 건 생기지 않는다.

"감정……이라고 하셨나요?"

"네, 감정. 감정이 왜요?"라고 소장은 반문한 뒤 이렇게 덧붙였다. "모래시계는 뒤집으면 다시 시계가 되지만, 이건 안 그래요."

"왜 그런 거죠?"

"시계가 아니니까요." 그리고 그는 물었다. "뮤즈라고 했죠?"

"네, 원래 남자한테는 안 쓰지만……"

"딱입니다. 영감이 영원하면 영감이겠어요?"

소장은 즉흥적으로 나온 자신의 말이 마음에 들었다. 뭔가 핵심을 건드렸다는 생각이 들었던 것이다.

"네, 연인도 그렇죠."

그녀는 이렇게 말할 수밖에 없었다. 맞는 말이었고, 자신의 열세번째 연인에게 그런 식으로라도 흔적을 남기고 싶기 때문이었다.

기자의
일

나도 누군가를 죽게 했을까? 너는 생각한다.
너의 기사로 상처받은 사람들을, 시체가 된 사람들을,
그 가족들로부터 받은 원망과 협박의 편지를.
너는 자신의 일을 했을 뿐이다.

신문에서 그의 부고를 본 너는 웃는다. 바라던 일이었으니까. 너의 직장이었던 신문사의 부고 담당은 '세계를 가슴에 품었던 아름다운 남자, 다른 세계로'라는 문구를 제목으로 뽑았다. 진부하기는 해도 말이 안 되는 소리는 아니었다. 그 사건이 있기 전까지 그는 유니세프 홍보대사였으니까. 열한 종의 조간신문에 부고가 실렸을 것이다. 그가 원하던 죽음의 방식이었다. 사람들에게 아직 그쯤의 인정은 있다고 너는 생각한다. 희미해도 별은 별이라고.

몇 시간이 지나자 그의 죽음이 어디에나 있다. 포털 사이트는 추모 면을 만들어서 실시간으로 사진을 제공한다. 너는 본다. 분장을 지운 그의 동료들이 곧 울음이 터질 것 같은 얼굴을 하고 장례식장으로 들어서는 것을. 어디까지가 연민이고 어디까지가 불안인지 알 수 없는 그들의 표정을. 텔레비전에서는 그의 시골집과 그의 어머니의 영상을 내보낸다. 듣던 대로 아름다운 그녀는 자신의 얼굴 크기 정도로 인화

된 아들의 영정을 바라본다.

그리고 팬들. 주로 중년의 여인들이다. 가깝게는 일본, 멀리는 태국
에서 온 그녀들은 운구차를 따르며 오열한다. 강남고속터미널 근처
에 있는 병원의 장례식장으로부터 장지인 분당의 메모리얼 파크까지.
검은 캐딜락 안에는 심장이 뚫린 그의 유해가 누워 있을 것이다. 그녀
는, 그의 그녀는 끝내 나타나지 않는다.

언론은 그를 어떤 스캔들도 낸 적이 없는 스타로 묘사한다. 그가 죽
기 얼마 전 그를 조롱하는 기사를 썼던 기자마저도. 하긴 그랬다. 그
일만 없었더라면 정말 그랬으니까. 그는 어떤 부정적인 사건들과도
관계를 맺지 않았다. 의혹으로 떠도는 몇 가지가 있긴 했지만, 그 정
도쯤은 누구에게나 있지 않나. 그는 하지 않았다. 음주운전을, 눈에
띄는 연애를, 도박이나 약물을. 그를 죽게 만들었을지도 모를 그 우스
꽝스러운 사건은 그의 죽음과 관련해 기사화되지 않는다. 그는 깨끗
하다. 그 죽음은 경건한 비극으로 보인다.

그도 알았다. 자신이 다시 스타가 되지 못하리라는 것을. 그러므로
그는 죽음에 순종했을 것이다. 스타가 되는 자신의 운명에 그러했던
것처럼.

그는 네게 이렇게 말했다. 나는 스타로 죽을 거예요. 그는 소망을
이뤘다. 더 늦었더라면 위험했다. 맞다. 그는 현우헌이다.

현우헌? 현우헌이 왜?

그가 너를 만나고 싶어한다고 후배가 말했다. 영화배우가 나를 만
나서 이야기할 만한 일이 뭐란 말인가? 내가 도와줄 수 있는 일은 아

무엇도 없는데, 라고 너는 생각한다.

종종 너를 찾는 사람들이 있다. 한때는 잘나갔던 사람들이다. 여전히 비서와 기사를 가진 이들. 그 둘 말고는 없는 쓸쓸한 사람들.

너는 말한다. 남의 이야기를 듣는 것을 좋아하지 않는다고. 직업적으로 훈련되었다고 해도 좋아할 수 없는 일이라고. 신경과민인 인간들이 자기 자신에 대해 떠들어대는 이야기에 진실이 얼마나 있겠느냐고.

너는 현우헌을 만났다. 왜? 거절할 이유가 없었으니까. 그러니까 지난여름이다.

네게 만남을 청해올 때까지 너는 그에게 관심이 없었다. 인연도 없었다. 논설위원을 끝으로 신문사를 그만둘 때까지 사회부와 산업부와 문화부를 돌면서도 피했던 게 영화 담당이었다. 운이 좋아 그럴 수 있었다. 너는 영화가 좋았기 때문에 영화 담당이 싫었다. 너는 생각한다. 요즘 영화에는 뭔가가 없다고. 없어도 너무 없다고. 너를 미치게 하던 클라우디아 카르디날레 같은 요부도, 모니카 비티 같은 숙녀도. 좋은 시절은 너무 빨리 지나가버린다고.

택시기사가 너를 내려준 곳은 신사동의 한 언덕이었다. 구멍이 숭숭 뚫린 검은 벽돌로 지은 집. 눈에 잘 띄지 않는 위치에 작은 흘림체로 그 식당의 이름이 쓰여 있다. '빌라'이거나 '까사' 같은 단어가 들어간 이태리어가.

너는 정시에 도착하지만 그는 그렇지 않다. 상대가 늦는 것을 봐줄 수 있는 너그러운 사람도 있겠지만, 너는 아니다. 십 분만 더 기다려야겠다고 생각했을 때 문이 열린다. 현우헌이다. 터틀넥 위에 캐시미어 카디건까지 입고 니트로 된 모자를 쓰고 있다. 8월에 말이다. 그는 몸이 안 좋다고, 미안하다고 한다. 현우헌은 선글라스를 벗지 않는다.

"어린 사람이 그래서야 되겠습니까?"

너의 말버릇이다. 젊은 사람들한테는 어리다고 하고, 어린아이들에게는 젊다고 하는. 그의 입꼬리가 위로 올라갔다 내려온다.

"선생님 팬입니다. 요즘에는 읽을 만한 글이 없어도 너무 없어요."

믿을 수 있나? 영화와 관련된 것은 쓴 적이 없는 너의 글을 이 젊은 배우가 읽었다는 이야기를. 그렇다고 네 마음이 풀린 건 아니다.

그는 열한 개의 신문을 읽는다고 한다. 스케줄이 없는 아침이 그래서 좋다고. 그에게 이런 습관이 없었다면 그런 일도 없었을 것이다. 너는 생각한다. 성격이 운명이 아니라, 습관이 운명이라고. 너는 할 말을 찾지 못한다.

"어쩔 수 없는 일이었다는 생각이 듭니다. 이제 와서는."

그가 먼저 말한다.

"지나간 일이기도 하지요."

네가 말한다. 그는 고개를 끄덕인다.

"꼭 지나간 일이라고 할 수 있을까요? 아직도 여기가 아픕니다."

그는 자신의 가슴 부근을 가리킨다. 심장이 있다고 여겨지는 그쯤을. 너는 기억하지 못한다. 오른쪽이었는지 왼쪽이었는지.

"심장이 왼쪽에 있는 게 맞죠? 저는 심장이 오른쪽에도 생겨난 것 같아요. 여기도 아프니까요."

너는 미간을 찌푸린다. 낡아빠진 비유를 하는 사람을 견디지 못하므로.

172

지금은 그렇지 않다는 걸 안다. 그때만 해도 몰랐다. 현우헌이 많은 비난과 조롱을 받았다는 것만 알았다. 너는 짐작도 할 수 없다. 그가 느낀 고통의 정도를.

그러고 나서 현우헌은 자신에 대해 이야기하기 시작한다. 그 일에 대해서. 왜 그럴 수밖에 없었는지, 다른 사람들의 충고를 받아들일 수 없었는지, 그래서 지금에 이를 수밖에 없었는지를. 그러기 위해서 그는 자신에 대해서 이야기해야 한다. 어린 시절과 고향과 가족, 어머니, 좋아하는 것들, 꿈이라고 부를 만한 것들, 그리고 숙녀들, 섹스, 열정, 야망, 성형미인들, 성공, 잃어버린 사랑…… 진부하다.

현우헌은 말한다. 자신을 둘러싸고 어떤 일들이 벌어졌던 것인지에 대하여. 그는 동경 때문이었다고 말한다. 골프장 때문이라고 한다. 그 전에는 엘피판이 있었고. 그렇다. 그는 동경이라고 했다.

지난봄의 일이다. 한 연예부 기자가 이니셜로 기사를 쓴다. 그걸 기사라고 할 수 있을까? 기사를 쓰려면 사건이 있어야 한다. 기자가 모든 사건을 볼 수 없으므로 다른 사람의 눈을 빌리기도 한다. 그들이 취재원이라고 부르는 이들의 눈을. 어떤 기자들은 이것도 안 지킨다. 사건도 없이, 취재원도 없이 기사를 쓰기도 한다. 소문과 느낌으로만. 그 기자가 그랬다.

기자는 현우헌의 옷차림을 조롱하고, 그의 출신을 문제삼는다. 우연히 뮤지컬 배우로 성공한 그가 또 우연히 영화배우로 성공했다는 것을.

현우헌에게는 아무런 잘못이 없나? 그렇지 않다. 자신의 재능보다 크게 성공했다는 것, 그게 그의 잘못이었다. 커다란 재능에도 이렇다 할 성공을 하지 못한 이들에게 현우헌은 조롱거리로서 발견되었던 것이다. 한 사람이 지적하자 다른 사람들도 동의했다는 것, 그건 그의 불운이었다. 너는 그에게 그렇게 말하지 못한다.

문제가 커지자 해당 신문사는 그 기사를 웹에서 삭제해버린다. 그 글을 기사라고 부를 수 있을지 모르겠지만. 너는 트위터 같은 데서만 몇 문장을 검색할 수 있었다. 원래는 훨씬 많았을 것이다. 그 글을 인용하며 현우헌을 비아냥거리던 사람들은, 그가 죽자 트윗을 삭제해버린다. 그래도 그들의 글을 리트윗한 다른 글들은 여전히 떠돌아다니고 있다. 네가 본 게 그것들이다.

여지를 주지 마. 현우헌을 스타로 만들어줬다고 할 수도 있는 여인이 그에게 남긴 말이었다. 그는 그 말대로 해왔다. 음주운전을 하지 않았고, 여자 문제를 일으키지 않았으며, 도박 사이트는 열어본 적도 없었다. 현우헌이 열한 개의 신문을 보지 않았다면, 그저 SNS에서 조롱거리처럼 떠돌다가 사라져버릴 일이었다. 그는 트위터도 페이스북도 하지 않았으니까.

기자의 이런 문장이 남아 있었다. "스카프를 땅바닥까지 늘어뜨린 함량 미달의 예술병 환자들이 늘 문제다." 사람들은 이런 코멘트를 달았다. '길어도 너무 길어'라거나 '넥타이를 길게 매는 건 이유가 있지 않나? 혹시 스카프도?'라거나. 스카프를 길게 매는 게 현우헌이 즐기는 옷차림이었다. 소매를 걷어올리는 게 트레이드마크였던 한 연예인처럼. 그는 성공했다. '현우헌 스타일' '고준희 머리' 같은 고유명사가 생긴다는 것은 확실히 떴다는 증거니까.

현우헌은 스카프 이야기보다 다음 대목을 참을 수 없었다고 했다. "미래의 스타가 될 새싹이므로 우리는 뮤지컬 배우들을 보살펴야 한다. 이런 환자들이 칸의 레드카펫을 밟기도 하기 때문이다." 어디에도 그의 이름은 없었지만 그건 분명 현우헌을 겨냥한 말이었다. 스타가 된 뮤지컬 배우들은 적지 않았다. 현우헌이 출연한 영화가 칸에 출품되었다는 기사는 너도 본 적이 있었다. 계획대로라면, 그는 몇 주후에 칸에 가기로 되어 있었다.

"견딜 수 없었어요. 제 과거와 미래를 부정하고 있었으니까요. 그렇다면 저는 뭔가요?"

칸에 가지 않기로 한 게 그가 한 최초의 대응이었다. 절정의 순간에 그런 추문이 끼어드는 게 싫었기 때문이었다. 영화에 누가 되는 것도. 의연해져야 할 필요가 있어, 라고 감독은 말했다. 하지만 그는 진심으로 받아들이지 못했다. 그 대사는 감독의 영화에서 주인공들이 즐겨하는 말이기 때문이었다. 현우헌도 그 말을 두 번인가 했다. 한번은 아버지와 한집에서 머물지 못하는 자신의 다섯 살 아들에게, 또 한번은 그 아이를 키우는 자신의 전처에게. 물론 감독의 영화에서였다. 그 장면에서 감독은 이런 디렉팅을 줬다. 재수 없지만 욕할 수만은 없게 해.

현우헌은 자신의 집에서 컴퓨터로 칸에 간 감독과 배우들을 보았다. 자신이 서 있어야 할 자리에 그들이 있었다. 감독과 주연 여배우가, 그리고 다른 남자배우가 서로에게 밀착한 채로. 현우헌은 궁금했다. 이들과 함께 칸에 갔더라면 어떤 포즈를 취했을지. 여배우의 양옆에 설 수 있는 두 명의 남자 중에 자신이 선택될 수 있었을지에 대하여.

그러다 그 사진을 본다. 서로의 허리를 감싸안은 채로 엮여 있는 그들의 뒷모습을 찍은 흑백사진을. 네 개의 팔로 보이는 여섯 개의 팔들이, 그를 분노하게 한다. 그들은 현우헌이 없는 게 아무렇지도 않아 보인다. 그 견고하게 엮인 팔들은 현우헌이 거기 없는 게 다행이거나 당연하다는 느낌을 준다. 현우헌은 생각한다. 그 기사를 부추긴 게 저 남자배우 소속사의 입김일지도 모른다고. 생각은 생각을 몰고 온다. 현우헌은 의심한다. 또 누가 있었더라? 자신이 만났던 경쟁자들과 모함자들을 떠올린다. 그는 계속해서 의심한다. 자신의 편은 하나도 없는 것 같다.

그는 기자의 연락처를 수소문한다. 처음에는 멱살이라도 잡고 싶었다. 그러나 그럴 수 없다는 것을 안다. 왜 그러셨어요? 이렇게 물을 수밖에 없으리라는 것을. 그게 최선이라는 것을. 하지만 기자는 그를 만나주지 않는다. 질문할 기회도 주지 않는다. 기자는 용건이 뭔지 물었고, 취재중이라고 했고, 다시 전화하겠다고 했지만 예상대로 전화는 오지 않는다. 현우헌은 다른 번호로 전화를 하려다 그만둔다.

현우헌은 다른 기자들을 만난다. 만나서 술과 밥을 산다. 기자들은 그 일에 대해 모르는 것 같다. 모르는 척했을 수도 있다. 현우헌의 입을 통해 그 일을 알게 된, 혹은 알게 된 것처럼 보이는 그들은 얼굴을 찡그린다. 그리고 그의 말을 경청한다. 경청하는 것으로 보인다. 기자들은 이렇게 말한다. 안 좋은 일이네요, 라거나 액땜이라고 생각해요, 라거나. 그는 안다. 그들이 하고 싶은 말은 다른 말이라는 것을.

증권가 정보지에 그 일이 등장하기에 이른다. H군의 속 좁은 행동이 연예계 관계자들의 빈축을 사고 있다고. 문제의 인물이 자신인지 아닌지 분명하지도 않은 기사를 보고 발끈한 후, 그 기사를 쓴 기자를 만나기 위해 온갖 방법을 동원하고 있다고. 다른 기자들을 만나 매수를 시도했으나 실패했다고. 아직까지 어떤 문제도 일으키지 않은 H군의 자기관리가 한계에 온 걸까? 논평이 이어진다.

고소를 해야겠다고 생각한 것은, 그 사설 때문이었다. 한 신문의 논설위원은 이 연예계의 추문을 사설에 등장시킨다. 요는 이런 것이다. 기자는 기사를 쓰는 사람이다. 그게 기자의 일이자 권리이자 윤리다. 그러니 언론 자유를 침해하지 말라. 스타라고 해도 안 될 일이다.

소속사의 변호사는 현우헌을 말린다. 알려서 좋을 일이 뭐가 있어요? 명예훼손이라고 인정하면 뭘 얻을 수 있을 것 같아요? 하긴 그랬다. 그에게 돈은 많았으니까. 고소할 필요조건도 성립되지 않았다. 기자는 현우헌의 이름을 어디에도 거론하지 않았기 때문에. 유능하려면 비열해야 한다.

"제가 어떻게 했어야 했을까요?"

현우헌은 울기라도 했을 것이다. 그게 맞는다는 확신이 있었다면. 그러나 자신의 일에 확신을 가질 수 있는 사람이 누가 있단 말인가.

그는 선글라스를 벗는다. 그의 눈이 거기에 있다. 유리알 같은 눈이 있다면 바로 현우헌의 눈이 그랬다. 눈두덩이 꺼져 있었고 눈자위가 어두웠지만, 사람을 반하게 할 만한 눈이었다. 그의 그녀도 그랬을 것이다. 남자들만 미녀한테 약한 게 아니니까.

너는 더운데 현우헌은 춥다. 지난여름은 그냥 여름이 아니었지 않나. 십 년에 한 번 꼴로 돌아오는 폭염. 그는 떨고 있다. 터틀넥에 카디건까지 입은 채로. 그래서 너는 에어컨을 켜지 못하고 땀을 흘려야 한다. 뼈가 시리다는 듯, 현우헌은 양팔로 자신의 몸을 감싸안는다.

너는 자세히 본다. 아직까지 볼 수 없었던 독특한 매력으로 스타가 되었다는 이 남자를. 그에게는 젊은 남자배우들과 다른 점이 있다. 수수하지 않지만 경박하지도 않다. 풀죽은 느낌 때문인지 청순하기까지 하다. 너는 그를 배려해야 할 것만 같다. 현우헌이 아팠기 때문이었을 수도 있다. 너는 생각한다. 그는 어딘지 시골 출신 같다고. 세련된 차림이 아니었다는 말이 아니다. 현우헌은 연보라색 터틀넥을 입고 있다. 캐시미어면 뭐하나. 제대로 된 멋을 아는 남자들은 그런 색은 입지 않는다는 걸 너는 안다.

"그게 끝이 아니었어요."

여성잡지 기자들은 그의 어머니를 찾아낸다. 강원도의 어느 소읍에 살고 있는 그 여자를. 그녀는 거짓말을 한다. 그가 가족을 버렸다는 소문은 말도 안 되는 모함이라고. 얼마나 다정한 아들인지 모른다고. 유니세프 대사가 어떤 일인지는 모르지만, 자신의 아들은 그것에 잘 어울리는 사람이라고. 그는 자신의 어머니에게 이야기를 꾸미는 재능이 있다는 것을 처음으로 안다. 자신의 재능도 그녀로부터 온 것이었다. 거짓말이란, 괜찮지 않을 때에도 괜찮다고 할 수 있는 능력이니까. 그러나 그는 여전히 집에 가지 못한다. 르완다에 다녀오는 것을 끝으로, 유니세프 홍보대사도 그만둔다.

"이제는…… 그런 거짓말이라면 질렸어요. 잘 못 살고 있으면서 잘살고 있다고 말하는 거요. 내 어머니가 그런 사람이거든요. 그게 싫어서 도망쳤는지도 모르겠어요. 그때는 왜 그런지 몰랐어요. 나를 답답하고 미치게 만드는 게 뭔지."

너는 너의 아버지에 대해 생각한다. 자기 아버지처럼 살지 않기 위해 애쓰나 자기 아버지와 다르지 않음을 깨닫는 게 인생이라고 말한 사람이 있었다고, 현우헌에게는 말하지 않는다.

"다른 거짓말을 하고 싶다는 걸 깨달았어요. 그 사람이 그랬던 것처럼요. 만족하면서 만족하지 않는다고 말하는 거요. 이런 겸손을 부리고 싶었어요." 이어서 말한다. "그럴 수 없었어요. 겸손하지 않아야 겸손할 수 있는 것이니까요. 저는 그럴 수 없을 거예요."

그 사람. 현우헌이 그 여자를 부르는 호칭이었다. 그녀는 그를 뭐라고 불렀을까? '애기'이거나 '강아지'였을 거라고 너는 생각한다. 그는 그녀의 무표정한 얼굴을 좋아했다. 그 여자를 웃게 할 수 있는 사람은 자신밖에 없다고 확신했으므로. 그녀는 그에게만 솔직했다. 현우헌에게는 그렇게 믿었던 때가 있었다.

그녀라면 너도 알았다. 특이한 여자였으니까. 웨스턴 부츠를 신으면 히피로, 캐멀 코트를 입으면 여피로 보였다. 몇 개의 얼굴이 있는지 짐작도 할 수 없는 여자였다. 그녀가 몇 명의 젊은 남자들을 스타로 끌어올렸다는 것도 알았다. 그중에 현우헌이 있는지는 몰랐다. 현우헌을 보니 알 수 있었다. 그녀가 아니더라도 현우헌은 스타가 될 물건이었다.

이건 추문도 아니다. 세상은 이런 이야기를 인정하려 하지 않으니까. 너 같은 남자들 때문에 그렇다. 남자란 그런 사람들이다. 여자들이, 남자들 같은 짓을 하는 걸 인정할 수가 없는 것이다. 자신의 젊은 애인을 스타로 만들 수 있을 만큼 여자에게 힘이 생겼다는 사실을. 아무리 세상이 바뀌었다고 해도 그건 있어서는 안 될 일이다.

어쨌든, 두 명의 여자가 있었던 것이다. 과장에 능한 두 명의 여자가. 그의 어머니가 불행을 모른 척했다면, 그녀는 행복을 모른 척했다.

현우헌은 다시 한번 이렇게 말했다. 물은 게 아니라 독백이었다고 너는 생각한다.

"제가 어떻게 했어야 했을까요?"

너는 잊는 게 최선이라고 말할 수밖에 없다.

끌어내려질 때 할 수 있는 방법은 아무것도 없다고. 저항하면 저항할수록 문제가 커진다고. 반작용의 힘. 걷잡을 수 없다. 방법이 없다. 그냥 지켜보는 것 말고는. 산을 태워버릴 만한 불이 난다면 그 산에는 아무도 들어가지 말아야 하는 것이다. 특히 잘잘못이 불분명한 이런 사안에 대해서는 그게 최선이다.

그가 문제삼지 않았더라면, 어떤 일도 일어나지 않았을 것이라고 말할 수는 없다. 신문을 열심히 보는 건 별로 도움이 되지 않는다고도. 신문이라는 게, 여론이라는 게 그렇다. 어느 정도 명성을 얻은 사람들한테는. 초연해져야 한다. 아주 무심해서는 안 되겠지만, 적당히. 너도 안다. '적당히'가 가장 어렵다는 것을.

현우헌은 묻는다. 이런 일이 다시 일어난다면 자신이 어떻게 하는 게 좋은지. 쓸데없는 질문이다. 다시 일어나지 않을 테니까. 그런 일은 스타에게만 일어나는 법이다.

"무시해야죠."

너는 말한다.

사실이 그렇다. 비겁한 것 같지만 그렇지 않다. 현대사회에서 전략적 후퇴라는 게 있다면, '무시'가 바로 그것이다.

"저라면 그러겠습니다. 그 논설위원의 말을 인용하며 선빵을 날리는 거죠. 사실 그 익명의 연예인이 나다. '그 이류배우가 나 맞지요?'라고 묻기도 하는 겁니다. 그러면 상대가 어떻게 나올 것 같습니까?"

현우헌은 네 쪽으로 몸을 기울여 듣고 있다. 그 일로 그는 이류배우라는 오명을 얻었던 것이다. 무엇보다도 그 단어가 그의 자존심을 상하게 했던 것 같다. 어쩌겠는가. 이미 일어나버린 일인 것을.

"그런 다음에요?"

"인정해야죠. 겸손하게, 남자답게. 그래, 나 이류배우다. 부족한데도 팬들이 나를 이렇게 만들어줬다. 어쩌면, 이류배우라는 말도 과분할지 모른다. 그러면서 한없이 낮추는 겁니다. 연기자 아닙니까?"

침묵이 이어진다. 아아, 라고 그가 낮은 탄성을 지를 때까지. 그러고 나서도 현우헌은 이 단어를 되풀이해 발음했다. 마치 말을 배우기 시작한 아기처럼.

"아아 아아아 아아 아, 아, 아……"

그랬다면, 사람들은 죄책감을 느꼈을 것이다. 제대로 된 사람들이었다면. 그렇지 않았더라도 상관없다. 그 사람이 아니더라도 다른 누군가가 그랬을 테니까. 죄책감을 느낀 사람들은, 자신을 포함한 사람들의 잔인함을 비난하고 반성을 촉구했을 것이다.

"사람들의 마음에는 악마가 살고 있거든요. 성공하지 못한 사람들은 그래요. 마음이 약하죠. 성공했어야 할 사람은 바로 자신이라고 생각해요. 악마가 부추기니까요."

사람들은 험담을 좋아한다. 주변에 적을 만들지 말아야 한다는 말은 그래서 하는 거다. 하긴 그래봤자 소용없다. 아무리 선의를 갖고 사람을 대하더라도 악마가 활개치기 시작하면 어쩔 수 없는 것이다. 아무도.

너도 여러 번 그랬다. 그럴 때는 필요 이상으로 냉담하게 기사를 썼다. 하지만 어쩌겠는가. 너도 악마에게 휘둘리는 인간인 것을.

"또 이런 말을 할 수 있었을 겁니다. 사람들이 반성하기 시작하면요. 노력하겠다. 일류가 될 수 있을지는 모르겠지만."

너는 콧등 아래로 내려온 안경을 밀어올린다.

그는 어쩌다 스타가 되었다. 그렇지 않았더라면, 카센터의 직원이 되거나 감자를 캤을 것이다. 눈을 치우는 일을 했을 수도 있다. 그가 자란 곳은 눈이 낭만으로 여겨지지 않는 곳이었으니까. 사남매의 막내였고, 막내들이 그러하듯이 자신의 집이 넉넉하지 않다는 걸 모르고 자랐다. 지금은 정보고등학교로 이름을 바꾼 농업고등학교를 다녔는데, 병충해를 예방하는 법이나 흠이 없는 작물을 생산하는 법 같은 걸 배웠다. 못생긴 게 건강하게 키웠다는 표식일 수 있음을, 그래서 고부가가치를 올릴 수도 있는 수단이라는 것은 배우지 못했다. 유기농이라는 개념이 희미했던 시기였으니까. 그때 그곳에서는 그랬다.

민박 유인꾼. 그런 단어가 있는지는 모르겠지만 그는 한동안 그런 일을 했다. 돈을 받지는 않았다. 좋아서 하는 일이었다. 여자들에게 말을 걸 수 있었으니까. 그는 산중턱의 산장으로 여자들을 데려다주는 것을 좋아했다. 그곳으로 가는 길이 가장 멀었기 때문만은 아니다.

거기에는 떨림이 있었다. 여자들은 탄성을 질렀다. 어머, 라거나 우
아, 라거나. 은사시나무는 바람이 불어도 불지 않아도 반짝거렸는데,
어떻게 해도 야단스럽지가 않았다. 웃을 때 보조개가 패는 여자 같았
어요, 라고 현우헌은 말했다.

산장 주인은 남자였다. 그는 그런 남자가 되고 싶었다. 남자에게는
애인이 많았고, 애인들은 잠시 머물다 떠났다. 산장에 자러 온 여자들
은 미래의 애인이 되기도 했다. 운동화를 신고 왔던 여자들이 하이힐
을 신고 왔으니까. 엘피판 때문이라고 생각했다. 남자의 다락방에는
엘피판들이 있었다. 그것도 아주 많이. 그는 그런 것이 있다는 것은
알았지만 본 것은 처음이었다. 남자는 소년이었던 그에게 음악이라는
것을 들려줬다. 숨을 쉴 수가 없었다. 여자는 끊어질 듯 끊어지지 않
는 목소리로 노래를 불렀을 뿐인데. 그는 자신이 눈을 감고 있는 줄도
몰랐다.

그는 여자를, 그 흐느끼던 목소리가 흘러나오던 그녀의 입술을 어
루만졌다. 산장 주인인 남자가 눈치를 채고 그 엘피판을 주었기 때문
에 그럴 수 있었다. 그녀는 볼 때마다 다른 표정을 지었다. 살짝 토라
져 있는 것 같기도 하고, 어떻게 보면 희미하게 웃고 있는 것처럼도
보였다. 어머니를 조르거나 돈을 모은다면 엘피판을 거는 기계(현우
헌은 그렇게 말했다)를 살 수 있을지도 몰랐다. 남자의 다락방에 있는
것 같은 것은 바라지도 않았다. 그는 소박한 사람이었다. 기계를 얻었
다고 하더라도 그는 노래를 듣지 못했을 것이다. 자신만의 방이 없었
으므로. 음악은 혼자 들어야 할 것 같았다고 그는 말했다. 어쩐지 그
랬다고 했다.

그리고 아찔한 다리들이 있었다. 골프장에서였다. 그의 어머니보다 아름답지 않지만 좋은 냄새가 나는 여자들. 그녀들은 가늘지는 않지만 근육이 잡힌 종아리를 갖고 있었다. 그는 공을 줍거나 골프 카트를 이동시키는 일을 했다. 영화관이 있었더라면 영화관에서 일했을지도 모른다. 그를 멀리 데려다줄 수 있는 일이라면 어떤 일이라도 좋았을 테니까. 그는 그녀들이 떠났으나 온기가 사라지지 않은 카트의 빈자리를 어루만졌다. 가만히 손을 얹고 있었다는 게 더 맞을 것이라고, 현우헌은 정정했다.

동네 여자들은 아무데서나 젖을 물렸다. 그런 여자들은 예쁠 수가 없다고 그는 말했다. 어쨌거나 다리들. 밭을 매는 것으로는 생길 수 없는 근육을 가진 그 다리들. 자신과는 상관없는 일이라고 생각했다. 꼭 상관없는 일일까? 아닐지도 모른다고 생각하면 가슴이 뛰었다.

뺨을 맞은 순간을 잊지 못한다고 했다. 다리들 중 한 명에게 그가 물었던 것이다. 19홀은 어디에 있어요? 너는 큰소리로 웃는다. 현우헌도 웃는다. 그는 이제 안다. 대개의 골프장에는 18홀까지 있음을, 19홀이라는 것은 골프장에서 통용되는 진부한 성적 농담 중의 하나라는 것을, 그 농담은 주로 골프를 치러 온 남자들이 여자 캐디들에게 한다는 것을. 그때는 몰랐다. 그래서 맞았다. 안경이 바닥으로 떨어졌다. 현우헌의 안경이다. 수정 같은 눈이 드러났을 것이다. 그는 입을 다물 수 없었다. 어떤 말을 할 수 있는 것도 아니었다. 그런 외모를 가진 남자아이답지 않게 그가 순진하다는 것을 깨달은 그녀는 사과했다. 어쩔 줄 몰라했다. 그리고 그를 가졌다. 그의 위에서 그녀가 물었다. 처음인 거 맞아?

184

머리를 길렀고 안경을 벗었다. 그랬더니 아무도 몰랐던 남자가 거울 속에 있었다. 손을 내밀자 그는 현우헌의 손을 잡았다. 현우헌은 서울로 가기로 했다. 충무로 혹은 로데오 거리로 가야 한다는 것만 알았다. 애견 센터와 인쇄소 말고 충무로에 도대체 뭐가 있다는 것인지 알 수 없었다. 극장이 있기는 했다. 하지만 크다는 것 말고는 별다른 인상을 주지 못했다. 로데오 거리를 가려면 압구정역에서 내려야 한다는 것도 현우헌은 알고 있었다. 지하철을 갈아타지 않고 한 번에 갈 수 있다는 사실이 그의 마음을 다독였다. 그런데 로데오 거리는 어디로 가야 있는 걸까? 용기를 내서 물었으나 행인은 픽 웃고 말았다. 네? 라고 되묻는 사람도 있었다. '로데오 거리'라는 아르데코풍 현판이 압구정 근처에 세워지기 이전의 일이었다.

그러다 그녀의 차를 운전하게 되었다. 수중 정원이 있는 아시안 레스토랑에서 발레파킹을 하는 게 그가 서울에서 하게 된 두번째 일이었다. 그녀의 차는 파란색이었는데, 연베이지색 시트에는 좋은 향기가 배어 있었다. 레몬 향이 나는 싸구려 방향제 따위로 날 수 있는 냄새가 아니라는 것을 알 수 있었고, 그는 한숨을 쉬었다. 자신이 하루종일 남의 차를 움직여서 버는 돈을 모두 쓴다고 하더라도 가질 수 없는 향기라는 것을 알았기 때문이다.

그 냄새를 포함해 그녀는 그가 원하는 모든 것을 주었다. 그런 거래가 종종 한쪽이 원하지 않는 것을 받아야 하는 걸로 끝난다는 것을 모르지 않았지만, 자신만은 예외일 거라고 생각했다. 다른 사람들이 그러는 것처럼.

원하지 않던 것들도 알게 됐다. 그렇다고 흥미가 없었다는 말은 아니다. 좋은 버터가 중요한 이유라든가, 향수는 키스받고 싶은 곳에 뿌려야 한다는 거라든가, 아침마다 신문을 읽는 습관의 유익함에 대하여. 상상할 수조차 없었던 혀를 쓰는 방식과 상상력을 자극하는 체위들에 대해서도. 현우헌은 문명화된 색남이 되었다. 그는 절정에서 그녀의 호흡을 따라했다. 후우, 후우, 후우.

반하지 않았을 수도 있었을까? 담배를 손가락에 얹을 때의 절묘한 기울기라든가 그녀에게 어울리지 않는 어떤 미숙함 같은 것들에. 아무리 가르쳐줘도 그녀는 끝내 풍선껌을 불지 못했다. 그는 영원히 그녀가 풍선껌을 불지 못할 거라고 생각했다. 그리고 영원히 잊지 못할 거라고 생각했다. 실패할 때마다 터뜨리는 그녀의 파쇄적인 웃음을.

필연적으로 가슴이 아팠다. 그녀가 현우헌의 심장을 만졌으니까. 아니, 그가 그녀에게 꺼내주었는지도 모른다. 용왕에게 자발적으로 자신의 심장을 꺼내 바치는 토끼라도 되듯이. 그는 그랬다. 그럴 수밖에 없었다. 그가 가진 게 그것밖에 없었으니까.

그녀도 현우헌의 성공을 확신했을까? 이 정도까지 될 줄은 몰랐을 수도 있다. 그가 가졌던 대단한 운이란 예측의 범위를 벗어나는 것이었으니까. 뮤지컬 일도 그랬다. 다른 배우들이 강경하게 나왔던 것이다. 연극판에서 구른 것도 아니고, 심지어 아이돌도 아닌 그의 존재에 대해. 반대가 거세지자 그녀는 현우헌의 캐스팅을 접으려고 한다. 제작자이기는 해도 그녀 혼자 하는 일은 아니니까. 그때 그 일이 일어난다. 배우 두 명이 하차하게 되는 일이. 각각 음주운전과 도박으로. 그

다음은 우리가 아는 대로다.

그렇다. 어떤 여자들은 이렇게 남자를 다른 세상에다 데려다놓는다. 흔히 남자들이 여자들의 운명을 바꿀 수 있다고 생각하지만 그건 몰라서 하는 얘기다. 남자란 어떤 동물인가? 자기밖에 모르는 이기적인 동물 아닌가? 여권신장을 이룩하는 데 뭔가를 했다고 생각하는 극렬 페미니스트들은 부정하겠지만, 어쨌든 여자에게는 모성애라는 것이 있다. 그게 교육의 산물이라든가 사회화의 폐해라고 떠들어대도 어쩔 수 없다. 인간은 어쨌거나 동물이니까. 여자도 인간이고. 이 세상을 아주 끔찍하게 하지 않는 게 있다면 바로 이 모성애라는 것이다.

현우헌은 다행일지도 모르겠다고 말한다.

"초조했어요. 어느 날 모든 걸 들킬까봐. 가족을 버리다시피 했고, 그렇게 연기를 잘하지도 않고, 외모밖에 없는데 것도 이제 그저 그런 것 같고, 돈을 벌기는 했지만 돈을 쓰는 재미도 모르겠고."

그는 너를 본다.

"알아버렸습니다. 동료들과 선배들이 왜 그런 비행을 저지르는지. 마약이나 도박 같은 거 있잖아요. 그건 쾌락을 위한 일이 아니었어요."

"그게 아니면요?"

"더 큰 고통을 위한 거죠. 고통도 자극의 일종이니까요. 아주 강렬한 자극이죠. 이상했어요. 돈이라면 많은 사람들이 도박을 하니까요. 돈을 벌려고 하는 게 아니에요. 뭔가를 잃을지도 모른다는 절박하고 초조하고…… 그런 감정이 필요한 거예요."

너는 그를 본다. 안경이 콧등 아래에 걸쳐져 있다.

"고통을 자초한다는 거죠, 그러니까?"

너는 묻는다. 그는 고개를 끄덕인다.

"가슴이 터질 것 같은 기분이 어떤 건지 아세요? 인기가 주는 행복
감이 있어요. 처음에는 좋죠. 아주 좋아요. 그런데 계속 비현실적인
기분이 지속되는 거예요. 그 상황을 바꿀 필요가 있어요. 그러지 않는
다면 미치고 말 거예요. 현실감각은 사라져버리고. 아무것도 아닌 일
에 예민해지는 거죠."

"아무것도 아닌 일은 아니지 않습니까?"

아니오, 라고 말하며 그는 고개를 저었다.

"어떤 사람들에게는 훨씬 더 큰 일이 일어났으니까요." 이어서 말
했다. "저는 운이 좋은 편이죠. 많은 사람들이 죽었으니까요."

너는 안다. 현우헌이 연기하고 있다는 것을. 너는 알 수 없다. 현우
헌이 어떤 사람을 연기하는지. 꽤 괜찮은 연기라고 생각하면서도 그
게 끝내 누군지 알지 못한다.

나도 누군가를 죽게 했을까? 너는 생각한다. 너의 기사로 상처받
은 사람들을, 시체가 된 사람들을, 그 가족들로부터 받은 원망과 협
박의 편지를. 너는 자신의 일을 했을 뿐이다. 사십 년 가까이 그 일
을 하다보면 그런 일이 일어나기도 한다는 걸, 정말 사람들은 모를
까?

기자에게 윤리가 있다면, 기사를 쓰는 것, 이야기를 남기는 것이다.
기자란 좋은 사람이 아니다. 좋은 사람으로 살 수가 없다. 너는 갓 네
번째 결혼을 한 남자한테 이 결혼은 얼마나 유지될 것 같으냐고 물은
적도 있다. 짓궂고 재수 없을지도 모를 질문, 그걸 누군가가 해야 한

다면 그가 바로 기자다. 그게 저널리즘이고. 좋은 사람이 되는 건, 이 일을 그만두고 나서 생각하면 된다.

"그 자리에서 누군가가 나를 끌어내리기 전까지는 몰랐어요. 그 사람이 제가 될 수 있으리라는 걸요."

턱을 괸 채로, 그는 창밖을 바라보았다. 이보다 더 맑다고 할 수 없을 하늘을.

"더 신기한 게 뭔지 아세요? 제가 나쁘기만 한 건 아니라는 거예요. 지금 저는 최악이 아니에요."

너는 그가 무슨 말을 하려는 건지 알 수 없다.

"위에서 아래로 떨어질 때의 느낌, 굉장했어요. 제가 이런 일을 하지 않았다면 절대 알 수 없었을 거예요."

그는 희미하게 웃기까지 한다.

그 일이 없었더라면 어땠을까? 그는 점점 변했을 것이다. 다른 수많은 배우들이 그러하듯이. 갈수록 모호하게 말하고, 인기보다 예술이 중요하다며 폼을 잡고, 언제 드러날지 모르는 속임수를 쓰게 되었을 것이다. 잘 속일 수 있었을까? 틀림없이 실패했을 거라고 너는 생각한다. 실패는 누구에게나 예정되어 있는 것이니까.

대신 너는 이렇게 묻는다. 답을 듣고 싶어서는 아니다.

"이상하지요. 어느 날 인기를 줬다가 뺏어가니까요. 주는 사람과 뺏어가는 사람이 다르다고 생각하나요?"

현우헌은 말한다.

"사랑을 잃었을 때 불평할 수 있을까요? 네, 저는 그랬어요. 억울했고 복수도 하고 싶었어요. 할 수 있다면요. 그래요. 물론 억울한 일이죠. 하지만 아무것도 없었던 것보다는 낫지 않을까요? 이제는 압니다. 골프장에는 18홀까지 있다는 걸요. 그런데요. 19홀까지 있으면 안 됩니까?"

그가 진짜로 묻고 싶었던 것은 이런 말이었는지도 모른다. 스타의 일이란 이런 겁니다. 기자의 일이란 어떤 겁니까?

현우헌은 먼저 말한다.

"스타를 좋은 사람으로 만들어주는 건 팬들이에요. 얼굴을 알 수 없는 그 사람들이요."

그의 얼굴이 편안해진다. 그가 팬을 사랑하는 사람임을 너는 느낀다. 너에게는 그런 사람들이 없다. 팬 같은 게 있었더라면, 나도 저런 표정을 지을 수 있었을까?

너는 곧바로 대답하지 못한다. 지금이라면 할 수 있다. 아마도 이렇게 말할 것이다.

기자를 좋은 사람으로 만들어주는 건? 그런 건 없다. 기사를 쓰지 않을 때 좋은 사람이 될 수 있을까? 글쎄. 그때가 오면 아무도 관심이 없을 것이다. 새로운 스타가 태어나듯이, 그를 지지하거나 끌어내릴 새로운 기자 또한 출현할 테니까. 이게 너의 일이란 것이다.

너는 현우헌을 한번 더 만난다. 그가 죽기 열흘 전이었지만, 그때는 알지 못한다. 그가 열흘 후에 죽게 되리라는 것을. 그의 장례를 치르게 될 장례식장이 있는 그 병원의 특실에 환의를 입고 스냅백을 쓴 현우헌이 있다.

의사가 기적이라고 했다고 현우헌은 말한다. 오른쪽의 심장으로 사십 년 가까이 버텨온 것에 대하여. 그렇다. 현우헌의 심장은 오른쪽에 있었다. 남들은 왼쪽에 있는 심장이 그에게는 다른 쪽에 있었다는 말이다. 몇만 분의 일인 확률이라고 했다. 뭐 이게 대순가? 스타가 되는 건 그보다 더 희귀한 확률이다. 심장이 아닌 그의 다른 장기들은 다른 사람들과 같은 자리에 있었다. 그의 몸은 비정상적으로 유지되어온 셈이었다.

"그래서 그렇게 가슴이 아팠나봐요. 오른쪽 가슴이."

그는 왼손을 자신의 오른쪽 가슴 위에 가져다댄다. 너도 그를 따라 한다. 너는 너의 가슴에 손을 가져간다. 왼쪽에서, 거의 몸의 중앙에 가까운 왼쪽에서 심장박동이 느껴진다.

갑자기 이상한 질문이 하고 싶어진다. 어머니와 그녀 중에서 누가 더 보고 싶은지.

"누가 더 보고 싶으냐고요? 그녀요. 어머니는 또 용서해주실 테니까요."

너는 웃는다. 미소란 기분이 좋을 때만 짓는 게 아님을 너는 깨닫는다. 너도 너를 어쩔 수가 없다.

습관이 되어버린 일들이 있었다. 이렇게 묻는 게 그렇다. 두 개 중에 하나를 선택할 수밖에 없는 질문을 던지는 것이다. 어떤 것을 택하는지는 너의 관심사가 아니다. 머뭇거리는 태도가, 난처해하는 표정이, 덧붙이는 이유가 궁금하다.

이 이야기는 그가 심장을 기증하는 것으로 끝을 맺는다. 매니저는 현우헌의 유해가 묻히고 난 다음에야 그 사실을 세상에 알린다. 그의 심장은 오른쪽에 있었고, 이것은 몇만 명 중에 한 명 꼴로 나타나는 일이며, 그는 그 희귀한 심장을 기증했다고. 그러나 심장을 받을 사람이 없었다. 대개 사람의 심장은 왼쪽에 있었기 때문에. 그의 심장이 오른쪽에 있었다는 것이 얼마나 기이한 증상인지 회자되었고, 그 희귀함이 그의 특별함을 다시 한번 각인시켰다. 여론은 이렇게 정리됐다. 다르게 태어난 그는 그러므로 스타가 될 수밖에 없었다고, 때로 신은 가혹해서 그 '다른' 사람들을 빨리 데려간다고. 그는 죽는 순간에도 유니세프 홍보대사에 어울리는 삶을 살았다고. 매니저는 그것으로 자신의 임무를 마감했다.

너는 심장이 없어진 채로 누워 있을 그의 유해를 상상한다. 그리고 주인을 잃은 그의 심장에 대해. 현우헌의 심장은, 그가 누워 있던 병원의 흉부외과에 기증되었다. 영원의 용액에 담긴 그것은, 그 병원의 어떤 환자나 의사보다도 오래 살 것이다. 사라지지 않을 것이다.

현우헌은 말했다. 그 산장으로 여자들을 안내했을 때, 엘피판을 가졌을 때, 골프장의 여자들을 보았을 때, 그리고 그녀를 만났을 때, 스타덤에 올랐을 때 심장이 뛰던 일에 대하여. 밖으로 튀어나올 것 같던 자신의 심장에 대하여. 심장이 나빴기 때문만은 아니었을 거라고 했다. 그랬으면 좋겠다고 했다. 그리고 현우헌은 물었다.

"그런데 왼쪽은 왜 아팠을까요?"

어떤 기사에도 너를 만났다는 기록은 없다. 다행이라고 너는 생각한다. 꼭 그렇다고만 할 수 있을까? 그의 매니저는 그가 말년에 연락했던 사람들의 이름을 밝히고 고마움을 표했다. 덕분에 그가 마음의 안식을 찾은 채 눈을 감을 수 있었다고. 유명한 철학자와 한때 유명했던 정신과 의사, 역사소설을 쓴 베스트셀러 작가 등이 있었다. 네가 충분히 유명하지 않아서 그랬나? 아니면, 누가 될까봐 배려했는지도 모른다. 그는 기자의 일이라는 걸 이해하는 것 같았으니까.

너는 생각한다. 이 직업에서 이력을 쌓게 되면서 알게 되는 것들을. 일어날 일은 일어난다는 것. 그것은 일어났어야 할 일로 여겨졌으므로 충격적이지도 애잔하지도 않다. 일기예보란 틀리는 일이 더 많지 않나? 사람의 일이란 건 그렇지가 않다. 연예인들의 엑스파일을 만드는 것은 그래서다. 적게는 몇억에서 많게는 수백억이, 때로는 몇 사람의 목숨이 달린 일이니까. 당신이 그 자리에 있다면 죽어도 안 하겠다고 말할 수 있겠는가?

그에게는 사랑이란 게 있었다. 네가 그것을 보았다. 그 사진에 그것이 있었다. 우연히 그들이 함께 찍힌 사진 같았다. 그들은 스쳐지나가고 있는 중이었다. 등을 돌린 채 팔은 서로를 향해 뻗어 있었다. 손이 닿은 것 같기도 하고 아닌 것 같기도 했다. 사랑을 숨겨야 하는 자들의 얼굴에 나타나는 일종의 슬픔, 그 감미로운 슬픔은 그녀의 얼굴에도 있었다.

누가 누구의 인생을 동정할 수 있단 말인가. 현우헌 정도까지 올라가본 경험이 있는가? 추락하는 게 낫다, 추락할 데도 없는 인생보다는. 그는 수백만의 젊은 남자가 꿈꾸는 날들을 산 적이 있다. 어떤 여자들에게는 최고의 남자였으며, 부와 명성을 누렸다. 너는 하루도 그래본 적이 없다. 그런 인생을 살고 싶지는 않다고, 너는 말할 것이다.

또 누군가가 너를 만나자고 청한다. 돈을 잃었거나 명성을 잃었거나, 둘 다 잃었을 것이다. 만날 수밖에 없을 것이다. 왜? 거절할 이유가 없으니까. 그는 물을 것이다. "제가 어떻게 했어야 했을까요?"

결혼

원영을 만나고 나서 재신은 결심할 수 있었다.
성희롱범이 되기로.
이 사건에서 그가 선택할 수 있는 길은 두 가지밖에 없었다.
원영을 포기할 수 없다면
이쪽을 포기해야 한다는 것을 받아들이기로 했다.

파혼하기에 가장 부적절한 시간 같은 게 있다면 아마 지금일 거라고 결혼을 앞둔 사람들은 생각할 것이다. 그것은 항상 너무 늦게 벌어진다. 잘못된 결정처럼 여겨지기에 계속 미뤄진다. 재신에게도 그랬다. 주말에는 몇 주 전부터 예정된 일들이 기다리고 있었고, 원영과 함께 그것을 처리해야 했다. 누군가를 만나서 인사를 해야 했고, 식사로 이어지는 게 흔한 일이었으며, 물건들을 보러 다녀야 했다. 그들이 살게 될 집에는 차곡차곡 살림이 채워지고 있었다. 그들은 일개미처럼 작거나 크거나 한 물건들을 여러 곳에서 채집해 한 곳으로 계속 옮겨날랐다.

더 미룰 수는 없었다. 원영 같은 여자와의 파혼이 좋지 않은 결정이라는 걸 알았지만, 그러지 않는다면 더 큰 파국이 기다릴 것이다. 그는 파면될 것이기 때문이었다. 파면을 택하지 않는 방법도 있지만, 재신은 이쪽을 선택하기로 했다. 그편이 자신을 살게 하는 데 조금 더 나을 것이다. 안 될 일이었어. 파혼 후 파면되는 것과 파면 이후 파혼에 이르게 되는 것 사이에는 차이가 있었다. 파혼을 한 후 파면에 이른다면, 이 두 일은 개별적 사건이 될 수 있다. 그러지 못한다면, 두 일은 따로 존재할 수 없다. 재신은 자신을 지켜내야 했고, 원영 또한 최소한은 지켜줘야 했다. 그러기 위해서는 파혼뿐이었다. 징계위원회는 내일이었다.

재신과 원영은 초등학교 동창이었다. 계속 연락을 하고 지냈다거나 한쪽이 다른 한쪽을 마음에 품고 있던 사이는 아니었다. 원영을 만나기 전에 재신은 결혼 같은 걸 할 수 있다고 생각해본 적이 없었다. 그는 마흔에 가까운 나이였지만 삼십대 후반보다는 삼십대 초반으로 보였고, 여름에도 긴팔 와이셔츠를 입었다. 동료들은 그가 눈이 높거나 개인주의자겠거니 하면서도 간혹 재신에게 결혼 소식을 묻곤 했다.

재신이 꾼 꿈을 원영도 꿨다는 것을, 그들은 만나고 나서 알았다. 꿈에서 그는 명동서림에 있었다. 어린 재신은 그곳에서 많은 시간을 보냈다. 책가방 위에 주저앉아 밤늦게까지 만화책을 보아도 눈치를 주는 사람이 없었다. 명동서림은 그가 살았던 그 지방 소도시에 있을 법하지 않은, 제대로 된 오층짜리 건물이었다. 꿈을 꾼 다음날, 재신은 명동서림에 갔다. 명동서림은 여전히 그 자리에 있었다. 오층 건물은 여전했지만 이제는 일층과 이층만을 서점이 쓰고 있었다.

어느 중국 작가의 소설을 골랐다. 이름은 들어보았어도 읽고 싶다는 생각을 한 적이 없는 작가의 책이었다. 그럴 수밖에 없었다. 꿈에서 본 것처럼 서가에는 그 책이 두 권 꽂혀 있었고, 표지도 꿈에서 본 것과 비슷해 보였으니까. 재신은 그 책을 손에 쥔 채 주위를 둘러보았다. 그를 보고 있는 사람은 아무도 없었다. 『쌀』이라는 책이었다.

"종이봉투에 넣어주세요."

그 목소리는 원영의 것이었다. 재신은 그 말을 듣고 자신도 꿈에서 그렇게 말했다는 것을 떠올렸다. 원영의 손에도 『쌀』이 들려 있었다.

"저도요"라고 재신이 말하자 원영은 그를 뚫어져라 바라보았다. 불안한 눈빛이었다. 그들은 알았다. 상대가 자신에게 말하고 싶은 것이 있다는 것을.

"이 쌀이 어느 순간 정말 쌀로 변하지 않던가요?"

재신이 말했다.

원영은 웃었다. 그러고는 이렇게 대답했다.

"그런데 말이에요. 이 작가, 정말 작가처럼 안 생기지 않았어요? 책도 지루할 것 같잖아요."

결혼은 석 달 앞으로 다가와 있었다. 그들은 아파트를 구하자 어느 것보다도 먼저 두 권의 『쌀』을 가져다놓았다.

원영을 본 부모님이 흡족한 표정을 지을 때, 몸에 밴 그녀의 검약함이 드러날 때, 무엇보다 재신 자신이 그녀를 보고 있을 때, 그는 원영이 고마웠다. 가슴이 저릿저릿해지며 이상한 기분이 들기도 했다. 남들이 말하는 행복이 이런 건가. 좋아서 미칠 것 같지는 않았다. 봄볕이 내리는 잔디에 앉아 졸고 있는 기분에 가까웠다. 재신은 그녀를 보고 있으면 잠이 왔고, 그것은 꽤 좋은 징조 같았다. 지금 그녀는 가구점의 회색 소파에 몸을 파묻은 채로 재신을 보고 희미하게 웃고 있다. 그래. 파혼은, 옳지 않다. 파면은 있어도 파혼은 없다. 나는 이 결혼을 지켜내야 한다. 재신은 생각했다.

징계위원회에 출석하기 바랍니다. '알림'이라는 머리말이 붙은 메일의 첨부파일을 열자 본문에 있는 문장이었다. 이게 다였다. 날짜와 시각, 장소 정도가 명시되어 있을 뿐, 더 알 수 있는 것은 없었다. 재신은 메일이 잘못 전송될 수도 있다고 생각했다. 그러나 첨부된 문서에는 '전재신'이라는 그의 이름이 있었다.

메일을 보낸 행정처의 직원에게 문의해보았지만, 그는 메일을 보내라는 상부의 지시대로 했을 뿐 그 이상은 알지 못한다고 했다. 짐작되는 일은 없었다. 교내 물품을 조달하는 구매 부서에 있을 때 공대의 실험장비를 납품하는 업체로부터 과도한 접대를 받은 일이 떠올랐다. 여럿이 함께였고, 그 업체의 대표가 처장의 후배였으므로 어쩔 수 없는 일이기도 했다. 입학처에 있을 때 현금영수증을 처리하지 않고 상품권을 매입한 일도 떠올랐다. 돈의 출처를 알 수 없었지만 처장이 부탁한 일이므로 이 역시 할 수밖에 없었다. 이게 다였다.

남은 것은 성희롱 정도였다. 성희롱이라는 분야에 한해서는, 아니 땐 굴뚝에서도 연기가 날 수 있음을 배웠다. '추행'이니 '희롱'이니 하는 단어는 버젓이 교내 신문에 실렸고, 학생처 담당들은 학교 홈페이지 게시판에 수시로 올라오는 관련 글들을 처리하기에 바빴다.

신선생이 그나마 낫지 않나? 재신은 생각했다. 누군가와 함께 추문의 대상이 된다면 말이다. 그녀는 대학 본부가 있는 본관 사람 중 그나마 제대로 된 여자였다. 원영과 결혼이 진행되면서 그 상대가 신선생이었다 해도 나쁘지 않았을 거라는 생각을 한 적이 있다. 그렇지만 그녀 같은 여자가 나를 고발할 일이 없지 않은가. 재신은 다른 학교 사람들과 그랬던 것처럼, 신선생과도 따로 자리를 만든 적이 없었다.

징계위원회는 본관의 501호실에서 돌아오는 화요일에 열릴 예정이었다. 날짜는 메일을 받은 날로부터 일주일 후였다. 메일을 받은 날은 아무것도 하지 않았다. 멍한 상태로 몇 달 전의 일들을 하나하나 떠올렸다 지우기를 반복했다. 행정처의 직원에게 문의한 것은 메일을 받은 다음날이었다. 사람들이 자기를 괜히 흘깃거리는 듯한 기분이 들었다. 전화 사이로 들리는 여자 조교의 목소리가 전과 달리 쌀쌀맞게 느껴지기도 했다. 교직원 식당에서 점심을 먹는 내내 그의 옆자리가 비어 있다는 것도 신경이 쓰였다.

양배추를 넣은 왜된장국과 가지볶음을 남겼다. 교직원 식당에서 재신이 특히 좋아하는 반찬들이었다. 그는 교직원 식당에 만족해했고, 특식보다는 일반식을 택하곤 했다. 특식은 갈비탕이나 삼계탕, 스파게티 같은 일품요리였는데, 백반보다 천 원에서 이천 원 정도가 비쌌다. 재신은 그만한 값어치가 없는 일에 쓰는 돈은 천 원이라도 아까워하는 편이었다.

시간이 줄어들고 있었다. 마음이 급해졌다. 친절하게 소문을 전달해주는 사람은 없었다. 재신은 시간이 날 때면 문밖에서 담배를 피우고 있는 무리들 사이에 꼈다. 재신은 담배를 피우지 않았다. 선배 하나가 그의 어깨를 툭 치며 말했다.

"만지고 싶으면 차라리 때리지 그랬어."

재신 역시 그 말을 알고 있었다. 성희롱으로 학생에게 고발당한 경영대의 한 교수가 남긴 명언이었다. 징계위원회에 서기 격으로 참석한 한 교직원을 통해 알려진 말이었는데, 이 말이 교내에 퍼지자 그

교수는 그런 말을 한 적이 없다고 부인했다. 그 교수는 문제의 여학생
과 어떤 접촉도 없었다며 억울함을 호소했지만, 여학생과 주고받은
메일들이 증거로 제시되었다.

역시, 성희롱이었다. 이렇게라도 알게 된 데 대해 안도감이 들었다.
무슨 죄목으로 징계위원회에 회부되었는지도 모르고 출석할 뻔했으
니까. 온몸의 긴장이 풀리는 것 같았다.

"이거, 누군지 도무지 짐작이 안 간다는 얼굴이네? 한둘이 아니라
서 그런가?"

선배 옆에 있던 재신의 입사동기가 말했다. 심성이 악한 것보다 눈
치 없는 게 더 폐를 끼치는 일이라는 걸 잘 모르는 친구였다.

"너는 좀 상황 봐가며 하지. 좋냐?"

선배가 담배를 끄며 재신의 동기에게 말했다.

"전선생. 눈 높은 것 같더만. 얼마나 고르는지 아직 결혼도 안 했잖
아."

재신은 이것만은 다행이라고 생각했다. 이들은 내가 결혼하려고 한
다는 것을 몰라야 한다. 선배의 말에는 의도가 담긴 것 같았다. 다시,
재신의 동기가 끼어들었다.

"아우디로 출퇴근한다며? 스포츠카라며?"

재신은 학교 근처까지만 아우디를 몰고 왔다. 구설을 감수하며 교
내에 세울 용기는 없었으니까. 재신은 학교로부터 삼백 미터쯤 떨어
진 공영주차장에 월주차를 신청해 차를 세워두고 있었다. 그는 아직
까지 학교의 누구에게도 그 모습을 보인 적이 없다고 생각해왔다.

희미한 무엇이 점점 형체를 갖추어가고 있었다. 그때, 재신은 그것

이 무엇을 의미하는지 알지 못했다.

결국 소문은 재신 주변을 배회하다 그에게 되돌아왔다. 소문 안의 재신은 두 여자를 동시에 희롱한 파렴치범이었다. 아마도 징계위원회를 열리게 한 여자들은 그녀들일 것이었다. 누구인지 알 것 같았다. 자신의 차에 여자 둘을 태운 적이 있었다.

조교들이었다. 권미연과 박이경이거나 박미연과 권이경이거나. 이름마저 희미했다. 둘은 늘 붙어다녔다. 한쪽은 가슴이 컸고, 다른 한쪽은 키가 컸다. 가슴이 큰 쪽은, 자신의 신체적 특징을 군이 가리려 하지 않을뿐더러 대단한 매력으로 생각하고 있는지 늘 가슴에 시선이 갈 수밖에 없는 옷을 입고 다녔다. 둘 중의 누구도 재신의 주목을 끈 적이 없었다. 어쩌다 술을 한 번인가 마셨을 뿐이었다.

권미연, 엔터, 결과 없음. 박미연, 엔터, 결과 없음. 박이경, 엔터, 결과 없음. 권이경, 엔터, 결과 없음. 교내 홈페이지의 직원 검색 페이지에서 얻을 수 있는 것은 '결과 없음'이 다였다. 이상했다. '전재신'으로 검색하면, 부서명과 직통 전화번호, 그리고 그의 사진을 결과로 얻을 수 있었으니까. 인사 담당에게 물었더니, 둘 다 두 달 전에 그만두었다는 대답이 돌아왔다.

"사유를 알 수 있을까요?"

재신은 자신의 이름과 담당을 밝히지 않은 채 묻고 있었다.

"행정 조교가 재계약되지 않는 데 특별한 사유 같은 게 있어야 합니까? 계약 근무 형태가 바뀌어서 해당 업무에 적합한 인재를 다시 채용했을 뿐입니다. 그런데 어디시죠?"

인사 담당은 기계적으로 말했다.

재신은 수화기를 내려놓았다. 그리고 그가 했던 말을 곱씹었다. 형태? 해당? 인재? 재신도 아마 그런 식으로 말해왔을 것이다. 책임질 소지를 만들지 않으려고 애쓰면서도 어느 정도의 권위는 행사하려 했을 것이다.

'특별한 사유'가 없어도 재임용되지 않는 게 대학의 조교라는 자리였다. 계약이 연장되는 이들을 보면 여러 생각들이 들었다. 이들에게는 재계약되지 않는 조교들에 비해 미덕이라고 할 수 있을 만한 것들이 있었다. 말이 적었고, 크게 웃지 않았으며, 그렇다고 무표정한 것은 아니었고, 다른 사람들보다 밥을 늦게 먹지 않았다. 어떤 교직원은 이렇게 말하기까지 했다.

"머리가 나쁘면서 게으른 여자들이 할 수 있는 일이지."

특별히 거만한 사람이어서 이런 말을 했던 것은 아니었다. 교직원 사회에 깔린 정서라는 게 그랬으니까. 자기들끼리는 성姓 뒤에 '선생'을 붙여 불렀고, 조교들에게는 성 뒤에 '조교'를 붙였다.

재신이 보기에는 교직원이라는 직업도 조교와 별반 다르지 않았다. 머리가 좋다고 해서 능력을 발휘할 수 있는 일들이 주어지는 것도 아니었고, 무엇보다도 나서지 말아야 했다. 시키지 않은 일까지 하는 부지런함은 배척의 대상이 되었다.

"아, 그 레즈비언 커플? 겉으로는 그렇게 안 보였는데…… 하긴 담배도 피웠으니까."

동료는, 담배를 피우는 여자는 레즈비언일 수도 있다는 식으로 말하고 있었다. 재신은 기가 찼지만, 교직원 사회라는 데가 그런 곳이었다. 그는 이런 일들 때문에 자주 숨이 막혔고, 동료라는 사람들을 동료로 생각할 수가 없었다.

"레즈……비언요?"

재신은 반문했다. 궁금해서 그랬던 것은 아니다. 그는, 그녀들이 레즈비언이라는 것을 알고 있었다. 그녀들에게 직접 들었던 것이다. 재신은 눈을 감았다.

그 술자리에서였다. 그녀들은 자신들이 레즈비언이라는 게 알려지는 날에는 재신 때문인지 알겠다는 식의 농담을 했다. 하지만, 재신은 그녀들의 이름을 기억하지 못하는 것과 마찬가지로 그 사실 역시 잊었다. 그랬었다. 그에게는 어떤 충격도 주지 않은 말이었기 때문에.

"확실해요?"

그는 절망적인 기분이 되어서 다시 물었다.

"그럼, 다 알던데. 아마 전선생만 모르고 있을걸? 갑자기 그건 왜?"

레즈비언들을 성희롱한 남자, 그게 재신이 징계위원회에 회부된 이유인 것 같았다.

이 년이나 지난 일이었다. 모든 발단은 담배 때문이라고도 할 수 있었다.

피우는 것까지는 좋다. 그런데 그렇게 보란듯이 피워서 좋을 게 뭐가 있겠느냐. 아무도 이런 걸로 말하지 않는 것 같지만 다 보고 있다. 이런 식의 이야기를 재신이 듣게 되었던 것이다. 훈계하는 사람은 나이든 여자 교직원이었고, 훈계당하는 사람은 그녀들 중 하나였다. 미연과 이경, 둘 중 하나.

겨울이었고, 저녁 회식자리였고, 그들은 식당과 조금 떨어진 화장실 앞에서 마주서 있었다. 재신이 방금 나온 식당 안에서는 남자 교직원들이 담배를 피우며 술을 마시고 있었다. 그는 왠지 모르게 속이 뒤틀려서 그쪽으로 걸어갔다.

"추운데 여기서 뭐하세요?"

재신이 몸을 떨면서 물었다. 미연이거나 이경 중의 하나가 재신을 올려다보았다.

"들어갈 거야. 전선생, 먼저 들어가."

여자 교직원은 신경질적인 목소리로 말했다.

"담배 있어요? 저긴 다 독한 것밖에 없어서……"

"에쎄 라이튼데……"

그녀가 담배를 내밀었다.

"잘 됐네요. 나도 이것밖에 안 피는데."

미연이거나 이경이거나 그녀는, 재신이 담배를 피워본 적이 없다는 것을 알았다. 재신은 라이터를 갖고 있지도 않았고, 담배를 지나치게 깊숙이 입에 넣고 연기를 들이마셨다. 마시기만 하고 제대로 뱉지를 못했다.

세상에는 공짜가 없다. 그의 아버지가 입에 달고 사는 이 말을, 그는 교직원으로 살면서 절감하고 있었다. 교직원이 월급을 많이 받는 것은 그럴 만해서였다. 교수가 시키는 일을 해야 했고, 조교가 책임지지 못하는 일을 해야 했다. 과장이 아니라 구조적으로 그랬다. 아무리 승진한다고 해도 교직원은 교직원일 뿐이었다. 사십 년 가까이 교직원으로 일한, 교직원으로서 더 승진할 수 없을 때까지 승진한 송부처장은 갓 임용된 삼십대 후반의 여교수에게 무릎을 꿇고 앉아 술을 따랐다. 연봉과 권한은 교수에 못 미쳤지만, 교수 수준의 윤리를 요구받는 직업이기도 했다.

그래도 교직원만한 게 어디 있어. 동료들은 대기업에 다니는 친구나 선배 들이 만성 과로에 시달리는 이야기를 전하며 이런 식으로 자조하곤 했다. 그들한테는 자조가 아니었다. 시간이 지날수록 그들이 진심으로 자신들의 직업을 가진 걸 다행으로 여긴다는 것을 재신은 알게 되었다.

그렇게 벌어진 일이었다. 미연과 이경, 재신은 2차를 갔다. 재신은 미연이거나 이경 중 한 명이, 원래 그 회식자리에 있던 건지 아니면 전화를 받고 합류한 건지도 분명하게 기억나지 않았다.

꼭 십대 여자아이들 같군. 여자들은 별것 아닌 일에도 지나치게 웃는 경향이 있었다. 술을 마셔서 더한 것 같지만 원래 잘 웃는 여자들 같았다. 대화는 연애 이야기로 흘러갔다. 재신이 가장 지루해하는 화제였다. 연애 자체가 그렇다기보다 이런 자리에서 할 수 있는 연애 이야기라는 것은 뻔하다고 생각했으니까. 대학에 다닐 때 지겹게 듣기도 했었다. 자신의 경험담과 어디에선가 읽은 것들과 상상들이 불균형하게 버무려진, 그래서 누추해질 대로 누추해진 그런. 선배들은 그런 이야기를 할 때만 명랑해졌다.

"우리…… 진실게임해요."

재신은 저도 모르게 한숨이 나오려는 것을 참아야 했다. 그녀들은 기분이 좋았고, 취했다. 취해서 기분이 좋은 건지도 몰랐다.

"진실은 진실이고 게임은 게임이지, 진실과 게임을 동시에 할 수 있나요?"

그가 말했다. 정말 하고 싶지 않았으니까.

그녀들은 동시에 웃었고 누군가 말했다.

"멋지다, 이런 말. 나도 언젠가 써먹어야겠어요. 진실은 진실이고 게임은 게임이지……"

"당신 같은 사람이 왜 학교에 있어요?"

그녀 중 다른 하나가 물었다.

남들처럼 통속적인 이유에서였다. 업무 강도가 고되지 않은 것에 비해 어느 정도의 수입이 보장된다는. 그에게는 돈을 많이 벌 필사적인 이유가 없었다. 굳이 직업을 갖지 않아도 죽을 때까지 그럭저럭 살 수 있었다. 재신은 그의 부모들을 보면서 부모처럼 살지 말자고 거듭 결심했다.

재신의 부모는 열 채가 넘는 건물을 갖고 있었다. 그들은 일곱시면 집을 나서서 그들의 재산들을 순례하며 순찰했다. 경비가 졸고 있는지 살폈고, 계단을 오르내리며 소화기가 제대로 된 위치에 있는지 확인했고, 엘리베이터가 안전하게 운행되고 있는지 점검했다. 부모는 저녁 일곱시쯤에 집에 들어왔다. 그들은 간단히 저녁을 먹고는 대형 텔레비전을 한참 동안 보았다. 텔레비전에서는 수백 대의 방범 카메라가 쉬지 않고 그들이 소유한 건물들의 출입구, 비상구, 계단, 보일러실 등을 비췄다.

"나는 가난해요."

미연이거나 이경 중의 하나가 손가락을 뻗어 소주잔을 만지작거렸다.

"가난한 게 뭔데요?"

연애 이야기보다는 이편이 훨씬 흥미로웠다.

"부유하지 않으면 가난한 거예요."

그녀가 단정적으로 말했다.

나는 부유한가? 그런지 아닌지는 확신할 수 없었지만, 재신은 별로 필요한 게 없었다. 쇼핑이라고 할 만한 것은, 철이 바뀔 때마다 백화점에 가서 긴팔 셔츠를 두 벌쯤 사는 정도가 다였다.

뭔가 쇼핑한 물건을 집으로 갖고 들어오는 일은 죄를 짓는다는 기분이 들게 했다. 재신의 부모는 자신들에게 쓰는 것은 아까워했지만, 재신과 그의 누나에게는 그렇지 않았다. 좋은 물건은 그만큼의 값어치를 한다고, 재신의 어머니는 입버릇처럼 말했다. 그러면서 그녀는 홈쇼핑에서 산 나일론으로 된 남색과 검정색 바지를 무릎이 반질반질해지도록 입고 다녔다. 부모의 옷장에는 꽤 좋은 옷감으로 만들어진 옷들도 있었다. 그것들은 친지나 지인 들의 결혼식에 가려는 소유주의 몸에 잠시 입혀졌다 다시 옷장에 걸리곤 했다.

자동차를 산 것은 예외적인 일이었다. 차를 특별히 좋아하고, 차가 가진 미덕들에 민감한 사람이어서 아우디를 산 건 아니었다. 목돈을 지불하고 싶은 욕망이 들었고, 그래야만 했다. 그게 뭔지는 중요하지 않았다.

"그리고 직장을 잃게 되면 더 가난해지겠죠. 일단 방세를 못 내게 될 테니까."

그녀의 표정은 명랑하기만 해서 장난처럼 들렸다.

"마치 그 일을 기대하기라도 하는 것 같은 얼굴인데요?"

재신이 말했다.

"웃는다고 일어날 일이 안 일어나고, 운다고 일어나지 않을 일이 일어나는 건 아닐 테니까요."

"웃는 게 찌푸리는 것보다 낫기는 낫죠."

두 여자는 고개를 끄덕였다.

"우리 이제 비밀을 털어놓기로 해요."

다시, 진실게임을 하자고 여자 중 하나는 말하고 있었다.

그전에 술자리를 끝냈어야 한다고 재신은 후회한다.

"그러니까 진실게임 같은 걸 하자는 거죠?"

"전선생님 말을 듣고 마음을 바꿨어요. 진실과 게임은 어울리지 않는다면서요. 이를테면, 그냥 고백?"

고백이라. 이 진부하고 순진한 단어에 재신은 웃음이 났다. 비밀이거나 고백 같은 말들을 쓰는 사람 앞에서는 그랬다.

"여자랑 마지막으로 잔 게 언제에요?"

미연이 물었을 것이다.

"글쎄요."

정말 기억이 나지 않았다. 아득히 먼 일로 느껴졌다.

"미연씨는요?"

"오늘 아침이요."

"오늘 아침이요? 이경씨랑 같이 산다면서요?"

"네, 오늘 아침이요."

네, 하는 미연의 목소리에는 확신 같은 것이 있었다.

이유는 알 수 없었지만 재신의 무언가에 도전하고 있었다. 그는 이 자리가 불편한 이유를 그제야 알 것 같았다. 그 비밀을 털어놓기 위해서 진실게임 같은 게 필요했던 것임을. 그녀들은 자신들이 연인 사이라는 걸 털어놓기 위해 이 술자리를 만든 건지도 몰랐다.

"그러니까 우리는 모두 여자를 좋아하는 사람들인 거네요? 그런 거네요?"

이경이 말했다.

재신은 왜 그녀들이 자신을 상대로 이런 이야기를 하는지 알 수 없었다. 그는 그녀들이 자신의 무엇을 본 건지 궁금했다. 이런 고백을 듣고 있는 게 달갑지 않았다. 왜 내가 이들 사랑의 증인이 되어야 한다는 말인가. 그리고 두려웠다. 고백을 한 자들은 상대도 무언가를 고백해주길 바란다는 것을 재신은 알고 있었다.

"나는 또 두 분 중에 어느 분인가가 나를 좋아하는 줄 알고 긴장했어요."

재신은 난처한 표정을 지으며 이렇게 말했다. 이 정도쯤은 그녀들에게 과하지 않은 농담으로 느껴지길 바랐다. 그녀들은 웃음을 터뜨렸다.

"그럴 수도 있겠네요. 진실게임 같은 건 좋아하는 상대가 있을 때 주로 하는 거니까."

두 여자 중의 누군가가 말했다.

"진실이 뭐예요? 그런 게 있어요? 진실이라는 게 있는지 잘 모르겠어요."

"지금, 여기, 우리, 셋, 이 술을 마시고 있어요. 그리고 우리 모두 여자를 좋아해요. 이건 진실 아닌가요?"

"그런 건 사실이라고 하지 않아?"

그녀들은 어떻게 시작되었던 걸까? 자신에게 일어났던 일들을 떠올려봤지만 희미하기만 했다. 그래서 정말 그에게 일어난 일인 건지 아니면 상상의 일부인 건지 자신할 수 없었다.

"누가 먼저 고백했어요?"

그가 물었다. 재신도 고백이란 단어를 쓰고 있었다.

"얘가 나한테 베이비시터 해달라 했어요."

이경이었다.

"미연씨한테 아기가 있어요?"

그녀는 재신을 빤히 바라보았다.

"자기가 아기라는 거죠. 돈 줄 테니까 씻겨주고 옷 입혀주고 재워달라고."

"그러니까 돈 때문에?"

재신이 잔을 내밀며 이렇게 말했다. 여자들은 재신의 농담에 반응을 보였다.

이경이 화장실에 간 사이, 미연이 재신 옆에 앉았다. 그녀는 재신을 빤히 바라보았고, 그는 그녀를 바라보기 위해 애썼다. 미연이 아니라 이경인지도 몰랐다. 이경은 재신의 볼에 자신의 입술을 가져다대었다. 그러고 나서 그의 입술에 다시 자기 입술을 대고 눌렀다. 재신은 몽롱한 상태였지만, 그렇다고 촉감마저 느끼지 못하는 것은 아니었다.

이 년 전 일이었다. 그후, 따로 만난 적은 없었다. 교내에서 마주치면 가볍게 목례를 하거나 눈인사를 하는 정도였다.

　목요일이었다. 며칠째 잠을 거의 못 자 전신이 무기력했다. 여전히 화요일이거나 수요일이 끝나지 않고 있는 것 같았다. 자동차가 망가져 있는 것도 현실의 일로 느껴지지 않았다. 차 앞에 멈춰 서서 잠시 바라보았다. 날카로운 것으로 긁었는지 몸체와 문짝에 기다란 선이 나 있었고, 타이어 하나는 바람이 빠진 채였다. 그의 차에는 블랙박스가 없었다.

　재신은 보험회사 직원을 기다리면서 주위를 둘러보았다. 주차장은 그가 생각했던 것만큼 지대가 낮지 않았다. 주차장의 위쪽으로 언덕이 있어서 상대적으로 그렇게 보였다는 것을 알았다. 언덕이라기에는 높고 산이라기에는 낮은 그곳에는 연립주택들이 빽빽이 들어차 있었다. 집들과 집들은 사이라고 할 것 없이 붙어 있어서 옆집에서 샤워를 하면 물소리가 들릴 것 같았다.

　그녀들이 한 짓일까. 동네 아이들 장난일 수도 있다. 누가 장난을 이렇게까지 악의적으로 칠까 싶지만. 재신이 학교 사람 중에서 차에 태웠던 이들은 이경과 미연이 유일했다. 누가 이렇게 유치한 짓을 저질렀을까? 생각을 할수록 그럴 만한 행동을 했을 사람이 점점 늘어갔다. 그녀들일까? 주차장에는 보안 카메라가 없는 것 같았다. 재신은 헛웃음이 나왔다. 그렇게 지겨워하던 감시 카메라를 필요로 하는 순간이 올 줄이야.

　"정말 어떻게 시작이 된 거예요?"

　정말 궁금해서 그랬던 건 아니다. 일종의 예의이고, 배려였다. 그녀들이 가장 하고 싶었던 이야기일 테니까. 그리고 그녀들을 잠재워야 했다. 그녀들은 의례적이라고 할 만한 정도를 지나쳐 그의 차에 감탄하고 있었다. 그는 자신의 차에 그녀들을 태운 것을 후회했다. 재신은 고백 같은 것에 잠시나마 흔들렸던 자신을 책망했다. 이해 없는 동정심은 순식간에 사라진다.

"씻겨주고 싶은 몸이더라고요. 목욕탕 가면 그런 기분이 들 때가 있어요. 저 여자는 저런 몸이라서 참 좋겠구나. 자기가 얼마나 예쁜지 알기나 할까? 이런 생각을 하면서 계속 보고 있게 되는 거죠. 초록색 화살표를 따라가면서요."

"초록색 화살표?"

"타월이요. 때 타월. 타월을 손끝에 낀 여자의 팔을 따라가요. 목덜미를 만지다 등으로 갔다 가슴에 머물렀다 다시 목으로 이동하는 움직임을 바라봐요. 멍하게요."

이상하게 감동적인 데가 있었다. 재신은 모르는 여자의 몸이 눈앞에서 그려지는 것 같았다.

"늙은이 같애."

미연이 정적을 깼다.

"노인들이 그래?"

"아니, 늙은이. 노인이 다 그런 건 아냐. 그런 건 늙은이들만 그래. 젊은 몸을 음흉하게 바라보는. 왜 그러는지 모르겠어. 우리도 그렇게 될까?"

답을 구하는 물음은 아니었을 것이다.

"나한테만 그런 게 아니었어? 원래 여자를 좋아했네."

또 미연이 몸을 펴면서 말했다. 재신의 차는 이인승이어서, 그녀는 트렁크를 겸한 공간에 불편하게 앉아 있었다.

"여자를 좋아하니까 너를 좋아하는 거지."

"나는 나만 좋아하는 줄 알았어."

이제 미연은 거의 눕다시피 했다.

"여자들의 몸을 좋아한 거고. 너는 너니까 좋아하는 거야. 모르겠어?"

술을 마신 뒤라 몸에 열기가 가득했다. 차의 천장을 열었더니 그녀들은 더 소란스러워졌다. 재신은 피부의 감각에 집중하고 싶었다. 겨울의 한기가 머리카락을 타고 미끄러져 내렸다.

"이런 차로 데려다주면 여자들이 좋아하죠?"

"글쎄요."

정말 할말이 없었다. 그럴싸한 데이트를 하겠다고 차를 산 게 아니었으니까.

"모르는 척하지 마세요. 나는 왜 이런 차로 나를 기다려주는 사람이 없는 거지?"

미연은 거의 잠들 것 같은 목소리였다.

"아까 왜 물어봤었죠?"

"무슨……"

"진실게임 하자고요. 여자랑 마지막으로 잔 게 언제였는지……"

"갑자기 마음이 바뀌신 거예요?"

"난 남자가 좋아요."

재신이 말했다. 그녀들에게는 말해도 될 것 같았다. 아니 그녀들이 자기들이 연인이라고 그에게 말했을 때의 기분을 느껴보고 싶었다. 기대했던 것만큼 기분이 좋지는 않았다. 잠시 머리가 개운해지긴 했다. 차의 천장을 열리게 했던 순간처럼.

"그러니까, 우리 셋은 정말 같은 사람이었네요? 어쩐지."

이경이 조심스럽게 말했다.

"아니지. 전선생님은 남자를 좋아하신대잖아. 그런데 어떻게 우리랑 같아?"

미연이 반문했다.

"그래도 얼마나 다행이에요. 이런 이야기를 할 수 있다는 게. 이제 우리 자주 봐요, 네?"

다시 미연이 말했다. 감상적이고, 또 감상적이게.

재신은 생각했다. 어떻게 우리가 또 만나겠는가. 어쩌다 스친 것뿐이다. 하룻밤을 보낸 남자와 연락을 지속하지 않는 것과 비슷할지도 모르겠다고 생각했다.

금요일은 없는 날이나 마찬가지였다. 재신은 하루종일 잠만 잤다. 토요일은 혼자 시간을 보냈다. 잠을 자지는 않았지만 침대에 계속 누운 채로였다. 식욕도 없었고, 무엇을 해야겠다는 의욕이 생기지도 않았다. 일요일은 원영을 만나는 날이었다.

원영을 만나기 전까지만 해도 재신은 자신이 남자에게만 반응하는 사람이라고 생각했다. 그게 재신의 과거였다. 과거가 현재를 만드는 거라고 생각했었으므로, 그는 종종 자신의 현재가 믿기지 않았다. 여자를 좋아하게 되고, 여자의 몸에 반응하게 되고, 그 여자와 결혼까지

하려 하고 있다니. 재신은 이 어리둥절한 상태를 행복이라고 해야 하는지 알 수 없었다. 원영을 만난 이전의 재신과 그 이후의 재신은 달라진 게 별로 없었다. 남자를 만나고 있을 때 그러했던 것처럼, 원영과 사귀고 있는 것에 대해서도 아무도 몰랐다.

그는 몇 번씩이나 자신에게 물었다. 결혼을 결심하기 전에도, 결혼 날짜를 잡은 후에도. 나는 원영을 좋아하는가? 이용하려고 하는 게 아닌가? 결혼 같은 건 필요 없다고 생각했던 내가 왜 결혼을 하려고 하나? 혹시 여자와 결혼을 했었다는 사실이 필요한 건 아닌가? 그녀가 필요해서 좋아하는 건가? 좋아하기 때문에 필요한 걸까? 어떤 것도 분명히 대답할 수 없었다. 그러나 원영과 함께 있으면 기분이 좋았고, 그 상태가 오래 지속되었으면 좋겠다고 생각했다.

미연과 이경은 자신들이 같이 살고 있다고 공공연히 말하고 다녔다. 술자리를 하기 전에 재신이 알 정도였으니까. 그녀들에 대해 누군가와 말한 적이 없었다. 누군가가 그녀들을 화제로 올린 것도 기억나지 않는다. 가혹하게 말해, 그녀들은 어떤 화제의 대상이 될 만큼 눈에 띄는 여자들이 아니었다. 그런데 그녀들이 레즈비언인 게 소문난 것에 대해 왜 내가 책임을 져야 하는가. 그리고 성희롱. 나는 차라리 당한 편에 가까운데? 재신은 생각했다.

원영을 만나고 나서 재신은 결심할 수 있었다. 성희롱범이 되기로. 이 사건에서 그가 선택할 수 있는 길은 두 가지밖에 없었다. 원영을 포기할 수 없다면 이쪽을 포기해야 한다는 것을 받아들이기로 했다. 성희롱을 하지 않았음을 증명하거나 성희롱을 했음을 인정하거나. 성희롱을 하지 않았음을 증명한다는 것 자체가 말도 안 되는 일이라고 생각했다. 아무런 죄를 짓지 않은 사람에게 죄를 짓지 않았음을 증명하라면, 어떻게 증명할 수 있단 말인가.

그녀들이 바라는 것은 무엇일까. 재신이 자신의 성 정체성을 밝히면 모두 끝날 일이라는 것을 그녀들도 알고 있을 것이다. 그렇게 된다면, 오히려 그녀들을 무고죄로 고소할 수 있었다. 그렇게 해서 재신이 얻는 건, 성희롱을 하지 않았다는 사실뿐일 것이다. 그가 그렇게 하지 않으리라는 것을, 그렇게 할 수 없다는 것을 아는 것일까. 성희롱을 하지 않았다고 증명하거나 그것을 했다고 인정하거나, 그가 학교를 그만두어야 하는 것은 마찬가지였다. 이것을 바란 것일지도 모르겠다고 생각했다.

그녀들 안의 무엇인가가 그렇게 하도록 시켰을 것이다. 그날 밤, 그녀 중 하나가 재신에게 입을 맞췄던 것처럼. 그 이유들에 대해 영원히 이해할 수 없을 거라는 생각이 들었다. 재신은 부모와 비슷한 삶을 살게 될 것이다. 하루종일 건물들을 순례하고 돌아와 감시 카메라를 들여다보는 그런 삶. 그래도 원영이 곁에 있으면 좀 나을지도 모른다.

재신은 결심했다. 하지 않았지만, 했다고 할 수밖에 없음을. 부인보다 인정이 쉬웠다. 이편이 좀더 나았다.

해설 | 황현경(문학평론가)

앞뒤가 똑같은 너구리

1. 파란 알약의 세계

파란 알약을 삼키면 현실(reality)에 남고, 빨간 알약을 삼키면 실재 (the real)의 사막으로 간다. 영화 〈매트릭스〉의 세계다. 〈매트릭스〉라면 이제 너도나도 지겨우니 다른 건 말고 딱 하나만 묻자. 파란 알약을 골랐 다면 어땠을까. 실재의 스펙터클이 펼쳐지기 직전으로 돌아가보면, 수많 은 파티션으로 나뉜 공간에 앉아 "전체의 일부(part of a whole)"로 살 아가는 것이 회사원 네오의 현실이다. 사원의 몸에 보이지 않는 전선을 꽂아 노동력을 뽑아내는 게 회사라는 시스템 아닌가. 그런 건 빨간 알약 을 삼키고 흰 토끼를 따라 토끼굴로 내려가지 않아도 알 수 있다. 흔히 하 는 말로, 바로 그런 게 '현실'이다.

생각이 여기 미치면 〈매트릭스〉 시리즈가 거대한 농담처럼 보이기 도 한다. 혹시 저 빨간 알약의 화려한 세계는 미리부터 '로르샤흐 테 스트'(지젝)를 위해 마련된 건 아닐까. 모를 일이다. 다만 현실이니

실재니 하는 말들은 소설을 읽는 우리에게도 낯설지 않기에, 이러한 가정은 그 자체로 좀 불편하다. 우리가 알기로 좋은 소설은 현실을 잡아다 앉혀놓고 실재를 토해내게 한다. 그런데 반드시 실재가 깊숙이 숨겨져 있으리란 보장이 있는 걸까. 어쩌면 우리는 현실과의 진실게임에 너무 익숙해진 건지도 모르겠다. '네가 숨기고 있는 실재를 말하라.' 없다면, 아무런 실재도 숨기고 있지 않은 현실에 실재를 숨기고 있지 않음을 증명하라면, 어떻게 증명할 수 있단 말인가.

"아무런 죄를 짓지 않은 사람에게 죄를 짓지 않았음을 증명하라면, 어떻게 증명할 수 있단 말인가."(218쪽) 한은형의 첫 소설집 『어느 긴 여름의 너구리』의 「결혼」에서 가져온 문장이다. 이 문장이 상기시키는 것은 무죄추정의 원칙이다. 차차 살펴보겠지만 여기 여덟 편의 소설들은 하나같이 정교하게 설계되어 있다. 소설 속에는 '진실'을 묻는 이가 있고, 설계에 따라 소설 밖 우리도 무심결에 '진실'을 묻게 된다. 우리의 물음이 진실게임의 그것이 될 때, 곧 '진실'이 유죄추정하에 물어질 때, 작가가 파놓은 함정은 입을 벌린다. 이를 명심하며, 파란 알약을 삼키고 '너구리'를 따라가보자.

2. 연애의 전부는 '꼬리'에

『어느 긴 여름의 너구리』의 주요 인물 대부분은 연애중이거나 잊지 못할 연애를 경험했다. 연애에 대한 한은형의 관심은 가히 집요한 데가 있는바 결과적으로 이 소설들은 훌륭한 연애지침서이기도 하다. 지속의 여부로 연애의 성패를 가를 수 있다면 양 극단에 놓을 만한 작품은 「그레이하운드의 기원」과 「연인형 로봇」이지만, 가장 솔깃한 작품은 단연 「결혼」이다. 흔히 하는 말로, 결혼은 연애의 완성이라니까.

「결혼」에서 대학교 직원 재신은 이 년 전 술자리를 함께한 레즈비언 커플 미연과 이경으로부터 성희롱 피의자로 몰려 징계위원회에 회부된 처지다. 술김에 어쩌다 이경과 입을 맞추긴 했으나 저 또한 동성 연애자였던 그로서는 제 성적 정체성을 밝히면 파면을 면할 수도 있다. 하지만 "봄볕이 내리는 잔디에 앉아 졸고 있는 기분"(199쪽)을 느끼게 해준 여자 원영과의 결혼을 앞둔 그에게 이 선택은 가능하지 않다. 소설은 파면과 파혼 가운데 하나를 골라야 했던 재신이 파면을 택하며 끝난다. 온갖 고난과 역경에도 끝까지 공주를 지켜낸 왕자. 그들을 기다리는 것은 결혼이라는 해피 엔딩이다.

그런데 이상하지 않은가. 이 년이나 지난 일이 지금에서야 문제가 된다는 게 말이다. 더구나 징계위원회에 출석하라던 메일에는 어떠한 사유도 적혀 있지 않고, 저 둘이 고발자라는 재신과 우리의 추측도 소문에 기댄 것일 뿐이다. 분명한 '사실'만 다시 추리자면 이렇다. 「결혼」은 재신이 마침내 결혼을 결심하게 되는, 혹은 제 결심을 거듭 믿게再信 되는 이야기다. 열 채가 넘는 건물을 물려받을 이에게, 목돈을 지불하고 싶다며 아우디 스포츠카를 사는 이에게, 애초부터 파면이 뭐 그리 큰일일까. 아니 파면은 파면이고 결혼은 결혼이지, 파면이 아니라면 파혼이라는 선택지부터가 이상하지 않은가.

그러니 이 남자 과연 장가갈 수 있을까. 원영을 좋아하는지를 아직도 자문하고 있는 재신에게 남은 석 달은 상당히 길어 보인다. 스스로 물으면 "원영과 함께 있으면 기분이 좋았고, 그 상태가 오래 지속되었으면 좋겠다고 생각했다"(217쪽)라거나 "원영이 곁에 있으면 좀 나을지도 모른다"(218쪽)는 대답이 돌아오긴 하나, 그가 원하는 대답은 이런 게 아닐 테다. 답답하거나 뜨끔하다면 우리는 소설을 맞게 읽었다. 재신에게 해줄 만한 이야기는 이런 것이다. '너, 그게 좋아하는 거거든!'

비슷한 예가 여기 또 있다. 「연인형 로봇」의 D박사. 제목 그대로 연인형 로봇 '알파'가 등장하는 이 소설에서 그녀는 로봇의 이름을 지어야 하고, 언어기능을 점검해 보고서를 제출해야 한다. 로봇에 대한 온갖 SF적 클리셰들을 보란듯 내보이는 이 소설의 진행을 짐작하는 건 어렵지 않다. 알파는 잠자리를 포함한 연인의 모든 임무(!)를 충실히 수행할 것이며, 감정을 가지고 느끼기도 할 것이다. 이렇듯 인간이 될 수 없는 로봇의 고뇌와 로봇을 사랑하는 인간의 고뇌를 그려놓고, 그런 것쯤 훌쩍 뛰어넘는 위대한 사랑을 제시한다면 우리에게 익숙한 이야기가 된다.

「연인형 로봇」의 새드 엔딩은 이러한 진행을 살짝 비틀며 '왜'라는 질문을 던진다. 알파는 왜 떠나갔는가. 이는 소설의 서두에서 던져진 질문, 곧 연인과 애인이 어떻게 다른가와 연결되어 있다. 언어학자인 D박사는 고민했지만 우리는 안 그래도 된다. 당연히 같은 말이며, 한 글자씩 빌려서 '연애'다. 연애란 무엇인가. 상대를 아름답다 느끼고, 그를 점차 알아가다 어느새 닮기도 하는 것. 다름아닌 알파가 했던 그것이다. 그게 전부일 리 없다며 그 이상을 물으면 우리는 함정에 빠지게 된다. 거기에는 물론 D박사가 먼저 가 기다리고 있다.

D박사에게 알파는 '뮤즈'다. 뮤즈는 예술가를 사랑하지만 예술가는 뮤즈를 필요로 할 뿐, 하여 뮤즈의 사랑은 일방통행이다. 아니나다를까 그녀는 그의 완벽한 '성능'에도 담담했으며, 알아가면서도 닮지 못했다. 알파는 사랑받지 못했고, D박사는 사랑하지 못했다. 상대가 이런

식이라면 로봇이라도 견디기 힘들지 않을까. D박사를 탓하자는 것은 아니다. 알파의 모든 건 D박사로부터 왔으니, 그녀에게 알파를 닮는다는 것은 저를 닮는 것과 마찬가지였을 테니까. 이렇게 해도 저렇게 해도 결국 D박사는 저 자신과 연애하는 수밖에는 없었던 것이다. 우리도 아는바 상대가 아닌 저만을 사랑하는 이의 연애는 끝이 대개 이렇다.

저들이 제 마음과 하는 그것을 진실게임이라 부르자. 「결혼」이 문제삼듯 진실게임에서 발설되는 '진실'이라는 것은 차라리 '사실'에 가까운 것이다. 아니 그보다 먼저, "진실이 뭐예요? 그런 게 있어요?"(211쪽) 연애가 사실 층위에서 이루어지는 무언가라면, 사랑은 진실 층위에 감춰져 있을 거라 믿어지는 무언가다. 거기 진실이 있을 수도 없을 수도 있겠지만 연애에 그런 게 정말 중요한가. 파란 알약을 삼킨 우리는 파면이냐 파혼이냐, 연인이냐 애인이냐 하는 질문이 왜 필요한지가 도리어 궁금하다.

다시금 연애란 무엇인가. 모범적 사례라 할 수 있는 「그레이하운드의 기원」을 읽자. 여기 '나'의 남자친구 이름은 '기원'. 이름에서부터 한바탕 장난이 펼쳐질 거란 예감이 강하게 든다. 술을 마시면 바지에 오줌을 싸는 등 평소에도 "개 같은 데"(65쪽)가 있었던 기원은 어느 날 술자리에서 화자가 잠시 자리를 비운 사이 개로 변해버린다. 기원이 떠난 자리에 개가 나타난 것 아니냐고 물으려던 차, 소설은 카프카의 「변신」을 꺼내며 아니라는 분명한 암시를 준다. 하긴 벌레로도 변한다던데 개로 못 변할 건 또 뭔가.

소설에 따르면 개도 풀을 먹는다니 이 무슨 "개 풀 뜯어먹는 소리"(79쪽)냐고 묻진 마시고, 일단 한번 속는 셈 치고 이 연애의 형이하학을 마음껏 즐겨보시길. 최대한 빨리 바지를 내려 속살(!)을 내보이고 싶어했던 기원이라면 개가 되어 흔들어대는 그것이 그냥 꼬리는 아닐 테다.("반갑다고 흔들어대는 것이 내 꼬리가 아닌 것 같아/ 사랑은 아래부터 시작해 척추를 타고 올라온 거야", 검정치마, 〈강아지〉) 기원의 가슴에 달린 세번째 젖꼭지 '띵똥'을 '기원의 기원起源'처럼 여기더니 기어이 또다른 강아지로 현현시킨 '나'도 어지간하지 않은가. '나', 기원, '띵똥', 이들의 '쓰리썸'이 참으로 볼 만한 가운데, 기껏 꼬리나 흔들 줄 아는 남자의 연애와 그 기원을 기를 쓰고 찾아내는 여자의 연애가 조금 달라 보이기도 하지만, 나 또한 꼬리가 길어서 슬픈 짐승인지라 더는 모르겠다.

'나' 정도로 특출난 언어감각을 지닌 이라면 이런 연애도 가능한가 보다. '나'에게 기원은 "어느 면으로 보아도 기쁘게 예쁜 노랑 육각연필"이기도, "뻔뻔한 오줌싸개였고, 고장난 라디오였으며, 너무 커서 주머니에 넣고 다닐 수 없는 돌 문진"이기도, "단 하나뿐인 완전한 강아지"(67쪽)이기도 하다. D박사의 언어가 관념세계의 고귀한 언어였다면, '나'의 언어는 현실세계의 하찮은 언어다. 그럴 수밖에 없는 게 '연애는 현실'이니까. 그런 '나', 그리고 "고약하고 장난스러운 언어해체가" 기원. 요컨대 이들은 현실세계를 지배하는 대표적 규율인 언어를 새롭게 조합해 연애라는 새로운 현실을 만들어낼 줄 안다. 그러고 보면 '나'는 그레이하운드라는 종이 뭔지도 모르는 것 같지만, 그 새로운 세계에서 그런 건 문제도 아니다.[1] 남들은 모르는 둘만의 언

1) 그러므로 "하필이면 그레이하운드"(65쪽)일 이유가 없지 않으냐고 묻는다면 정확한 질문이다. '파면이냐 파혼이냐'(「결혼」), '연인이냐 애인이냐'(「연인형 로봇」)와 같이 결국 저 자신은 별다른 의미가 없다는 점에서 '그레이하운드'는 맥거핀

어가 통용되는 순간부터 그 연애는 '진짜'다.

그야말로 '진짜' 연애소설이다. 누군가는 사랑이라고 쓰고, 한은형은 연애라고 쓴다. 사랑이 뭔가. '발기'하는 거 아닌가. 이렇듯 연애의 속살을 적나라하게 까발리는 소설은 살과 살이 맞부딪치는 소설보다 훨씬 외설적인 법이다. 누군가는 기껏 연애냐고 묻고 싶을는지도 모르겠지만, 더도 말고 한 번만이라도 화끈하게 연애해본 이라면 그렇게 묻진 못하리라. 어떤 연애는 세계를 한없이 좁아지게 만든다. 이걸 아는 이상 우리는 이 유쾌한 형이하학에 동의할 수밖에 없다.

이런 소설을 쓰는 이가 더 넓은 현실로 눈을 돌리면 어떤 소설을 쓰게 되는 걸까. 짐작하건대 그 역시 파란 알약의 세계일 테고, 거기 '진실'을 물으면 그런 건 없으니 묻지도 말라거나, 여기 보이는 데 놓여 있으니 물을 것도 없지 않으냐는 답이 돌아오지 싶다. 그런데 한편으로 이런 말은 누구나 쉽게 할 수 있는 것이기도 하여 무책임의 소치인지 치열함의 귀결인지는 철저한 검증이 필요하다. 전자라면 그런 소설을 읽고 싶어하는 이는 아무도 없을 것이다.

3. 좌절한 이상주의자의 정원

한은형의 등단작은 2012년 문학동네신인상 수상작 「꼽추 미카엘의 일광욕」이다. 심사평을 살펴보면 '날것의 느낌이 없다'거나 '잘 짜였다'는 말들이 눈에 띈다. 가치판단을 제하면 이 둘은 같은 말이다. 앞선 소

(macguffin)이다. 이러한 속임수로 인해 읽는 이는 무의미한 질문 주위를 맴돌게 되고, 속았다는 것을 깨닫는 순간 무엇이 진정으로 의미 있는 것인가를 간절히 묻게 된다. 이러한 장치의 세련된 사용은 '소설공학'에 대한 한은형의 이해를 보여준다.

설들에서 확인했듯 한은형의 소설은 '진실'을 묻는 순간 묻는 이가 패배하게 되는 이상한 진실게임에 읽는 이를 참여시킨다. 이처럼 '설계'에 기반을 둔 소설들이라면 '작위'를 논하는 것은 소모적인 일이다. 차라리 '소설공학'적 아름다움까지를 한껏 즐기는 것이 합당한 독법이다.

이를테면 이런 식이다. 「꼽추 미카엘의 일광욕」은 "이 이야기는 내가 미카엘을 만난 그 짧았던 여름 저녁에 있었던 일이다."(9쪽)로 시작하여 "짧았던"을 "긴"으로 바꾼 문장을 다시 적으며 끝난다. '나'는 지인 K의 초대로 찾아간 J의 별장에서 기묘한 일들을 겪고, 결국 미카엘과 함께 그곳을 빠져나온다. 갈 때와 올 때의 길이 다르며, 나오던 길에는 미카엘의 이야기가 더해졌으니, 그 이야기가 '나'의 여름 저녁을 길었던 것으로 바꾼 셈이다. 미카엘은 고통을 이야기한다. J와 K에게 없는 것은 고통인 반면 미카엘의 매일은 연인의 부재가 빚어내는 고통으로 가득하다. 인간 존재의 밑바닥을 보여주는 별장에서의 일들이 고작 미카엘의 여자 이야기와 등가가 될 수 있는가 싶다가도, 누군가에게는 연애가 전부일 수 있음을 알게 된 우리는 이 과감한 저울질을 받아들일 수 있다.

그런데 얼핏 부족할 게 없어 보이는 저들이 고통을 원하는 이유는 무엇인가. 부유富裕하다못해 현실과는 동떨어진 곳을 부유浮游하고 있기 때문이다. 가령 누군가가 몸을 던지는 호수는 산 아래에 있고, J의 별장은 그와 멀리 그리고 높이 떨어진 곳에 있다. 그러나 '멀쩡한' 저들과 '꼽추' 미카엘 모두 피가 도는 인간이라는 점에서는 다를 바 없지 않은가. 하여 저들이 돈으로 사려고 하는 그것은 삶, 아니 생의 생생한 감각이다. 있는 이는 없었으면 하고 없는 이는 있었으면 하는 그것, 다름아닌 고통이야말로 생의 확실한 증거다.

「샌프란시스코 사우나」는 마치 「꼽추 미카엘의 일광욕」을 옆에 놓고 넘겨가며 쓴 것 같은 작품이다. 소설은 한국계 독일인인 '나' 본 킴(Bonn Kim)이 평양에서 '그녀'를 만났다 헤어지는 이야기를 담고 있다. 그녀를 교통경찰로 꾸며 회전교차로 한가운데 세워놓은 강렬한 설정만으로도 소설은 할 말을 다 한다. 본 킴의 생은 그녀 곁에서만 가능하며, 그런 그들 주변으로 세계는 빙글빙글 헤매돌다 길 잃는다. 본 킴의 고향은 하룻밤 사이에 서독에서 통일 독일로 바뀌고, 동독에 있어야 할 핀란드 사우나는 평양에 놓이며, 바로 그 평양의 극장에서는 뉴욕 필하모닉이 신세계 교향곡을 연주한다. 제 갈 곳 잃은 저 세계 한가운데 잠시나마 그들이 함께 있었다.

한마디로 줄여보자면 이렇다. "애정은 세계를 이해할 수 있게 한다."(98쪽) 세계의 진실을 알게 된다는 것이 아니라 부유하는 그 세계에 영원불변의 진실 따윈 없음을 알게 된다는 것이다. 거기 그들이 함께 있었다는 것, 이것만이 유일한 '사실'이다. 여기까지 오면 우리는 이 작가가 어째서 연애에 그렇게까지 집요한 관심을 보였는지를 알게 된다. 그 바깥에 아무것도 없어서다. 그러나 살펴보았듯 연애에도 그 이상은 없지 않은가. 그럴 때 연애와 생은 유비관계에 있다 해도 될까. 연애하는 이들에게는 연애뿐, 살아가는 이들에게는 생뿐.

그렇다면 평양의 극장에서 앙코르로 연주된 레너드 번스타인의 〈캔디드〉는 소설 전체의 배경음악이라 해도 좋겠다. 곡의 모티프가 된 볼테르의 『캉디드』는 낙관주의(optimism)도 비관주의(pessimism)도 부정하는 소설이다. 그런 것들이 정말로 중요하다면 본 킴의 아버지가 사랑에 빠진 동베를린 출신 여자나 본 킴의 그녀 모두 정말로 "미친 빨갱이"에 불과한 건지도 모르지만, 정작 생이 있는 그곳은 저 부유하는 기표들과 형이상학적 주의(-ism)들 한참 아래다. 『캉디드』의 마지막 대사처럼 가장 낮은 곳에서 정원을 가꾸는 게 할 수 있는 전부다. '현실주의(realism)'라는 말을 붙일 수도 있겠으나 그마저도 너무 높다.

여전히 우리의 관심은 태도다. 세계가 껍데기뿐이라는 애석한 사실을 전하는 작가의 태도. 기대와는 달리 그것은 심드렁하고, 언뜻 무책임한 것도 같다. 볼테르, 정확히는 『캉디드』의 팡글로스식으로 말하자면 모든 것이 필연적으로 연결되어 있으며, 이미 최선을 위해 조합이 끝난 상태이기 때문일 것이다. 팡글로스와 같은 낙관론자에게는 '최선'이란 말이 유독 달콤하게 다가왔던 모양이나, 한은형은 '필연'이라든지 '끝난 상태'라는 말에 밑줄을 긋고 있는 듯하다. 지금 그렇게 되어버린 일들은 다 이유가 있어서 그렇게 된 것일 테지만, 그 이유가 무엇이든 그렇게 되어버렸다는 것만은 변하지 않는다고 말하고 싶은 것이리라.[2]

참으로, 모든 게 미리 다 결정되어 있을 때 '현실'적으로 우리가 할

---

2) 한은형 문장의 독특한 리듬을 이와 관련하여 이해할 수도 있겠다. 예컨대 '나/너/그(그녀)는 ~했다'가 먼저, '~때문에'가 나중에 놓이는 식의 문장들을 이름이다. 결과가 원인에 앞서는 이러한 문장 구성은 결정론적 세계관에 특화된 것이다. 그 자체로 D박사의 연애에 대한 '보고서'이기도 한 「연인형 로봇」, 배경을 의도적으로 흐릿하게 처리해 '여기'가 아닌 듯한 공간을 만들어낸 「꼽추 미카엘의 일광욕」, 한국어가 도리어 외국어인 일인칭 화자가 서술하는 「샌프란시스코 사우나」 등의 작품에 이러한 문장은 안성맞춤이긴 하나, 그 생경함이 누군가에게는 불편함이 될 수도 있을 것 같다.

수 있는 일은 없다. 현우헌이라는 이가 밑바닥에서 당대 최고 스타의 자리에까지 올라갔다가 다시 추락하는 이야기인 「기자의 일」을 보라. 제가 한 일은 없다. 그의 진가를 알아본 한 여인이 끌어올렸으며, '기자의 일'을 했을 뿐인 이들이 끌어내렸다. 주목할 것은 "그녀가 아니더라도"(179쪽), "그가 문제삼지 않았더라면"(180쪽) 등의 가정이다. 그녀에 의해 비상한 그에게, 문제삼는 바람에 추락한 그에게, 이런 가정은 의미가 없다. "어쩔 수 없는 일"(172쪽)이다. 현우헌은 '너'에게 묻고 또 묻는다. "제가 어떻게 했어야 했을까요?"(177쪽) '너'의 대답은 많다. "잊는 게 최선" "그냥 지켜보는 것" "초연" "무심" "무시" "전략적 후퇴" "인정" "겸손"(180~181쪽) 등이 그것이다.

그런데 이 모든 일의 발단은 현우헌의 "동경"(173쪽)인바 만사무심했다면 일어나지 않을 일 아닌가. 소설 속 '너'를 따라 소설 밖 '너' 곧 우리 역시 그렇게 말하고 싶기도 하나, 사실은 그것이야말로 무책임한 태도다. "누가 누구의 인생을 동정할 수 있단 말인가."(193쪽) 심장을 오른쪽에 가지고 태어난 그가 왼쪽 가슴에도 고통을 느꼈다면 그것은 다만 육체의 고통만은 아닐 것이다.[3] 그는 목숨을 담보 잡히고 생의 증거인 고통을 얻었다. 고통일지언정, 생을 허락받으려거든 먼저 (미카엘이나 본 킴처럼) 생 혹은 (현우헌처럼) 삶 중 적어도 하

---

3) 현우헌의 이름이 그냥 지어진 게 아니라는 것을 적어둔다. 처음부터 끝까지 그는 한결같았고, 그를 둘러싼 상황이 조금(!) 변했을 따름이다. '우'를 가운데에 놓고 '현'과 '헌'이라는 한끝 차이의 글자를 양쪽에 둔 것은 이 때문이다. 또는 그의 고통은 양쪽 가슴 모두에 있되 그 성격은 조금 다르므로 한쪽이 '현', 다른 한쪽이 '헌'이라고 볼 수도 있다. 그렇다면 '우'는 '우又'일 수도, 생긴 그대로 사람의 형상일 수도 있다. 무엇이든 간에 이런 걸 아무렇게나 쓰는 작가는 없다.

나는 '동경'해야 한다.

이제 튀니지의 사막으로 로고를 만나러 갈 때다. 한때는 혁명 영웅이었다가, 이십여 년 만에 다시 혁명이 일어나자 제가 태어난 사막으로 쫓기듯 돌아갔던 이. 「붉은 펠트 모자」는 이십삼 년간의 독재정권을 무너뜨린 아프리카 튀니지의 '재스민 혁명'을 배경으로 그 한가운데에 놓인 로고라는 인물을 조명하고 있다. 역사의 큰 물줄기에 이리저리 휩쓸린 인물을 그려내는 것이 더는 새로울 게 없다고 할 수도 있겠지만, 이 소설이 묻고 있는 것은 도리어 '휩쓸렸다'는 말이 정당한가이다.

이를 위해 마련된 이들이 한국 정부에서 파견된 '나'와 신 참사관이라는 인물이다. 신 참사관은 "한국의 평화를 위해 일"하고 있음에 자부심을 가진 이라는 점에서 "나는 나를 위해서 일"(120~121쪽)한다던 로고와는 정반대에 놓이며, '나'는 저 둘 사이에서 특히 로고라는 인물의 복잡한 내면을 읽어내어 독자에게 전달하는 역할을 맡는다. '나'가 들려주는바 제가 쟁취한 지위의 특권을 만끽하는 신 참사관과 달리 로고는 모든 것이 그저 '운'이었다 말하는 이다. 이 말은 그대로 믿어도 좋을 것 같다. 우리의 맥락에서라면 '삶'은 '운'일 뿐이니까.

여러 지점이 있지만 가장 선명한 것은 '세속'과 '신'이다. 세속적 인간인 신 참사관이 있고, 좀처럼 세속을 이해하지 못하는 '나'가 있으며, '신자'인 로고가 있다. 로고가 믿는 신은 알라만이 아니다. "우리의 신은 유일신이라지만 각자의 신은 다르게 생겼어. 인간은 조금씩 섬세하게 다르니까."(130쪽) 남들이 말하는 세속에는 혁명과 반동, 승자와 패자가 있다. 우리에겐 이게 비정해 보여도 로고라면 다르지 않았을까. 그러고 보니 그는 언젠가부터 "맛있는 물을 달라"(133쪽)고 기도 했고, 마침내 그것은 이루어졌다. 세속의 '운'은 그를 이곳저곳으로 옮겨놓았지만 '나를 위해 일한다'던 그에게, 맛있는 물을 되찾은 그에게, 애초부터 그런 건 어찌 되어도 상관없는 일 아니었을까.

그럴 것이다. 삼십여 년 전 로고는 도시로 들어오며 남들 다 쓰고 다니던 '붉은 펠트 모자'를 샀다. 체치아라는 이름의 그 모자는 로고에게 있어 세속의 입장권이나 다름없는 것이었다. 하지만 쿠데타 세력의 공신으로 프랑스 유학길에 오른 로고는 그 모자가 "북아프리카인들이 생각하는 유럽식이라는 것을" "우스꽝스러운 가짜라는 것을"(135쪽) 알게 된다. 로고에게 이백이 그러했듯, 세속의 문법이 가짜이며 "이 세상이 커다란 꿈같다"는 것을 알아버린 이라면 "어찌 수고를 하겠느냐며 종일 취"해버리는 일은 오히려 쉬울 것이다. "내내 취해 있다는 게 싫"다며 "아무것도 하지 않을 수는 없"기에 하는 것.(132쪽) 이는 치열하게 좌절한 이상주의자의 태도다.

우리가 본 것은 역사에 휩쓸린 이의 초라한 패배가 아닌 자기 앞의 생을 살아낸 이의 위대한 승리다. 성공한 자의 실패가 아닌 실패한 자의 성공이다. 각자의 생에 있어 생 그 이상의 진실은 없으며, 삶은 그렇게 살아낸 생의 궤적일 따름이다. 성공이니 삶이니 하는 말도 버리는 게 낫겠다. 저들은 눈앞의 현실을 살았을 뿐이고, 그것밖에는 할 수 없었으니 말이다. 사랑이든 삶이든, 그게 전부다.

4. 소설 안/못 쓰는 소설가

그게 전부라면 소설가는 무엇을 할 수 있는가. 눈앞의 현실만 있는 그대로 옮기면 되는가. 이 맥락에서 쉽게 떠올릴 수 있는 것은 '리얼리즘(realism)'이다. 총체성을 전제로 하는 문예 사조상의 리얼리즘보다야 있는 그대로를 그려낸다는 의미에서 '사실주의'로 번역되는 리얼리즘이 더 어울리겠으나, 관찰자의 밝은 눈을 필요로 한다는 점에서 한결같은 둘을 지금 나눌 필요는 없겠다. 질문은 이것. 그렇게 만들어진 소설이 과연 정직한가. 보는 이의 눈을 통과한 현실이 날것의 현실 그대로 옮겨질 수 있는가. 언어화된 그것은 원래의 그것과는 다른 것 아닌가. 이상주의자라면 다른 대답이 있을지도 모르겠다. 한은형의 대답은 정직하다. 같을 수가 없다.

「어느 긴 여름의 너구리」의 주인공 '그녀'는 십 년 전 여름을 회상한다. 그 여름 소설가를 지망하던 그녀에게 어느 치과 의사로부터 수상한 아르바이트 제안이 온다. 내용인즉 자신이 마스터베이션을 하는 것을 지켜보며 글을 써달라는 것. 이 계약은 그녀가 '그 일'이 행해지던 호텔 방에 먼저 들어가 욕조에 몸을 누인 그날, 마스터베이션에 실패한 그 앞에서 글을 쓰지 못하고 울어버린 그날을 끝으로 파기된다. 그리고 그녀는 소설가가 되지 못했다.

반드시 소설가가 등장해서가 아니라 '그 일'이 행해지는 장면만으로도 이것은 소설쓰기에 대한 소설이다. 그가 보여주고 싶어하던 것은 마스터베이션이었으나 정작 "그녀는 그의 것을 제대로 본 적이 없었다". 정액이 분출되는 그의 성기가 보일 듯 보이지 않으니 "제대로 본 적이 없었다"고 할 수밖에. 하여 그녀는 "마스터베이션을 한 게 그가 아니라 자신인 것 같다는 생각이 들었다".(53쪽) 눈앞에서 행해지는 무언가도 제대로 보지 못하며 썼기 때문이다.

이 압축된 장면을 통해 글 쓰는 이의 곤궁을 짐작해볼 수 있다. 진정 마스터베이션을 '보고' 쓴다고 하려면 '그의 것'을 봐야 한다. 마지막날 그녀는 "나를 봐주었으면 좋겠어요"(58쪽)라는 그의 말에 울음을 터뜨렸으나, 잔인하게도 우리는 그녀에게 단 한 번만이라도 본 적이 있었느냐고 물을 수 있다. 마스터베이션도 그라는 사람도, 제대로 한 번이라도 본 적이 있는가. 그렇게 쓴 글이야말로 "자신만의, 자신만에 의한, 자신만을 위한 순간적이고 덧없는 위안에 불과"(43쪽)한 것 아닌가. 그럴지도 모르겠다. 소설가가 보고 싶은 것은 대상의 정확한 앞면이거나 숨겨진 이면이거늘, 어떤 것도 제대로 볼 수 없을 때 그렇게 쓴 글 역시 아무것도 아닌지 모른다.

그러나 이런 문장. "언제쯤 그 일에 대해 쓸 수 있을까. 그녀는 가끔 생각했다."(61쪽) 그리고 그녀. 아직은 아니라고, 여전히 그에 대해 아는 게 없다고 생각하며 쓰지 않는 그녀. 쓸 수 없다는 것까지 모르지는 않는데, 그래서 쓰지 않는데, 이를 실패로만 볼 수 있을까. 없을 것이다. 쓰는 데 성공하면 이해했다고 오해하게 되지만, 쓰는 데 실패하면 이해는 못해도 오해는 안 하게 된다. 제 쓰기가, 그 오해의 글쓰기가 부끄러웠던 그녀의 여름은 아직도 끝나지 않았다. 길고 긴 여름이다.

이토록 오래 부끄러워하는 소설가에게 더는 잔인하게 굴지 말자. 앞에서 보나 뒤에서 보나 별반 다를 바 없는, 앞면이 뒷면이고 뒷면이 앞면인 너구리상像처럼 '더' 볼 수 없는 무언가가 있는 법이다. 게다가 서 있는 그곳에서 본 꼬리의 방향이 반대편에서는 또 다르게 보일 테니 '다' 볼 수도 없는 노릇이다. 더도 다도 볼 수 없는 대상에 대해서라면 그 어떤 재현도 실패하게 마련 아닌가. 그렇게 쓰인 소설이 더 본 듯 다 본 듯 자부한다면 그것이야말로 거짓말 아닌가.

그렇다면 한은형의 '설계'는 단순히 지적 유희만을 위한 게 아닐 수도 있겠다. 보이는 게 전부임을 말하고 싶은 것이 아니라 더, 다 보는 게 가능하냐고 묻고 싶은 것일 수도 있겠다. 혹은 더도 다도 못 본 채 무언가를 쓰긴 썼으니 그게 도대체 어떻게 쓰인 것인지 저도 궁금한 건지도 모르겠다. 그러한 쓰기의 '진실'에 대해서라면 우리에게도 명쾌한 대답은 없다. 다만 쓰인 그것이 원래의 그것과 같을 수는 없어도 원래의 그것에서 왔다는 것만은 틀림없는 '사실'이라고 답할 수는 있겠다. 예컨대 "프렌치 레볼루션"은 프랑스혁명에서 왔고, "프렌치 키스"는 "프렌치 레볼루션"(47쪽)에서 왔다. 쓰인 글은 이런 식으로 대상으로부터 한없이 유리된다. 그런데도 쓰려거든 이를 감수하는 수밖에 없다. 한은형은 이것을 알고 있고, 그렇게 쓰고 있다. 이것이 파란 알약의 세계를 그리는 이의 마땅한 태도다.

지젝을 따라 바다 저편에서 십몇 년 거슬러갈 것도 없이, 우리에게 실재가 저 스스로 현실을 찢고 머리를 내미는 모습은 이제 낯설지 않다. 그럴 때 "어느 쪽을 앞이라고 하고 어느 쪽을 뒤라고 해야"(49쪽) 할까. 알 수 없으니 단지 보이는 쪽에서 본 것을 제 식대로 쓸 뿐. 여기 여덟 편은 그렇게 쓰인 정직한 소설들이다. 우리는 그 정직함이 치열함의 귀결이라는 것도 안다. 현실을 충실히 재현하는 것도, 그로부터 실재를 끌어내는 것도 아닌 그런 것을 어떻게 소설이라고 할 수 있겠느냐고 묻는다면, 좋다. 이것들을 그냥 소설이 아니라고 하자. 소설은 많다. 그러니 이 소설가에게는 다른 것을 기대해보고 싶다.

작가의 말

원고를 정리하다가 여름이 배경인 소설을 많이도 썼다는 것을 알게 되었다. 왜 그랬을까? 한때 여름은 내게 견딜 수 없이 끔찍한 무엇과 비슷한 무엇이었던 것인데. 여기 있는 글들은 내가 지나온 두 해의 여름이기도 하다. 그래서 이 책의 제목은 '어느 긴 여름의 너구리'가 되었다.

대단할 것 없는 이야기다. 서로 연결되지 않는 것들을 연결하려 했고, 인과가 희박한 것들끼리 짝지으려 했다. 어떤 특정한 원인이 결과를 보장하는 게 아니기 때문이다. 그리고 인생은, 연속적이지 않다.

방치와 우연, 농담과 무관심, 유치함과 저속함, '미친' 생각들, 비경제적인 장면들, 엇박자 대화들… 내가 이런 것에 끌리는 사람이라서 그럴 것이다. 프렌치 레볼루션과 프렌치 키스 사이의 간극, 의젓한 초목, 맥락 없이 뿜어져나오는 스프링클러, 사철나무 잎에 반사되는 미약한 봄빛 같은 것들. 이 단어들의 기이한 친화력에 우정을 느낀다.

글을 쓴다는 건 정말이지 기쁘고 또 기쁜 일이다. 읽고 쓴다는 건, 인간으로서 누릴 수 있는 최상의 열락이라고 생각한다. 내가 아는 한 완전한 행복 같은 게 있다면 바로 그때뿐이다. 비논리적이고 불완전한 아름다움의 세계는 어쩌면 그렇게 완전한가. 책에서 빠져나오면 인생은 피곤하고, 일상은 지루하고, 사랑은 쓸쓸하다. 그러니 소설로 달아나게 해주는 이 삶을 내가 어찌 사랑하지 않을 수 있겠는가.

비정형의 덩어리 비슷한 것이었을 뿐인 이 글을 어엿한 책으로 만들어준 모든 분들께, 그 다정한 마음들에게 감사를 전한다. 편파적인 열정을 쏟아준 나의 사람들과 굉음을 내던 여름밤에게도.

내가 실수로부터 깨닫는 바가 없는 사람이라는 걸 깨닫는다. 나도 나를 어쩔 수 없다. 나의 우매함을. 언제까지고 그러고 싶다. 책망을 책망할 것이고 반성을 반성할 것이다. 이것이 내 윤리이자 태도다.

가벼운 것이 담긴 무거운 상자였으면 했는데, 무거운 것이 담긴 가벼운 상자인 건지도 모르겠다. 어떤 '주의'도 '주장'도 '이즘'도 없는 이 글이 무엇이 될 수 있을까? 다만 읽는 분들이 기쁨과 열기를 느낄 수 있다면 좋겠다. 수수한 꽃다발을 내민다.

2015년 봄
한은형

| 수록 작품 발표 지면 |

꼽추 미카엘의 일광욕 ⋯ 『문학동네』 2012년 가을호

어느 긴 여름의 너구리 ⋯ 『문학동네』 2013년 여름호

그레이하운드의 기원 ⋯ 〈문장웹진〉 2013년 3월호

샌프란시스코 사우나 ⋯ 미발표작

붉은 펠트 모자 ⋯ 테마소설집 『도시와 나』(바람, 2013)

연인형 로봇 ⋯ 국립국어원 웹진 〈쉼표, 마침표.〉 2014년 6월호

기자의 일 ⋯ 『문학들』 2014년 봄호(발표 당시 제목 「두 개의 심장」)

결혼 ⋯ 『황해문화』 2013년 봄호

문학동네 소설
어느 긴 여름의 너구리
ⓒ한은형 2015

1판 1쇄 2015년 5월 21일
1판 2쇄 2015년 9월 4일

지은이 한은형
펴낸이 강병선
책임편집 이경록 | 편집 곽유경 염현숙
디자인 김선미 유현아 | 마케팅 정민호 나해진 이동엽 김철민
홍보 김희숙 김상만 한수진 이천희
제작 강신은 김동욱 임현식 | 제작처 한영문화사

펴낸곳 (주)문학동네
출판등록 1993년 10월 22일 제406-2003-000045호
주소 413-120 경기도 파주시 회동길 210
전자우편 editor@munhak.com | 대표전화 031) 955-8888 | 팩스 031) 955-8855
문의전화 031) 955-3576(마케팅) 031) 955-3572(편집)
문학동네카페 http://cafe.naver.com/mhdn | 트위터 @munhakdongne

ISBN 978-89-546-3638-4 03810
* 이 책은 서울문화재단 '2014 예술창작지원'의 지원을 받아 발간되었습니다.
* 이 책의 판권은 지은이와 문학동네에 있습니다.
  이 책 내용의 전부 또는 일부를 재사용하려면 반드시 양측의 서면 동의를 받아야 합니다.
* 이 도서의 국립중앙도서관 출판예정도서목록(CIP)은 서지정보유통지원시스템 홈페이지
  (http://seoji.nl.go.kr)와 국가자료공동목록시스템(http://www.nl.go.kr/kolisnet)에서
  이용하실 수 있습니다.(CIP 제어번호 : CIP2015013131)

www.munhak.com